中篇小说《朝去夕来人海中》

朱敬利和姚新梅，大学老师，为人师表，以身作则，他们的学生，虽不敢说个个出人头地、出类拔萃，但至少也是事业有成，拿得上台面的。

只是朱敬利的性格，比较内敛，别说是自我吹嘘，即便是自己的学生，他基本上也不会过多说道。

范小青

梦幻快递

范小青 著

河北出版传媒集团
河北教育出版社

编者荐言

中国当代文学已走过七十多年，每一次文学浪潮的奔腾翻涌，都有彪炳文学史的作家留下优秀作品。

回首20世纪七八十年代，改革开放开启了中国当代文学持续至今的繁盛，由于几百家文学刊物的存在，中短篇小说曾是浩荡文学洪流中的浪尖。然而，以1993年“陕军东征”为分水岭，长篇小说创作成为中国文坛中独立潮头的存在，衡量一个作家的创作成就及一个时期的文学成果，往往要看长篇小说的收获。中短篇小说的创作和读者关注度减弱，似乎文学作品非鸿篇巨制不足以铭记大时代车轮驶过的隆隆巨响。

进入21世纪，特别是党的十八大以来的新时代，我们乘着光纤体验世界的光速变迁，网络文学全面崛起，读图时代、视频时代甚至元宇宙时代的更迭，令人应接不暇，文学创作无论是体裁还是题材都呈现出一种扇面散播效应，中短篇小说创作也再度呈扇面式生长，精彩纷呈。

为此，我们特编辑了这套“年轮典存丛书”，以点带面地梳理生于不同年代的当代优秀作家的中短篇小说精品，呈现不同代际作家年轮般的生长样态。

我们不无感佩地看到，生于1940年前后的文学前辈，青年时已是文坛旗手，在当下依然保持着丰沛的创作力，他们笔耕不辍，使当代文学大树的根扎得更深。

“50后”一代作家已走过一个甲子，笔力越发苍劲。他们不断返回一代人的成长现场，返回村镇故乡、市井街巷；上承“40后”的宏大命运主题，下接烟火漫卷的无边地气；既广受外国文学的影响，又保有中国古典文学的高蹈气质。

在“60后”这一中坚力量的年轮线上，我们能看到在城乡裂变、传统向现代过渡的进程中，一代人的身份确认、自我实现，以及精神成长的喜悦和焦虑。

“70后”作家因人生经验与改革开放四十年紧密相连而被称为“幸运的一代”和“夹缝中壮大的一代”，也是倍受前辈作家的成就影响而焦虑的一代。如今已与前辈并立潮头，表现不俗。

而作为“网生一代”的“80后”和“90后”，他们的写作得到更多赞誉的同时，也承受了更多挑剔和质疑。但经过岁月淘洗，我们欣喜地看到，曾经的文学小将已在文坛扎扎实实立稳脚跟，相继以立身之作进入而立和不惑之年。

六代作家七十年，接力写下人世间。宏阔进程中的21世纪中国当代文学，正在形成新的文学山峰的山脊线。短经典历久弥新，存文脉山高水长。

目　录
CONTENTS

梦 幻 快 递

有一天我送快递到一个人家，收件人是个年轻的女孩儿，就是最热衷网购的那种，从屋里出来，接了快件就向我要笔签收，我提醒她说："先开箱看一下货吧。"

这可不是因为我有责任心，这是公司的规定，公司规定一定要让收件人开箱验货后再签收，否则后果一律由我们送货人承担。我才不想负这么多的后果，所以我坚持要她先开箱后签收。她似乎有些不耐烦，对我送来的货物看起来也不怎么在乎，马马虎虎地说："哎呀，不开了吧，我忙着呢。"我说："不行，不开箱不能签收的，除非……"她赶紧问我："除非什么？"我说："除非你在单子上写明。"她又问："要写什么？"我说："写收件人自愿不开箱验货，与快递员无关，一切后果自负，等等，再签上你的名字。"她又嫌烦，说："哎哟，烦死人，要写那么多字，算啦算啦，就打开来看看吧。"可是箱子包裹得很严实，她又皱眉，又想马虎过去。还好，我随身带着小刀子，将包扎箱子的胶带划开来。我这小刀子正是专门对付那些嫌麻烦的收件人的。他们会以没有工具打开箱包为由，就强行直接签收，马虎了事。这种做法我是不能允许的。

当然你们也都知道的，其实收件人并不都是这样的人，有些人的习惯正好相反，他们对付快递来的货物的顶真程度让你简直忍无可忍。比如一个妇女喜欢从网上购买衣服，每次拿到衣服，她都上上下下前前后后里里外外反复检查，甚至连线缝都扒开来看个仔细。我在旁边看得心里暗笑，她是不是以为这衣服是我本人缝制出来的，就算看出线缝有问题，她拿我有什么办法呢。另有一个妇女也是经常买衣服的，有一次打开箱子验货时闻到一股橡胶味儿，她坚持说这是假冒伪劣产品，当场就要退货，又说穿这种衣服会得癌的，说得吓人倒怪的。但无论是货真价实还是假冒伪劣，都与我无关，她这是在为难我，我耐心地跟她解释了条例，只有当货物损坏或原先确认过的尺寸颜色不符才能拒收，没有一条规定说，衣服有异味儿也能当场拒收的。最后磨了半天，她还算讲理，收下了那件可能很恐怖的衣服，决定打客服电话要求退货。后来怎么样我就不知道了，也不关我事。还有一个收件人也很奇怪，一定要问我叫什么名字，我说公司没有规定要报名字，可以不告诉她，但见她执意要问，我就告诉她了，我还心存侥幸地以为她要给我介绍对象呢。不料下次去的时候，她又问我的名字，我说："上次告诉你了。"她说："记性不好，忘了。"我又告诉一遍，如此三番五次的，我心里有疑问。我跟她解释说："其实，送快递跟名字没有关系的。"她说："怎么没有关系，我连送水工都要问他们名字的。"我想她可能是防患于未然吧，生怕哪天出了事找不到人。但其实她不知道快递公司都有规定的，哪一片区域归哪一个快递员，都是清清楚楚的，她只要说出她的地址，公司就能知道是谁送的，除非那是个不规矩的公司。可如果是不规矩的公司，你知道快递员的名字根本没用，你就算知道老板的名字，也同样不能解决问题的。

真是林子大了什么鸟都有。什么鸟你都得小心应付，谁让你是快递员呢。现在快递中的差错很多，无论谁是谁非，最后鸟屎总是要拉在我们头上的，我们只能如履薄冰地保护着自己的脑袋不受鸟的欺负。

不说鸟了，还是回到眼前的这个人身上吧。她终于打开纸箱，拎出那个货物。我才没心思管是什么货物，就算大变活人也不关我事，可是她还偏偏把那货物扬到我的眼前："喏，看见了吧。"我貌似瞄了一眼，是一条打底裤，还洋红色呢，我心里就很瞧不起她，别以为我不知道，网购一条打底裤，贵不过几十元，最便宜的十块钱就卖了。她倒没为她的低廉的打底裤难为情，扬过打底裤后，又说：

“行了吧，算验过了吧，可以签收了吧。”

当然可以了，我又不是有意要刁难她，只要她按规矩办就行。我请她在单子上签了名，我撕走上面一张，就可以走了，她也回屋里去了，两人刚刚转身，忽然我听到她发出一声尖叫，我以为又出错了，赶紧回头看，她却已经笑得直不起腰了，弓着身子在那里“哎哟哟，哎哟哟”，我不知道她“哎哟”个什么劲儿，既然她不是找我麻烦的，我赶紧撤。她见我要撤，才勉强直起了腰，冲我说：“哎哟，我买过一条一模一样的欸。哎哟，我怎么忘得干干净净，一点儿也记不得了，看到它，我才想起来，前几天才买过的呀。”这与我无关，我还是得撤，她又说：“我不会得老年痴呆了吧，我才二十五岁呀。”这仍然与我无关，我再撤。

我这才撤走了。

我开始干这一行的时候，还有些新鲜感，但时间一长，什么感也没有了，什么都一个样，收件人呢，恐怕有七八成都是刚才那样的小八婆，手里有一点儿钱，钱又不多，净在网上淘些不值钱的甚至没多大用处的东西，我真是替她们想不通，她们那手，真的很痒，一天不拿鼠标点一下，又点一下，再点一下，貌似这一天的日子就过不下去。当然，就是因为她们天天点一下，又点一下，再点一下，快递公司才能如雨后春笋般地冒出来了，而且越冒越多，越冒越强，我都听说了，现在有一千多家快递公司。我同事说：“一千多？

谁统计的，那些连册都不注的黑公司他统计得了吗？”我同事比我有想法，按照统计的数字是一千多家，按照他的想法，那就不知道有多少家了，难怪竞争这么激烈。

当然，这无数的收件人，她们收到的东西，也不一定都是她们自己买的，也有别人赠送或代购的，比如男朋友啦，比如父母啦，比如别的什么人啦，但那个比例是很小的。

说起来，我不应该抱怨她们，更不应该瞧不起她们，有了她们，才有快递公司的生意，才有我们的饭碗。其实她们中间也有好多不错的女孩儿，如果她们的手不那么痒，其实真是很好的，如果我能够找其中的任何一个做老婆，也都心满意足了。

有一次我到一家送快递，那姑娘开了门，还客气地紧着请我进去。我知趣，才不会进去。但她太热情了，甚至还过来拉我，说：“进来呀，进来呀，没事的。”那我也只能站在她家门口，就这么一站，我顺便朝她屋里一望，我的个妈呀，堆了半屋子的快递，多半都还没有开包呢，封得死死的。我不知道这是哪家快递公司递送的，怎么能不开箱验货就给她了呢。不过这也不关我事，我只要做好我的工作就行了，还管别家快递公司干什么，各家有各家的规矩。我只是想：这样的老婆我不娶也罢，她这哪里是购物，分明是在做游戏，我一个送快递的，哪有那么多钱给她过家家啊。

我这算是自卑呢，还是自卑呢？我这算是一厢情愿呢，还是一厢情愿呢？

这是关于收件人的林林总总，关于寄件人呢，我是看不见他们的，但我也知道，反正五花八门，什么样的都有，因为我看不见他们，我也懒得说。

我还是更关心一下我自己吧。有时候我到了某个小区，会有一种做梦的感觉。为什么是做梦呢，因为对这些小区太熟悉了，因为这些小区也太相像了，我每天进入不同的小区，但它们好像又都是同一个小区，无法区别，不仅梦里会梦到它们，就是醒着的时候，也会把它们当成是梦境。

其实，即使你不进入这些小区，你闭上眼睛想一想，难道不是这样吗？这许许多多新建起来的小区难道不是差不多的模样吗？火柴盒似的竖在那里，一幢贴一幢，只是有的贴得紧密一点儿，有的贴得宽松一点儿，这就是小区与小区之间仅有的差别了，前者呢，就叫普通小区，后者则可以称作高档小区。至于那些楼的形状和颜色虽略有差异，但这不是问题的关键，只是表面现象而已，我们都是成年人，不会被表面现象蒙蔽了双眼。

然后你再找到某一幢，到某层某户，是高层的话，就坐电梯，不是高层，就爬楼梯。然后，你敲门，或者按门铃，然后，有一个人在里边问："谁呀？"你说："快递。"然后，门就开了，你往里边一瞧，别说大楼和大楼相似，这屋里的装饰，也差不多少。

如果你每天都行进在这差不多的空间和时间里，你也许真的会搞不清什么时候是梦，什么时候是梦醒了。

好了好了，别做梦了。现在我已经从“打底裤”那儿出来，又来到另一个差不多的小区，找到一幢差不多的楼，上了几乎一模一样的楼梯，然后，按响门铃，里边问：“谁呀？”我答：“快递。”门立马就开了，都没从门镜里朝外看一看再开门，不知道是他们的警惕性太差，还是对递送来的货物太看重，太着急。

前些时有个新闻说，某女独住，被快递员杀了。这个新闻出来后，我和我的同行以及我们的老板都有些沮丧，有很不好的感觉，以为快递业要下滑了，以为快递件会大大减少了，结果呢，根本就没少，还越来越多了，所以我们老板又神气起来了，到那一年的 11 月 11 日凌晨，那个电子购物，不叫购物，叫“秒杀”，那可是“杀”得个昏天黑地。

有时候我也很无聊，就幻想着哪一天能够碰到一个不太相同的收件人，但是没有，真的没有。现在站在我眼前的这个，还是那样子，她打开箱子，眼睛往下一扫，算是看过了，说了声：“我晕。”就签收了。我不知道她“晕”什么，反正我也没注意快递的是什么东西。关于递送的货物，每一联的单子，无论是在最后留在我手里的一联，还是贴在箱子上留给收件人的那一联，上面都有写明，但是我才没那么多时间和那么好的心情将每天要送的东西一一看过来，我只管送，不管知情，更不管收件人对于收到的货物的表情，所以她对于货物晕不晕，不关我事，她既然签了，我就完成任务走了，至少比前面那些个不肯验收的“打底裤”干脆些。

没想到的是，她的这个“晕”，后来“晕”到我头上来了，那货送后的第三天，也就是中间隔了两天，我接到一个妇女的电话，问快递怎么还没到？这事情不稀罕，多了去了，我也不着急，先问她怎么个情况，她说我前天上午给她打过电话，说马上送到，结果等了两天也没到。

这也是个人物呀，等了两天才给我打电话，真不着急啊。我回想了想我前天的工作，没有遗漏呀，前天的任务我都完成了呀，不过我也仍然没有着急，我又问她：“你前天接到的电话，确定是我打给你的吗？”她说：“当然呀，我手机上还保留着你的电话呢，要不我怎么会打电话给你呢，幸亏我留着，否则还不知道找谁呢。”其实她的话是不对的，或者说不完全对，快递收不到，不一定完全是快递员的问题，也可能是其他的某个环节出了问题。不过我也还是理解她的，像她这样的妇女，又不知道快递公司是个什么样子，又看不见公司的操作程序，她能看见的，就是快递员了，她不问我问谁呢，何况我的手机号码已经落在她手里了嘛。我再跟她确认一遍：“你是说，前天我跟你联系过，说马上送快递给你？”她说：“是呀。”我很有经验哦，又再核对说："那你报一报你的地址和收件人姓名。"她报来，我赶紧拿笔记下，承诺她尽快答复。这种事情，我当然得尽快，像她这样的，看起来性子不算太急，有些性急的人，根本不问青红皂白，不论谁错谁对，一下子就给你捅到公司里，让你吃不了兜着走，即便是日后查清楚了到底是谁的责任，可你在老板的心目中，已经不是十全十美的了，已经是有污点的了，亏吧。

前天的运送单早收在公司了，我赶紧挤时间回公司调前天的单子，调出单子我就仔仔细细一一检查，根本就没有疏漏呀，张张单子都有人签收，这说明什么呢？说明我没有出差错。我给那个妇女回了个电话，告诉她，她的那个地址，确实有快件，货物也确实已经投递了，因为有人签收了。她立即咦了一声，说："签收？不可能，我们家白天除了我，没别人的。"我说："我这里白纸黑字，这是百无抵赖的。"她又说："奇了怪，那是谁？谁签收的？"我看了看那个名字，签得龙飞凤舞，我勉强看出来了，告诉她，是 ×××。她愣了一会儿，说："×××？ ××× 是谁？"我说："就是你家签收的人呀。"怕她不明白，我又重新说清楚："就是说，我把货物投递到你家，你可能不在家，但是你家有另一个人签收了。"那妇女说："不对呀，我根本就不认得你说的这个 ×××，她不是我们家的人，你投错了吧。"她的口气倒是一直蛮平静、蛮客气的，可客气有什么用，她再客气我也要把快件投给她呀，可是快件到哪里去了呢？我的脑袋轰的一下大了，我赶紧冷静下来，让脑袋缩回去，仔细想了一想可能发生的错误在哪里，既然签收的人名错了，首先，我当然想到了地址。我还是有些经验的，我再和那妇女核对地址，果然，地址错了一个字，“洪福花园”，写成了“洪湖花园”。

我首先想到的是，那不是我的责任，那是寄件人的责任，怪不着我，当然，也同样不能怪收件人。我赶紧安慰她说：“好了，你别着急，我知道问题在哪里了，我投到寄件人提供的错误地址上去了，这事好办，我再到那儿跑一趟，拿回来，再给你送去就是。”那妇女说：“也太粗心了，地址都会写错。”我当然知道她说的不是我，我放心下来，赶紧往那个错误的地址去。

这时候我仍然一点儿也不着急，写错地址的事情太多了，写错人名的也很多，许许多多的错误，只有你想不到的，没有他们犯不出的。有一次我打电话问收件人：“你是 ×× 街 ×× 号 ×× 小区 × 幢楼 ××× 室吗？”对方说：“是的呀，我正在家等着快递呢。”我就送过去了，那个人也高兴地签收了。可是很快有人来电话讨要这个快件，我说已经准确投递了，而且签收了。但是他并没有收到，更没有签收，这真是奇了怪。这事情后来经过长时间的反复纠缠，搅得我们大家都不知所以了，最后终于发现，这个快件根本就投错了一个城市，两个城市竟然有两个同名的小区，不仅小区同名，连街名和门牌号都是一样的，你以为这样的事不会发生吗，它真的会发生。

更多的是写错收件人电话的，你打到那个错误的电话上，人家好说话的，告诉你打错了，不好说话的，还 × 你妈，你能和他对 × 吗，当然不能。

总之事情就是这样的，无论是正确的寄件人和收件人，还是错误的寄件人和收件人，他们都是你的上帝，只不过这些看得见的上帝和那个真正的看不见的上帝才不一样呢。有一次我手机出了故障，用不起来了，我知道情况紧急，赶紧去维修，可是就那么短短一个小时时间，有客户就已经投诉到公司了，说我关机，一个送快递的怎么能关机呢？强盗逻辑呀，难道送快递的就不能有一点儿特殊情况吗，万一我路上遭遇车祸昏死过去了呢——我呸，我还是别遭遇车祸吧。无论你遭遇什么祸，人家都是上帝，你都是上帝的仆人。

现在我到了洪湖花园的那幢楼，上到那层楼，敲门，门开了，一个陌生的妇女出现在我面前，有些茫然地看着我。尽管很可能我前天刚刚见过她，但我仍然觉得她陌生，我不可能记住每一个收件人的面孔，这很正常，我如果有那样的超常的记忆力，恐怕我也不必再风里来雨里去送快递，我干脆毛遂自荐到情报部门工作算了。

不过她的脸陌生不陌生倒也无所谓，我又不是来找她本人的，我是来讨回送错了的货物的，我直截了当跟她说明了情况，我一边说，她一边摇头，摇到最后，她说："你搞错了，我没有收你送来的快件。"我说："我是前天来你这儿投递的，是你自己签收的。"虽然我觉得她是个陌生人，但我一定得先强加于她，否则——没有否则，事实就已经是这样了。她说："你投快件给我，我收的？你见过我吗？我怎么没有见过你？"我不好说见过她，但也不敢说没见过她，我换了个思路问她："那你平时有网购、有电视购物这些吗？"她说："有呀，经常有，我经常收快递，不过，不是你送来的。"只要她承认收过就好，我这才拿出单子来，递给她看。我说："你看，这地址，是你的吧？"她看了看地址，有些奇怪地说："咦，地址确实是我的，但是收件人不是我呀。"不等我再发难，她又进一步看出了问题的实质，跟我说："不仅收件人不是我，签收的人也不是我，名字不是我，笔迹也不是我的呀。"

我满以为这样一个小错误，只要到这里跑一趟，就能解决了，哪知情况复杂起来了，我的脑袋又大起来，她倒是蛮善解人意的，跟我说："是的呀，现在送快递麻烦的，很容易搞错，现在的人都是粗枝大叶的。"看来她是深知我的难处，又说："你要是不相信，你拿纸出来，我签个名你比比看，看那单子上到底是不是我的字。"我也没有其他的法子，只能这样做了，显得我很不相信人，很小肚鸡肠，但是你们不知道，干我们这行的，不得不这样，不然你稍稍粗心一点儿，赔得你倾家荡产。

她在我提供的纸上，写下了她的名字，我只瞄了一眼，心里就认了，我手里的运送单，肯定不是她签收的。她见我没说话，又指点着她的字跟我说："你看，这字体，完全不一样，再说了，我要是签了，我为什么要抵赖呢，没必要吧。"虽然我一眼就看出来不是她的字，但我还是不甘心，我不能甘心，我一甘心，这事情就没有余地，没有退路了。我又换了个思路，再问她："会不会你不在家，是你家里人签的？"她说："我家里人白天都不会在家的，再说了，我家里也没有人叫这个名字的人呀。"她看我一脸的疑惑，又说："你快递的什么东西呀，贵重物品吗？"我说："好像不是贵重物品，没有保价，是某某电视购物的拖把。"她说："那就更不可能有人冒领了，冒领个拖把干什么？值吗？"我说："可是，可是那把拖把会到哪里去呢？"她态度一直很好，可我仍在怀疑她，她终于也有点儿不高兴了，开始批评我说："你自己也有问题，单子上的收件人明明叫张三，你却让李四签收，连个'代'字也不写。"我不能同意她的说法，公司规定也没有说一定要本人签收，家人是完全可以代收的，再有，如果有人存心冒领，写个"代"字有屁用。

我就真的奇了怪。虽然说起来，送快递的奇怪事情很多的，但是因为我这个人生性谨慎，也知道保住饭碗不易，所以一般是不会出差错的。那这一回问题到底出在哪里呢？我整理了一下思路，先是寄件人把小区的名字写错了，我当然是按照寄件人写的地址去投递，这第一步，我没有错；第二步，电话没有错，我也通过电话，收件人本人也接到过电话，等待我送货去的，这第二步我也没错；第三步，我到了寄件人给的错误地址那里，人家确实正在等着快递呢，就签收了，虽然不是收件人本人的名字，但反正他们是一个屋檐下的，应该不会错，这第三步，我仍然没有错。

我没有错，拖把就不会有错，但是那把正确的拖把它到底到哪里去了呢?

我再调动起以往的经验教训，仔细想了一下，是我走错了楼层吗?应该到五楼的，结果潜意识里我想偷懒，就少爬了一层，到了四楼?或者，我走错了一幢楼，把三幢看成了二幢，这也是有可能的，或者，我根本就没有来过这个小区，我到的是另一个小区?

反正你们知道的，小区和小区之间，楼和楼之间，楼层和楼层之间，真是很相像的。

这个想法一出来，立刻把我自己吓了一跳，正如我在梦里看到的，一幢一幢的楼，一个一个的小区，都是一样的，但是我是按图索骥的，难道我手里拿着一个地址，会走到另一个地址去吗？我如果没有去过那个小区，我怎么会记得那个小区呢，难道是在梦里去的？

难道梦里的事情比现实更清楚？

我不敢说“不可能”。

什么都是有可能的。

只是现在没有任何证据来证明我到底是犯了哪一项错误。

我回忆起前天送快件的情形，忽然灵光闪现，我想起来了，我在那个小区，曾经遇到一个熟人，我们还站在小区的路上说了一会儿话，我只要找到这个人，事情就迎刃而解了。

可是事实上，我离迎刃而解还差得远呢。

我本来是个不着急的人，所以我难得犯错，一个难得犯错的人，一旦犯了错，肯定比经常犯错的人要着急，我就是这样。

我现在有点儿着急了，倒不是因为丢了一个拖把，而是因为我的工作责任心和我的记性，这两者比起来，后者更重要，如果连两三天前发生的事情都不能记起来，岂不要让我吓出一身冷汗来。

我着急呀，一着急，就把我在小区里碰见的那个熟人的名字给忘记了。我努力地回想，努力地在自己混乱的脑海里捞出他的确定身份来。

他到底是谁？

家人？同学？同事？亲戚？邻居？

还好，像我这样的宅男，关系密切的人也不算多。我先在手机通信录里找了一下，用他们的名字对照我记忆中那个人的长相，想启发一下自己，开始的时候，我看着每一个名字，都觉得像，但再看看，又觉得每一个都不是。

然后我又不惧麻烦地把有可能的人都问了一遍，有人听不懂，不理我，凡听懂了的，都特奇怪，说："什么小区？听都没听说过，我到那里干什么，你怀疑我包二奶吗？"也有的说："你什么意思，今天又不是愚人节，就算今天是愚人节，你的把戏一点儿也不好玩儿。"还有一个更甚，说："你在跟踪我？谁让你干的？你不说我也知道，是×××让你干的。"我一听，这不快要出人命了吗，赶紧打住吧。

如此这般，我心里就更着急了，再一着急，不好了，连那个和我在小区里说话的人长什么样子我都忘记了，我们在那里说了什么，更是一点儿印象也没有了，我急呀，我怕这个明明出现过的人一下子又无影无踪了，就像从来没有一样。

见我抓狂了，我一同学提醒我说："你去看看小区的监控吧，只要你们站的位置合适，也许会把你和那个人录下来的。"我大喜过望，赶紧跑到那小区，可是那物业上说："这个不能随便给人看的，要有警察来，或者至少要有警方出具的证明。”这也难不倒我，我再找人吧，联系上警方，警方问我什么事要看录像，我说：“我送快递的，丢了一把拖把。”警方以为我跟他们开玩笑，把我训了一顿。我不怕他们训我，打我也不要紧，我再央求他们，又把事情细细地说了，丢拖把虽然事小，但是丢饭碗事大。结果果然博得了他们的同情，其中更有一个警察，特别理解我，说：“你们也挺不容易的，现在要快递太多了，我老婆就上了瘾，天天买，甚至都不开包，或者一开包就丢开了，又去买，害人哪。”

我靠着警方的这点儿同情心，终于可以看小区的录像了，小区物业也挺热心的，帮着我一会儿快进，一会儿快退，找到我所说的那个时间段，再慢慢看，我的个天，果然有我，我还真的是进了这个小区的。我看到我的电瓶车上绑了如此之多的快件箱子，把自己吓了一跳，要是看到的是别人，我一定会替他担心的，这轻轻飘飘的车子，能载这么多的货物吗？

但那确实就是我干的事情。只是平时我骑着车子在前面走，那许许多多的货物堆在我身后，我看不见它们。

跟着我的身影再往下看，我的个老天，我真的看到我在小区碰到的那个人了。

那个人是我爷爷。

你们别害怕，我爷爷死了三年了，我遇见的是三年前去世的爷爷，我都没害怕，你们更不用怕。

大家都说，在现在的这个世界上，什么都可能发生的，难保死而复生的事情就不会发生哦。

爷爷穿着绿色的邮递员制服，推一辆自行车，车上也绑着大大小小的纸箱子。不过这并不奇怪，因为爷爷年轻时是邮递员，我干快递的时候，我妈曾经骂过我，说“龙生龙，凤生凤，老鼠生子打壁洞。”我干脆一不做，二不休，跟我妈开了个恶心的玩笑，我说：“我是爷爷生的吗？”把我妈气得笑了起来。

虽然爷爷的出现没有让我觉得奇怪，但我多少还是有些不解，在小区的摄像头下面，我问爷爷：“您这么大岁数了，怎么还没退休？”爷爷说：“我本来是休息了，可是他们说人手不够，请我们这些早就休息了的，都出来帮帮忙。”我想了想，觉得这也无可厚非。所以你们别以为你们平时能够看到大街小巷的驮着快件的快递员穿来穿去，其实还有一部分你们并没有看见哦。我正这么想着，爷爷又跟我说：“现在这日子真的方便，就算你从美国买个东西，几天就收到了，不像过去，等一封平信都要等上十天半月的。”我说：“那是，现在这速度，简直就不能叫速度了。”爷爷说：“那叫穿越。”我正想夸爷爷时尚，爷爷又说：“快过年了，我想给你奶奶买个新年礼物快递过去。”我吃了一惊，说：“我奶奶？她不是死了二十多年了吗，她能收到吗？”爷爷说：

“孙子欸，咱们这是赶上好日子啦，你说现在这日子，有什么事是办不成的？”

说了几句，爷爷就推着自行车送快递去了，我也想得通，他年纪大了，装了这么多东西的车子，他骑不起来了，只能推着走。

我回家告诉我妈，说我三天前在某某小区遇见了爷爷，我妈呸了我一声，骂道：“做你的大头梦吧！”

我妈这一“呸”，让我迷惑起来，或者说，让我惊醒过来，难道小区里发生的一切，真是我做的一个梦吗？

一直到我的手机响起来，我才确认，这会儿我醒着呢。但是我又想：真的就能够确认吗？人在梦里也会接打电话的呀，我自己就经常做打电话的梦，那真是活灵活现，按键，接听，说话，无一不和醒着的时候一模一样。

电话是应收拖把的那个妇女打来的，她说拖把收到了，还谢了谢我。我很惊奇，我还没找到拖把呢，她倒已经收到了，真叫人费解，这把拖把到底是哪一把拖把？或者，是哪个好心人知道我纠结，替我把拖把补上了？又或者，是别个粗枝大叶的寄件人，也写错了地址，恰好错到她的地址上去了，于是别人的拖把就错递到她家去了？再或者，是我爷爷心疼我，躲在哪里作了个法？

谁知道是怎么回事呢，反正拖把到了，不再有我什么事，我很快就把拖把抛到脑后了，只要不再追究我的责任，一切 OK。

我回到公司，又接了一沓单子，低头一看，第一张单子的投送地址是“梦幻花园”。

我就出发往“梦幻花园”去了。

今天你错过了什么

会议通知来了。

很简单，就是叮咚一声，一条微信而已。

无所谓，早已经习惯，甚至适应了。早就过了烦不胜烦的焦虑的阶段，进入无所谓的境界了。不就是开会嘛，开吧。

按照通知的时间地点，预订车票，联系接站专车，一切都是驾轻就熟，差不多闭着眼睛也能做到。

到了时间，先坐高铁，到站，预订的专车已经在出口处等候，接上头，上车，司机负责，问了一声："江滨大酒店？"江曾水回答："是。"

一路无话。

晚上了，大家都累。不说话也罢。

会议酒店离车站半小时车程，放在小城市，算是很远的了，放在大城市，又算是很近的了。

一切都是相对的。

到了酒店，专车就开走了，他只是向司机礼貌性地挥了一下手，就把自己交给酒店了。

一切如常。

酒店大堂有一张报到的桌子，上面照例铺着紫红色的桌布，桌子旁边站着一块写着会议名称的水牌，经过一天的站立，已经累得斜背过去了，也没有人将它扶正了。因为有它无它，大家一样报到。

虽然是个较大型的会议，但是因为接待工作已近尾声，报到台那儿只留了一位工作人员，是个年轻的女生，肤白，直发，戴着眼镜，清秀。

江曾水看都不用看，就知道她的脸是熟的，好像哪里见过。

其实并不一定见过。只是因为一般做会务的女生，差不多都长这样，就有了一些熟悉感，甚至是亲切感。因为开会是江曾水生活和工作的一个重要组成部分，所以和开会有关的人与事，自然会感觉熟悉亲切的。

江曾水走到桌前，朝她一笑，报了名字："江曾水。"

那女生低头在花名册上找了一下，很快就找到了，她嘀咕说："在这儿，在这儿，江澄水。"稍一停顿，她脸上似乎有些疑惑，说："咦？江，是江澄水？好像……是不是……今天下午你们公司有人来过电话，说你生病了，不参加会议了，你，你来了？你是带病来的吗？"

江曾水笑说："看我像生病的样子吗？"

那女生也笑了笑，说："哦，可能说的其他人，电话也不是我接的，下午是我同事值班，她也没有做记录，可能我搞错了，不好意思，不好意思。"

她把花名册和笔一起递过来，按惯例请他签到。

江曾水接过去看了一眼，刚要签名，忽然发现了问题，"咦，"他指了指那个名字说，"写了个错别字。"

他又把花名册推回去，那女生也看了一下，说："哦，这里写的是'江澄水'，你是什么？你刚才就说你是'江澄水'吗？"

江曾水说："我是'曾'，哦，我是'江曾水'，中间那个字错了，我是'曾经'的'曾'。"他见女生有点儿蒙，又补充了一句："也就是'曾经沧海难为水'的意思。"

那女生脸都红了，哎哟哎哟了两声，好像有点儿不知所措了。

江曾水笑道："你们负责造这个名册的人，是个南方人吧，z、c、s 和 zh、ch、sh 不分，不知道翘舌音和平舌音的区别，呵呵。"

那女生赶紧说："不好意思，不好意思，是我们疏忽了，会议手册上已经来不及改了，我赶紧通知会务，把明天会议的席卡重新做一下。"

江曾水说："那倒无所谓，只是一会儿拿房卡，我的身份证就不管用了。”

女生说：“没事没事，不用身份证，我们都统一替你们拿好房卡了。”

江曾水朝总台那儿望了一眼，现在住宿，都是要用身份证刷脸的。当然也还有少数例外，沿袭着过去的老习惯，比如有些单位和酒店是长期合作，老交道了，所以先由会务把所有客人的房卡都拿到手，直接在报到的地方就交给客人了，减少步骤，给与会者提供方便。

因为持身份证到总台刷脸，有时候也会出问题的，有一次一个客人刷脸怎么也刷不出来，不管会务上怎么跟酒店解释，这就是他本人，是出席会议的贵宾，但顶真的酒店还真无法开绿灯。而这个人物偏偏是那次会议的重要人物，搞得很下不来台，说：“啊，难道我整了容吗？”气得拂袖而去，闹得很不愉快。

所以有些工作周到细致的会务，会吸取这样的教训，和酒店搞好关系，统一领取房卡，不用客人一一刷脸。但是这样的情况，以后肯定会越来越少。

以后，恐怕没有脸都行走不了江湖了。

现在，虽然离以后已经不远了，但多少还有一点点距离，所以还有点儿小空子可钻。

他在心里嘲笑了一下自己，什么叫有空子可钻。我又不是来钻空子的，我就是来开会的，我抱的哪门子侥幸心理嘛。

他这么想着，就看到女生眼睛看花名册，嘴上报出了“江澄水”的房间号码，然后在用皮筋捆着的一堆房卡中，寻找那个号码。

这时候，报到台边上又出现了两位与会者，一男一女。

标准的会议男女。男的一只双肩包，女的一只小手提包，一只小巧精致的拉杆箱，最适合开一两天会的那样标准大小，脸上是略带点儿询问但又不怎么需要询问的自然状态，因为经常参加会议，对于会议的程序，已经熟门熟路，问不问都这样。

那个女生一边翻寻江曾水的房卡，一边招呼刚到的两位，那两位报了自己的名字，听起来，一个叫任游，一个叫蒋小艾。

女生熟练地朝花名册瞄了下，已经瞄到了，她微笑着念叨了一下他们的名字。

“任游。”

任游说：“是。”

“蒋小艾。”

蒋小艾也说：“是。”

女生干脆将三个人的房卡一起找了出来，一一交到他们手上。

然后再将搁在桌子底下用台布遮着的会议材料袋取出来，交给他们，又指了指说：“里边都有。”

他们点头，心领神会。里边自然一应俱全，会议议程、宣传手册、会议场所、用餐指南，甚至连酒店提供哪些服务都有，还有天气预报之类。

只有他们想不到的，没有会议考虑不周到的。

这就是日常的会议，因为已经开了一次又一次，开了一年又一年，大同小异，所以肯定都是驾轻就熟的。

现在他们有三个人了，他们三个人，分别拿了房卡，女生指了指大堂的某个方向，说："电梯在那边。"

他们谢过女生，背着自己简单的行装，一起朝电梯过去。

江曾水和他们走在一起，感觉对他们既熟悉又陌生，既然来到同一个会上，以前大约也是一起开过会的，他朝他们笑笑，他们也朝他笑笑。

他们一起进电梯，刷卡上楼，知道三个人在同一层。

然后他们三个，出了电梯，看一下手里的房卡，一个说："哦，我在那头。"另一个也说："我也在那头，你呢？"

江曾水看了一下房号："哦，我在这头。"

还好，不在紧隔壁。

其实就算紧隔壁也无所谓。又不像从前那样，有个机会出差，还要鬼鬼祟祟忙里偷闲做点儿别的事情。现在的人，没那份情怀，也没那点儿力气，到房间，刷一会儿手机，玩儿一会儿游戏，睡觉，第二天，开完会，回家。

所以谁住谁的隔壁，真无关紧要。

他们分头往走道两边去，各自到自己房门口，用房卡开门，清脆的嘀一声，门打开了，里边亮灯了。

然后，他们站在门口，互相挥挥手。

“明天见。”

“明天见。”

门轻轻地关上。

其实明天也未必见。会议规模较大，进了会场，就像被扔进了沙漠，只要不是巧到坐在了一起，基本上就互不相干了。会议结束，自助餐，大餐厅，即便碰上，也未必认得出是昨天一起拿房卡的。

也无所谓。

认不认得，反正都是开会的人，开会的人与开会的人之间，都差不多，差得多的那些人，也在开会，但是一般不会走到同一个会场。

现在江曾水进房间了，房间一切如新又如旧。如新呢，是指房间的档次不错，很规范很整洁，处处体现出温馨的新意；如旧呢，则是说这样的房间，住得多了，就像是老相好，太熟悉了。

过道的灯是感应的，借着过道灯的亮光，先找卫生间的灯，有三个开关，然后到房间里，正面墙上就有开关，床头有开关，写字台那儿也有开关，现在的酒店，比过去人性化多了，灯也亮堂了，也多了，壁灯、顶灯、过道灯、吧台灯、阅读灯、灯带、夜灯，等等，于是开关也很多，哪个开关管哪个灯，刚进房间的人都不一定搞得清，要摸索几遍才能适应。

不过江曾水用不着去摸索去适应，他本来就很适应，一切如常。

随手将会议发的材料袋往墙角一扔，把灯啪啦啪啦一一都开了，虽然有些浪费，但是亮堂堂的毕竟爽呀。房间的陈设，仍然照旧，大床、沙发、写字台、电视柜、吧台、行李架，一应俱全，规矩得不能再规矩。

在一切照旧的前提下，每个酒店还会有点儿小创意、小清新，在小的细节上注意一下。比如今天入住的这个房间，在床头放了一张心形卡片，上面写着：祝您晚安。

江曾水随手把卡片拿来扔到床头柜上，又随手按了按枕头的柔软度，差不多。现在的酒店，一般都配两个枕头，一个是普通的枕头，还有一个是针对颈椎不适的客人的，或者是低矮一点儿，或者是稗草种子枕头，甚至还有药枕。

江曾水并不在意这些，特殊枕头，有或无，他都无所谓，他还没有到颈椎不适的年龄。

他到卫生间方便一下，卫生间的设施也大致如常，最大的也基本上是唯一的区别，就是根据酒店的档次和卫生间的大小，看里边是光有淋浴呢，还是浴缸加淋浴。

酒店 WiFi 也都长进了，都不用手动连接，自动就已经连接了，江曾水玩儿了一会儿《炉石传说》，后来感觉时间不早了，洗了澡，心里却还没有宁静下来，打算再简单刷一眼朋友圈就收工，可今晚的朋友圈，不知为何格外热闹，可看的东西好多，其中他看到一篇题为《我们的会议》的文章，列举了当今各种会议的奇葩现象，爆笑。

评论区更热闹得一塌糊涂，七嘴八舌，纷纷提供自己开会的经验和经历，有个人说："我开车去外地开会，导航把我导到乡下的鱼塘里去了。"

又一个说："那天到了宾馆，时间有点儿晚，大堂的灯也暗了，总台值班的美女睡在吧台下面，听到我喊人，她从下面探出头来，天冷，她把羽绒服上的帽子解下来套在脸上，所以突然从底下伸出来的是一张黑色的无脸，哈哈哈哈。"

再一个说："正和女友'做事'，有人拿着房卡开门进来，结果说是看错了房号，可是房号错了，房卡居然能打开门，难道这酒店发的是万能钥匙。"

江曾水也发了几个哈哈，心里竟有点儿遗憾，想：我这三天两头儿地开会，都是无趣无聊，怎么就不能拿到一把能开别人房间的钥匙呢。

虽是意犹未尽，但是记得明天要早起开会，还是克制了欲罢不能的感觉，打算睡了。上了床，才想到还没有看一眼手册，未知会议几点开始。按惯例，都是九点，所以看不看也无所谓，但想了想还是看一眼吧，偶尔有些地方也会发神经，八点半甚至八点就开会，也有的地方过于宽松，九点半甚至十点都有。这么想着，朝桌上瞄了一眼，没有看到材料袋，从床上下来，走了两步，看到材料袋在进门过道的墙角。

从材料袋里取了会议手册，简单瞄了一眼，确定是九点，然后设手机闹钟，就上床安心睡啦。

一切正常得不能再正常。

开会就是这样嘛。开个会还能开出什么幺蛾子来?

他睡着了。

后来他走进了一个会场，起先没有在意，因为他进过的会场太多，不只是大同小异，简直是没有什么异的，但是这个会场有异，有怪异，首先奇怪的是，会场的灯很昏暗。

虽然日常的会议，这个会和那个会都是差不多的，但是有一个地方的会是不同的，那就是梦里。

江曾水走进会场，四外张望一下，心里竟然有点儿发慌，今天的会上不仅灯光昏暗，会场里竟然全是陌生面孔，他心里“咯噔”一下，难道走错会场了？那怎么可能，他可是个会议老油子了，就算全程闭眼也能把会开了。

他定了定神，再细细地看着身边的人，越看越惊讶，甚至有点儿惊愕了，他们个个脸上挂满笑容，却笑得古怪，笑得邪魅，跟他平时开会在会场碰到的那些“会友”的麻木的微笑完全不是一个调调，江曾水不由得嘀咕了一声：“平行空间啊？”

有一个人听到他说话，转过身来朝他笑道：“你来自哪里？”

江曾水一时愣住。

那人仍然笑着，指着昏暗的会场，说：“你的座位在哪里？”

江曾水急了，赶紧说：“对不起，对不起，我走错会场了。”那个人一把抓住他，笑眯眯地说：“走错了？将错就错吧，跟着我们开会就是了。”

江曾水说：“那不行，那可不行。”

那个人始终是笑眯眯的，可是他的话却很强硬，说：“不行？那你想怎样，你以为你出得了这个会场吗？”

江曾水虽然不至于吓出一身冷汗，但也觉得后背凉飕飕的，颇感不妥，果然，那个人就伸手来拉扯他了，江曾水大声道：“你别拉我，我不是我，这是我的梦，我要醒了……”

他使劲一喊，果然把自己喊醒了。

醒来一想，十分庆幸，幸好是个梦，醒来就立刻感觉一切正常，想到自己昨晚一路过来参加会议，一切没有差错，心又安稳了，即便只有夜灯那一点儿光亮，也觉得房间是那么的亲切熟悉，黑暗中能够感受到一模一样的习惯。

因为梦过于清晰，就在眼前，他忍不住又去回想这个梦。

其实，因为江曾水经常出差睡在家以外的别的地方，天长日久，他早就总结出一些经验，或者说有一些特殊的感受，他知道人住在外面做的梦和睡在家里做的梦是不一样的。

基调、光线、色彩、内容，一切的一切，都不一样。

宾馆酒店的房间是川流不息的，每天接受一个新的客人，每天每个客人带来不同的气息，都集中在一个封闭的房间里，许多宾馆酒店又不习惯开窗通风，于是，每一天的不同气息就混杂在一起了。所以这房间里的气息不可能是单纯的、宁静的，各种人物都住过，都呼吸过，都吐纳过，你想想就知道是什么样的味道，呵呵。

你不能保证，别人的气息，也进入了你的梦境，甚至别人的梦境，也会遗留在房间里，于是你睡在这里做的梦，自然跟睡在家里做的梦不一样。

就是这样简单的道理。

江曾水也没必要多想，他是三天两头儿要开会、要出差住宿的，更多是他将自己的梦留给别人吧。

早晨起来，依然一切如常，洗漱后去一楼自助餐厅，进餐厅，眼睛快速地扫一下，特别熟悉的没见到，大多是半生不熟、既生又熟的，互相点头致意。

“早。”

“早。”

“昨天来的？”

“嗯，昨天下午到的，你呢？”

“我昨天晚上。”

“哦，忙啊。”

“是呀，忙，会多。”

“开完就走呀？”

“是，开完就走，你呢？”

“也是。”

然后各自去拿盘子筷子，挑食，商务酒店的自助早餐越来越丰富，中西合璧，应有尽有，当然，也是大同小异。

会场在三楼，早餐后江曾水从一楼到了三楼，进会场，找席卡，他起先还是冲着那个错别字去的，找到了才发现，会务工作真是细致到位得没话说了，竟然真的把席卡改过来了，“江曾水”。

江曾水心中颇有些感慨，他也找不到会务人员去感谢，只是想：今后自己办会，也要这么认真才好。

他到得早，坐下的时候，左右两边的人都没有到。右手边的这个名字是刘一乐。不认得。不过也许是认得的，因为认得的人太多了，就变得不认得、不记得了。好在都是参加同一个会的，大多是同行啦，会议无聊时可以找些同样无聊的话题聊聊。

等了一会儿，那个刘一乐来了，先朝江曾水笑笑。江曾水迅速在脑海里搜索这张脸，好像搜到了，又好像没搜到，脑海中的一张脸和这个名字一样，似曾相识，却又未曾记得。

刘一乐挤过江曾水身边，进去坐下，然后看了看江曾水的席卡，想说什么，又没有说，大概和江曾水一样，觉得既陌生又不陌生，不好贸然说话。

江曾水先打个招呼："刘总好，忙呀。"

刘一乐也赶紧回复："江总好，忙呀。"

刘一乐侧脸和他打招呼的时候，目光恰好越过他，到了江曾水左边的那个位子，那个席卡上写着："李今朝"。

刘一乐微微一笑。

江曾水从他的笑意中判断，刘一乐认得这个李今朝，他心中不免有些奇怪，他又顺着这股奇怪的感觉，前后左右四处看了看，凡是已经坐下的，凡是和他的目光接触到的，都朝他点头微笑。

江曾水也无法一一判断了，因为每次的会议座位安排，周围总会有几个叫得出名字、对得上脸面的人，可今天这左右两边的，他都不熟，或者说，他都记不得。

正在有的没的地瞎想，会议就要开始了，主席台上的领导都一一就位了，左边的这个人才气喘吁吁地赶到了。

是个女的。

她也一样先朝江曾水笑笑。

江曾水右边的这位刘一乐，本来是凑过脸来，想隔着江曾水和李今朝打招呼的，可是一看到“李今朝”，他嘴里立刻呀了一声，准备好的笑容，也有点儿凝固，有点儿尴尬。

李今朝只是朝刘一乐那边瞄了一下，赶紧收回目光，江曾水注意到她的目光投射和收回之迅速，他想：看起来，他们俩也不认得啊。

果然，刘一乐用手肘轻轻拱了一下江曾水，低声说：“不是她，替会的。”

江曾水也轻轻地哦了一声。替会，这再正常不过。无所谓。

刘一乐却没有那么无所谓，他好像有点儿不乐，嘀咕说：“替会就替会了，弄个女的来替男的，这也太呵呵了。”

江曾水这才知道，李今朝是个男的，结果搞个女同志来替会，确实有点儿胆大妄为了。

看到江曾水和刘一乐都朝她注目，那个女同志果然有点儿不安了，满脸通红，赶紧低了头。

这边会议已经开始，也仍然是惯例，领导讲话，年度报告，经验总结，先进交流，下一年规划，等等等等。好在江曾水开会是从来不带耳朵的，所以他开会会无感，如果带了耳朵又带了心来听，那是会很烦很郁闷的。

不带耳朵，耳根子清净，任凭思想神游。

思想神游就有意思吗？没有意思，也一样无聊。江曾水眼珠子一转，从刘一乐的席卡，看到李今朝的席卡，再翻着看看会议名册，看看还有哪些人。

结果第一眼就看到了她的名字：向红。

心里有一点儿涌动，她好久不出现了，前面好几次会议，她应该来的，但是都没见她来。

只可惜名册不是座位表，看不到她坐在哪里，伸头朝前面看看，都是差不多的背影，再回头望一下，结果后面的人也都无聊着，看到他回头，都一一盯着他，恨不得盯出点儿什么意思来，搞得他也不好意思再回头了。

心思有点儿活泛了，即便没带耳朵，也坐不住了，假装上洗手间，一边穿出去，一边横眼睛扫着会场，没看到。这很正常，这么大个会场，要想在大庭广众众目睽睽之下悄悄地找人，确实不易。

有个人跟了他出来，朝他点头，那是到外面抽烟的，江曾水不抽烟，也没有要尿的感觉，但既然出来了，就去一趟卫生间再说吧。

从卫生间转了一圈儿出来，看到那个假李今朝女李今朝在卫生间门口打电话，她也不怕被人听见，赌气似的大声嚷嚷着，好像说什么“人家都看到了，人家都知道了之类的。”

江曾水以为她是有点儿慌张心虚了，毕竟叫一个女的来替一个男的开会，这也是比较少见的，她该是打电话向谁抱怨呢吧。

可是再一听，却不对，她是在告诉对方，她走错了会场，不是参加这个会的，会上没有她的名字，可是她一进入会场，工作人员就把她指点到一个空位子那儿坐下了。

可能电话那边说了什么不好听的话，这边她又急了，说："你以为我想坐下去吗？我才不想坐下，可是会议正好开始了，那个工作人员好严肃，让我先坐下，不要影响会议开始，不要让主席台上的领导人看下来认为是会场的纪律不好，我只好坐下了，结果旁边那两个人都古怪地看着我，像看个骗子似的。"

不知电话那边又说了什么，那假李今朝嚷嚷说："好了好了，不跟你说了，我也不进去了。"她转身就走开了。

这个女的也够糊涂的，居然还能走错会场，也不知她在抱怨谁，难道是别人让她走错的？

不过这可碍不着江曾水，他将这个假的女的李今朝丢开了，他的心思还在向红那里。

向红坐在哪里？

江曾水站着稍稍想了一下，就已经知道座位是按什么顺序排的了，这样一想，就知道很容易找到向红了，回到会场的时候，他绕过去一看，却发现不是她，但也是个女的。

他和她简单交换了一下目光，都是心领神会。

替会的。还好，没让个男的来替女的。

这一点点的波澜也就平息下去了。

等江曾水回到座位，假李今朝已经换成了真李今朝，真李今朝说："唉，别说了，开了闹钟居然不响，睡过头了。"

散会的时候，江曾水挤在往外走的人流中，感觉脚步都很麻木，忽然就听到后面有人朝前边喊："向红，向红，你等等我，我和你一起走。"

前边那个假向红也应声了，声音还蛮大的："哦，好的，不着急，我等你。"

江曾水咧嘴笑了一下，现在的这些替会者，都是硬核，一个比一个经验丰富哦。

大家乱哄哄地进了餐厅，排队用餐，互相招呼。

"吃完饭就走啊。"

"走啊。"

"着急啊。"

"忙哪。"

诸如此类。

午餐过后，就是退房离会，很少有人想享受一个午觉再走的，就算平时中午非睡不可的人，在午觉和开路之间，还是选择开路。

开路真的很重要。

大家都走个不停，让你停你也不肯停，你却还抱怨走不停。就是这样。

江曾水回房间拿上背包，拔房卡的那一刻，看到扔在墙角的那个会议材料袋，犹豫了片刻，又朝材料袋望一眼，看起来不重，虽然里边的东西没什么大用处，但他决定还是拿上，万一回去要写个什么材料，做什么汇报，也有现成的可以参考，省得再到网上找，再到别的公司讨要。

这就带上材料袋，下楼退了房，出门。专车很专业，已经到门口，一对名字，司机说："江曾水？"

"对，江曾水。"

上车，出发，高铁，回家。

会议就这样中规中矩没有差错地开过了。

难道不是闭着眼睛也能开了吗？

过了一周，江曾水又出去开会了，会上他碰到了熟人老金，老金看到他，有些奇怪，说："江曾水，上周南州滨江大酒店那会，你怎么没去？"

江曾水说："谁说的，我去了……哎，对了，我倒是没看见你，是你自己没去吧。"

老金说："你哄谁呢，你的席卡空在那里，你又恰好排在第一排，怕台上的领导往下看到不好看，会务上特意把一个工作人员安排到你的位子上闷坐了一上午，头也不敢抬，作孽啊。"

江曾水说："你搞什么搞，上周那个会，我肯定参加了，会上有我的席卡，我就坐在席卡那儿，难道另外一个会场上，另外还有一个席卡，还有另一个我？"

老金扑哧一笑，说："你平行空间呀？"

江曾水说："呸，我是坐高铁去的，车票是总办订的，我还，我还……"他努力在脑海里搜索，看看有没有更实的实证来证明自己是到了会的。想了一会儿，想到了，向红。他立刻理直气壮地说："向红，前州分公司的那个向红，你也认得的，她也在那个会上的……"可是话一出口，他又感觉有些问题，其实只是向红的名字在那个会上，那个人，替会的，虽然她想冒充向红，可她并不是向红呀。

果然，老金呵呵一笑，说："向红是吧？我也在会上看到向红了呀，我以前没跟她加微信，这次加了一个。"

两个人争辩了一会儿，会议开始了，双方也就不再纠缠。

散会后，老金的身影迅速淹没在人流中，江曾水也不至于再要找他问个清楚。

可是这个事情在江曾水心里有一点儿小疙瘩，如果说会议规模大，会上老金没有看到他，或者他没有看到老金，这也正常，但是为什么老金看到了向红，还加了微信，而他看到的却只是向红的名字？

回家后，他心里还存着这个事情，沿着事情往前想一想，就顺理成章地想到了材料袋，他有材料袋为证。

集团的管理十分严格规范，凡是外出开会的，只要有材料带回来的，自己不想保存的话，都交与后勤统一保管三个月，三个月以后才会处理掉，江曾水才交了一周，材料袋肯定还在，他找到后勤，讨要材料袋。

后勤是一位工作细致有经验的老同志了，所有材料他都一一做有记号，很快就把江曾水上周带回的材料袋找出来了，交给他。江曾水一眼看过去，眼熟的，蓝色的纸袋，就是它了。

接过来手伸进袋子一掏，掏出几份宣传资料，一看却傻了，怎么是一些旅游公司以及旅游景点的宣传介绍呢，这跟他的工作八竿子打不到一块儿去呀。

江曾水将袋子递还给后勤，说："错了，这个不是我的。"

后勤接回去看了看，说："就是你的，这上面，我都做记号了，你看，这里写着，江曾水，某月某日，南州，某某会议，错不了。"

江曾水说："会不会是你记的时候搞错了，这不是我参加的会议，我怎么会去参加这样的会议？"

后勤也把材料拿去看看，也觉奇怪，说："咦，怎么会是旅游方面的东西？"

那是，别说江曾水，集团的任何人，谁会去参加旅游方面的会议呢？

他们都有点儿蒙，想不太明白。

他们百思不得其解吗？

才不会。想都不用想的，百思干啥？

无所谓。

现在的人，心大，想不明白就不想。

但是读者诸君会有意见的。

其实这事，我是知道的，我告诉你吧。

江曾水应该去的那个酒店叫“滨江大酒店”，而他实际上去的那个酒店叫“江滨大酒店”。

那又怎么样呢，反正他已经照样顺顺利利地把会开完回来了。

本来嘛，多大个事，不就是开个会嘛。

你要开车去哪里

结婚的时候，子和和太太除了互相戴上结婚戒指，子和的太太还送给子和一块玉佩，是一个观音像。太太说：“男戴观音女戴佛，你就挂在身上吧，它会保佑你的。”

子和收下了太太的玉佩，但他没有挂。他身上原先也一直有一块玉佩的。那是一块天然翡翠，色泽浓艳纯正，雕成一个栩栩如生的蝉，由一根红绳子系着挂在胸前。他结了婚，仍然挂着原来的那一块。太太有点儿不乐，也有点儿怀疑，问：“这是什么。”子和说这是奶奶留给他的，他不想摘下来。

子和这么说了，太太嘴上虽然不好再说什么，但心里的怀疑仍然在。女人的敏感有时候真的很神奇，就像子和的太太，她怀疑子和挂着的玉蝉是一个女人送的，事实还真是如此。

子和挂着的这个翡翠玉蝉，确实就是子和的前女友出国时留给他的，她没说这算不算信物，但她告诉子和，这是奶奶留给她的，而且，据她的奶奶说，又是奶奶上辈的人传到奶奶手里的，至于在奶奶之上的这个上辈，会不会又是从再上辈那里得到的，那就搞不太清了。但至少这个玉蝉的年代是比较久远了，所以，别说它是一块昂贵的翡翠，即使它没有多高贵的品质，是一块普通的玉，光靠时间的磨砺，也足够让人敬重的了。

“蝉”和“缠”是一样的读音，是不是意味着他们的感情缠绵不断。女友还特意找了一根永不褪色的红绳子，也可能是象征着她的爱心永远不变。

女友走了。

一开始子和并没有把玉佩挂在身上，子和不相信什么信物，但他相信感情。女友出去以后，因为学习和工作的繁忙紧张，不像在国内那样缠绵了，子和常常很长时间得不到她的消息。子和的亲友都觉得子和傻，一块玉佩能证明什么呢，女孩子如果变了心，别说一块玉佩，就是一座金山，也是追不回来的。尤其是子和的母亲，眼看着儿子的年龄一天一天大起来，担心儿子因此耽误了终身大事，老是有事没事说几句怪话，为的是让子和从心里把那个远在大洋彼岸的女孩儿忘掉。可是子和忘不掉。他一直在等她。

子和最终也没有等到她。她没有变心，她出车祸死了。

死之前，她刚刚给子和发了一封信，告诉子和，她快要回来了。

从此之后，子和就一直把这个玉蝉挂在身上了。许多年来，玉不离身，连洗澡睡觉都不摘下来。后来子和的太太也知道了这个事实，虽然那个女人已经不在了，但她心里总还是有点儿疙疙瘩瘩的，子和一直挂着玉蝉，说明他心里还牵挂着前女友。太太或者转弯抹角地试探，或者旁敲侧击地琢磨，后来干脆直截了当地询问，但子和都没有正面回答。

子和把前女友深深地埋在心底，谁也看不到她。

不知从什么时候开始，玩玉赏玉成了时尚，越来越多的人对玉有兴趣，越来越多的人，身上挂着、藏着、揣着玉。经常在公众场合，或者吃饭的时候，或者一起出差的时候，甚至开会开到一半，大家的话题就扯到玉上去了。谈着谈着，就开始有人往外掏玉，有的是从随身带着的包包里拿出来，有的是从领口里挖出来，也有的是从腰眼儿那里拽出来，还有的人，是连玉和赏玉的工具一起掏出来的。然后大家互相欣赏，互相评判，互相吹捧，又互相攻击。再就是各人讲自己的玉的故事，有些故事很感人，也有的故事很离奇。

每每在这样的时候，子和总是默默地听着他们说，他从来都是一声不吭的。也有的时候，大家都讲完了，只剩下他了，他们就逼问他，有没有玉，玩不玩玉，子和摇头，别人立刻就对他失去了兴趣。

其实子和挂这块玉的时间，比他们玩玉赏玉要早得多，只是子和觉得，他身上挂的，并不是一块玉，而是一个寄托，是一种精神。但那是他一个人的寄托，一个人的精神，跟别人没有关系，不需要拿出来让大家共享。

后来有一次，正是春夏之际，天气渐渐暖了，大家一起吃饭，越吃越热，子和脱去外衣，内衣的领子比较低，就露出了那根红绳子。开始没人注意，但过了一会儿，却被旁边一个细心的女孩儿看见了，手一指就嚷了起来："子和，你这是什么？"子和想掩饰已经来不及了，便用手遮挡一下，但又有另一个泼辣的女孩儿手脚麻利地上前就扒开他的衣领拉了出来："哇，一个翡翠玉蝉哇！"硬是从子和的颈子上摘了下来，举着给大家看。

同事们都哄起来，有的生气，有的撇嘴，说："这么长时间，怎么问你，你都不说，什么意思呢？"觉得子和心机太深、太重，甚至有人说子和这样的人太阴险，太可怕，不可交。子和也不解释，也不生气，眼睛一直追随着玉蝉。大家批评他，他刀枪不入，结果也拿他没办法，就干脆丢开他这个人，去欣赏和鉴定他的玉蝉了。

这一场欣赏和鉴定，引起了很大的争论，有的说价值连城，有的认为一般般。最后又问子和，要他自己说，子和说："我也不知道，我不懂玉，我不知道。"大家又生他的气，说："不懂玉，还把玉蝉牢牢地挂在颈子上。"另一人说："还舍不得拿出来给我们看。"再一个人说："是不是觉得我们这批人特俗，没有资格看你的玉蝉。"还是发现玉蝉的那个女孩儿心眼儿好一点儿，她朝大家翻翻白眼，说："谁没有自己的隐私，子和不愿意说，就可以不说，你们干吗这种态度？"女孩儿是金口玉言，她一说话，别人就不吭声，不再指责子和了。

他们后来把玉蝉还给了子和，都觉得他这个人没劲、没趣，还扫兴。子和也不理会大家的不满。

过了几天，子和的同事里有个好事者，遇见子和的太太，跟她说："没想到子和竟然有这么好的一块玉，那可不是一般的好。"子和的太太是早就知道这块玉的，但她并不懂玉，以为就是一般的一块玉佩，没当回事情。现在听子和的同事这么说，心思活动起来了，她也知道现在外面玉的身价陡涨。太太回家问子和，到底是块什么玉。子和和回答同事一样回答她，说他不懂玉，所以不知道。太太就说："既然你不知道，我们请专家去鉴定一下，不就知道了？"子和不同意。太太知道他心里藏着东西，就说："又不是让你不挂了，只是暂时取下来请人家看一看，你再挂就是了。"子和仍然不肯。太太就有点儿生气了，说，"你到底为什么不肯去鉴定？"子和说："那你到底为什么一定要去鉴定？"太太说："你如果怕摘掉了不能保佑你，你暂时把我的那个玉观音戴上，观音总比一只小知了会保佑人吧。”子和说：“我挂它，不是为了让它保佑我。”太太深知子和的脾气，再说下去，就是新一场的冷战开始了。太太是个直性子、急性子，不喜欢冷战，就随他去了，说：“挂吧挂吧。”

其实太太并没有死心，以她的个性，既然已经知道玉蝉昂贵，但又不知道到底值多少钱，心里痒痒，是熬过不去的。她耐心地守候机会，后来终于给她守到一个机会——那天子和喝醉酒了。

子和平时一直是个比较理智的人，很少失控多喝酒，可这一次同学聚会却是酩酊大醉，回来倒头就睡。太太也无暇分析子和为什么会在同学聚会时喝醉酒，急急地从子和颈子上摘了玉蝉就去找人了。

结果果然证明，子和的这块翡翠玉佩，非同一般，年代久远，质地精美，雕工精致，是从古至今的玉器中少见的上上品。

太太回来的时候，子和还没有醒呢，太太悄悄地替他把玉蝉挂回去，然后压抑住狂喜的心情，一直等到第二天，子和的酒彻底醒了，她才把专家对玉蝉的估价告诉了他。

子和起先只是默默地听，并没有什么反应，任凭太太绘声绘色地说着，专家看到玉蝉时怎么眼睛发亮，几个人怎么争先恐后地抢着看，等等。太太说得眉飞色舞、情不自禁，可子和不仅没有受到太太情绪的感染，反而觉得心情越来越郁闷，玉蝉又硬又凉，硌得他胸口隐隐作痛，好像那石头要把他的皮肤磨破了。子和忍不住用手去摸一摸，他甚至怀疑是不是被太太偷梁换柱了，这么多年他一直把玉蝉挂在心口，从来没有不适的感觉，玉蝉是圆润的，它已经和他融为一体了，只有浑然和温暖。

太太并没有偷换他的玉蝉，可玉蝉却已经不再是那块玉蝉了，这块玉蝉在子和的胸口作祟，搞得他坐卧不宁，尤其到了晚上，戴着它根本就不能入睡，即使睡着了也是噩梦不断，子和只得摘了下来。

从此以后，每天晚上子和都得把玉蝉摘下来，才能睡去。

就这么每天戴了摘，摘了戴，终于有一天，子和在外地出差，晚上睡觉前把玉蝉摘下来，搁在宾馆的床头柜上。可是第二天早晨，子和却没有再戴上。就把玉蝉丢失在遥远的他乡了。

后来子和怎么回忆也回忆不起来，那一天早晨，是因为走得急，忘记和忽视了玉蝉，还是因为早晨起来的时候，玉蝉已经不在床头柜上了，子和努力回想那个早晨的情形，但他的大脑里一片空白，没有玉蝉，什么也没有，甚至连那个小宾馆的房间他也记不清了，那个搁过玉蝉的床头柜好像也从来没有出现过。

子和回来以后，一直为玉蝉沉闷着，连话也不肯说。

子和的太太更是生气，她责怪子和太粗心，这么昂贵的东西怎么能随便乱放呢，她甚至怀疑子和是有意丢掉的。子和听太太这么说，回头朝她认真地看了看，过了一会儿，他说："有意丢掉？为什么有意丢掉？"太太没有回答他，只是朝着空中翻了个白眼。

子和不甘心玉蝉就这么丢失了，他想方设法地找机会，重新来到他丢失玉蝉的地方。这是一个偏远的小县城，县城街上的路面还是石子路面，子和走在石子街上，对面有个女孩子穿着高跟鞋咯噔咯噔地走过他的身边，然后，渐渐地，咯噔咯噔的声音远去了，子和的思绪也一下飞得很远很远，远到哪里，子和似乎是知道的，又似乎不知道。

子和平时经常出差，所以不可能每到一处都把当时的住宿情况记得清清楚楚，他也没有记日记的习惯，出过一次差，不多天以后就把这次行程忘记了。当然子和出差一般不会是一个人行动，多半有同事和他做伴，丢失玉蝉的这一次也不例外。子和为了回到那个县城去寻找玉蝉，他和同事核对了一下当时的情况，确认他们住的是哪家宾馆，是宾馆的哪间房间。

但是就像在回忆中一样，他走进宾馆的时候，大脑仍是一片空白，他记忆中没有这个地方，没有这个不大的大厅，没有那个不大的总台，也没有从大厅直接上楼去的楼梯，总之宾馆的一切对他来说都是陌生的，都是第一次见到。

子和犹犹豫豫到总台去开房间，他要求住他曾经住过的那一间，总台的服务员似乎有点儿疑惑，多看了他一眼，但并没有多问什么话，就按他的要求给他开了那一间。

子和来到他曾经住的房间，也就是丢失玉蝉的地方，拿钥匙开门的时候，他的心脏有点儿异样的感觉，好像被提了起来，提到了嗓子眼儿，似乎房间里有什么意料之中或意料之外的东西在等待着他。子和深深地吸了一口气，镇定了一下，打开了房门。

子和没有进门，站在门口朝屋里张望了一下，这一张望，使子和的那颗悬吊起来的心，一下子落了下去，从嗓子眼儿落到了肚子里，闷闷地堵在那里了。

房间和宾馆的大厅一样，对他来说，是那么的陌生，他觉得自己根本就没有住过这间房间，里边的一切，他从来都没有见过。床头边确实有一个床头柜，但每个宾馆的房间里都会有床头柜，子和完全无法确定，这是不是他搁放玉蝉的那个床头柜。

子和努力从脑海里搜索哪怕一星半点儿的熟悉的记忆，可是没有，怎么也搜索不到。渐渐地，子和对自己、对同事都产生了怀疑，也许是他和他的同事都记错了地点。

子和在房间里愣了片刻，又转身下楼回到总台，他请总台的服务员查了一下登记簿，出乎子和的意料，登记簿上清清楚楚地写着子和和他同事的名字、入住的日期以及他们住的房间，一切都是千真万确，一点儿都没有差错。

子和又觉得是他的记忆出了问题，但现在来不及管记忆的问题了，首先的，也是唯一的办法，就是先强迫自己承认这里就是他住过的宾馆、房间，这里就是他丢失玉蝉的地方。

强迫自己接受了这个前提，子和就指了指总台服务员手里的登记簿说："你这上面登记的这个人，就是我，另外一个，是我的同事。"服务员说："是呀，我知道就是你。"子和奇怪地说："你怎么知道是我？你记得我来过吗？"服务员说："先生，你开什么玩笑，我怎么记得你来过。宾馆每天要来许多客人，我们不可能都记得。"她见子和又要问话，赶紧也指了指登记簿，说："这没有什么好奇怪的，这上面的名字是一样的嘛，还有，你登记的身份证号码也是一样的嘛。"子和说："那就对了，是我——上次我们来出差，我有一块玉丢失在你们宾馆，丢失在我们住的那个房间了，我回去以后曾经打电话来问过，可你们说没有人捡到。"服务员一听他这话，立刻显得有点儿紧张，说："什么玉？我不知道的。"子和说："我这一次是特意来的，想再找一找，再了解一下当时的情况，看看有没有可能发现一点儿线索。"服务员避开了子和的注视，嘀嘀咕咕说："我不知道的，你不要问我，我什么都不知道的。"

他们只说了几句话，宾馆的经理就过来了，听说子和在这里丢了玉蝉，宾馆经理的眼睛里立刻露出了警觉，他虽然是经理，口气却和服务员差不多，一迭声说："什么玉蝉？什么玉蝉？你什么意思？你什么意思？"子和说："我没有什么意思，如果有人捡到了我的玉蝉，拾物应该归还，如果他想要一点儿酬谢，我会给他的。"经理说："玉蝉？你说的玉蝉是个什么东西？"子和说："就是一块玉雕成的一只蝉的形状。"子和见经理不明白，又做了个手势，告诉宾馆经理玉蝉有多大。宾馆经理似乎松了一口气，说："噢，这么个东西啊，我还以为是什么宝贝呢。"子和想说"它确实是个宝贝"，但他最后还是没说出来。

宾馆经理虽然对子和抱有警觉心，但他是个热心人，等他感觉出子和不是来敲诈勒索的时候，就热情地指点子和，他说："如果有人捡到了，或者偷走了，肯定会出手的。"子和不知道他说的"出手"，是"出"到什么地方。宾馆经理说："这个小地方，还能有什么地方，县城里总共就那几家古董店……"他忽然神秘兮兮地压低了声音，但语气却是加重了，似乎是在做一个特别的申明，说："古董店，是假古董店。"

在县城的小街上，子和果然看到一字排开的三家一样小的古董店，子和走进其中的一家，问有没有玉蝉，古董店老板笑了笑，转身从背后的柜子里抽出一个小木盒，打开盖子，哗啦一下，竟然倒出一堆小玉佩。子和凑上前一看，这个盒子里装的，竟然全都是玉蝉，只是玉的品质和雕刻的形状各不一样。

虽然玉蝉很多，但子和一眼就看清了，里边没有他的玉蝉。子和说："老板，有没有天然翡翠的，是一件老货。"店老板抬眼看了看子和，说："传世翡翠？你笑话我吧，我这个店的全部身家加起来，值那样一块吗？"

子和不甘心，他怕自己分神、粗心，又重新仔仔细细地把那一堆各式各样的玉蝉，看了又看，摸了又摸。

店老板说："其实你不用这么仔细看的，不会有你说的那一块，要是有你说的那块，我能开这样的店吗？你别以为我开个假古董店，就是绝对的外行，我只是没有经济实力，而不是没有眼力。"子和从一堆玉蝉中抬眼看了看店老板，他看到店老板的目光里透露着一丝狡猾的笑意。后来，在很长的一段时间里，这道目光一直追随着子和，使子和心里无法平静，他不知道店老板的笑容里有什么意思。

店老板说："这位先生，既然找不到你的那块玉蝉，还不如从我的这些玉蝉里挑一块去，反正都是玉蝉，我这里的货虽然品质差一些，但雕工不差的，价格也便宜呀。"当然，无论店老板怎么劝说，子和是不会买的。

子和十分沮丧，他甚至都不想再走进另外的两家店了，他觉得完全无望，玉蝉根本就不在这里，他感觉不到它的存在，他更感觉不到它到哪里去了。就在这个时候，子和的手机响了起来，是女儿幼儿园的老师打来的，说是在子和女儿小床的垫被下面，发现了一块玉蝉，请他去看看，是不是小女孩儿从家里偷拿出来玩儿的。

事情正如老师推测的那样。

可能那一天子和出差的时候，把隔天晚上摘下来的玉蝉留在了家里的床头柜上。子和的女儿看到爸爸将玉蝉忘记在家里，觉得很好奇，因为她从小儿就知道，玉蝉一直都是跟着爸爸的，爸爸怎么会让它独自留在家里呢。小女孩儿拿到幼儿园去给小朋友们看，小朋友没觉得玉蝉有什么好玩儿的，看了几眼就没兴趣了。子和的女儿也没有兴趣，就随手扔在自己的小床上，不一会儿也就忘记了。老师叠被子的时候，不知怎么就被滚到垫被下面去了。一直到这个星期天，幼儿园打扫卫生清洗被褥时，老师才发现了这块玉蝉。

失而复得的过程竟是这么的简单，简单到出人意料，简单到让人不敢相信。子和重新拿到玉蝉的时候，他都不敢相信自己的眼睛，但是玉蝉本身带有的种种特殊印记证明了这就是他的那块玉蝉。

子和却再没有把玉蝉挂起来。子和的太太了解子和，她知道子和内心深处有着深深的怀疑，他怀疑这块玉蝉已经不是原先的那块玉蝉了，虽然记号相似，但是他觉得这个“它”，已经不是那个“它”了。

为了让子和解开心里的疙瘩，确定这个“它”到底是不是那个“它”，子和太太重新去请最权威的专家进行鉴定，鉴定的结果令子和太太吃了一颗定心丸，她回来兴奋不已地告诉子和，“它”就是“它”。

子和摇了摇头，他完全不知道“它”是不是“它”。

子和太太见子和摇头，感觉机会来了，赶紧问子和：“这个玉蝉你还戴吗？”子和说：“不戴了。”子和的太太早就想把玉蝉变现，现在终于忍不住说了出来。子和听了，也没觉得怎么反感，只是问了一句：“你说它有价值，价值不就是钱吗？为什么非要变成钱呢？”他太太说：“不变成钱，就不能买房买车买其他东西呀。”子和说：“既然你如此想变现，你就拿去变现吧。”他的口气，好像这块玉蝉不是随他一起走过了许多年的那块玉蝉，好像不是他从前时时刻刻挂在身上不能离开片刻的那块玉蝉。他是那样的漫不经心，那样的毫不在意，好像在说一件完全与他无关的东西，以至于他的太太听了他的这种完全无所谓的口气，还特意朝他的脸上看了看，她以为他在说赌气的话呢。但子和说的不是气话，他完全同意太太去处理玉蝉，随便怎么处理都可以，因为这块玉蝉，在他的心里，早已经不是那块玉蝉了。

他太太生怕他反悔，动作迅速地卖掉了这块价值昂贵的玉蝉，再贴上自己一点儿私房钱，买了一辆家庭小轿车。她早就拿到了驾照，但一直没买车，心和手都痒死了，现在终于把玉蝉变成了车，别提多兴奋。整天做着星期天全家开车出游的计划，这个星期到哪里，下个星期到哪里。

日子过得很美好，不仅太太心头的隐患彻底消除了，而且还坏事变好事，把隐患变成了幸福生活的源泉。

可是有些事情谁知道呢。就在子和太太的车技越来越娴熟的时候，她突然出了车祸。

那天天气很好，子和太太心情也很好，路面情况很正常，一点儿也不乱，她的车速也不快，她既没有急于要办的事情，也没有任何心理问题，总之，在完全不可能发生车祸的那一瞬间，车祸发生了。

子和太太撞倒了一个女孩儿，一个二十刚出头的花季少女，她死了，血流淌了一地，子和太太当场就吓晕过去。等医护人员赶来把她救醒时，她浑身发抖，反反复复地说："是我的罪过，是我的罪过，是我撞死她的，是我撞死她的，全是我的错，我看见她，我就慌了，我一慌，我想踩刹车，结果踩了油门，是我撞死了她，对不起，对不起……"可奇怪的是，交警方面调查和鉴定的结果却正好相反，子和太太反应很快，一看到人，立刻就踩了刹车——她踩的就是刹车，而不是油门。可是刹车没有那个女孩儿扑过来的速度快，悲剧还是发生了。现场也有好几个证人证明，亲眼看见那个女孩儿扑到汽车上去的。甚至还有一个人说，他看到女孩儿起先躲在树背后，看到子和太太的汽车过来，她就突然蹿出来，扑了上去。但他的这个说法却没有其他人能够印证。

所以，死了的那个女孩儿是全责，子和的太太没有责任，她正常地行驶在正常的道路上，即便反应再快，哪里经得起一个突然扑上来的人的攻击？

可是任凭别人怎么解释，子和的太太就是听不进去，她始终认为是自己的责任，她反反复复地说："是我的罪过，是我的罪过，是我杀死了她，我一看到她我就慌了，我想踩刹车结果踩了油门，是我杀死了她。"

女孩儿遗体告别的那一天，子和去了，但他只是闭着眼睛听着女孩儿家人的哭声，他始终没有敢看女孩儿的遗容。子和内心深处似乎有一种隐隐约约的感觉，他怕他看到的会是一张熟悉的脸。

在医生的建议下，子和让太太服了一段时间的治疗药物，太太的情况稍有好转，她不再反反复复说那几句话了，但她也不能再开车了。不仅不能开车，很长的一段时间里，她都不能听别人谈有关车的事情，都不能听到一个"车"字。凡是和车有关的事情，都会让她受到刺激，立刻会有发病的迹象。全家人都小心翼翼，尽量避免谈到车的事情。

她的那辆小车，一直停在小区的车位上，因为是露天的车位，每天经历着风吹雨打太阳晒。子和曾经想卖掉它，又怕卖掉后太太经过时看不见它，会忽然失常，想问问太太的意见，但是刚说到“车”字，太太的眼神就不对了，子和只得放弃这个打算，任由它天长日久地停在那里。

后来，这辆车生锈了，再后来，它锈得面目全非了。

看　见

艾可从小到大一路学霸，会考试，而且不惧怕考试，只要一坐下来，进入安静状态，就有如神助，哪怕准备不够充分，也总是能够发挥出最好的水平，让人刮目相看。

可惜就是眼睛不好，还不是一般的不好，是很不好，高度近视，高到多少度，到后来已经没有数了。小时候还知道，开始就是800，然后就到了1000，很快又过了1200，再到后来，都检查不出来了，但近视还在继续赶路。大家都说："艾可，你要瞎了。"

其实这时候他已经比较泰然了。不像刚开始时那么焦虑，又时时怀着期盼，一直焦虑就焦过头了，一直期盼也一直盼不到什么，后来也就慢慢平静了。现在他是既不期盼，也不焦虑。随便。

他是个不戴眼镜的近视眼，因为无法戴眼镜，但凡能够配到的最高度的近视眼镜，对他来说，也只是个摆设，起不了作用，所以干脆就不戴了。好在光感还是有的，身边有什么东西，也能看得到，当然看到的并不就是那个东西，看到的只是一团模糊。好在模糊也是个东西，他只要看到了那团模糊，就不会撞到东西，就不会出事故。

他的工作，得到了照顾，但也可惜了他的学霸履历，他在单位办公室的后勤上做事，管管仓库，给同事发发办公用品，接转大家的报修要求之类。

这个工作不用长时间近距离用眼，对他还是比较适合的，他精力充沛，有劲无处使，哪个办公室说没有打印纸了，他就抱了送过去，哪个同事说这本新台历不喜欢，他就给他换一本喜欢的。

年终评选先进，人人想当先进，最后总是难平衡，给张三李四不高兴，给李四王五的积极性受影响，有人说："那就给艾可吧，他虽然眼睛看不见，但是工作很努力的。"大家都觉不妥，但竟然也都没意见。

艾可原以为人生也就这样了，可是后来忽然又冒出了新的希望，有了一种新的治疗方法。其实从小到大，不知使过多少办法，近视眼不仅没有丝毫好转，反而每况愈下，艾可早就不抱希望了，可谁知道呢，希望现在又来撩他了，他又抱住了希望。

手术很顺利，拆了纱布，睁开眼睛，艾可一下子就看清了医生的脸。他这才真正知道了，人脸居然是如此的生动，人的眼神是如此的光彩，五官搭配得如此精妙，那嘴巴，说话的时候，丰富活跃，真是牵动着整张的面皮啊。

他激动得差点儿哭了，又差点儿想唱歌。医生说：“别激动，别激动，还没到真正激动的时候，现在你是看得见了，但是手术到底是否成功，要有一个月的时间来检验，如果一个月以后情况正常，手术才算成功。”

也就是说，也有的人，手术后是看得见了，一切都清爽了，但是一个月后，又重新回到了模糊的状态，这也是常事。

艾可没想那么多，他还没来得及多想，现在他是吃惊、大吃惊，甚至是震惊，所有向他展开的一切，都令他十分的意外。

简直了，原来世界是这样子的呀。

他看到树叶也惊讶，他一直以为树叶是一团一团的，现在知道，原来树叶是一片一片的。

看到邻居家养的一只吉娃娃在路边散步，他也惊讶，他以为那是猫，可是猫怎么长得这么奇怪呢？

他还看到了远处的高楼，简直就是目瞪口呆。城市发展高楼林立这事情他也是知道的，但是等到真正看清了这许多高楼，他还是震惊了。他一直以为他是生活在一个四处有山的城市呢，原来是楼。

总之，艾可简直像是换了一个人，他都不敢相信，以前的那个人就是他自己，他是怎么理解这个世界的，他是怎么认识这个世界的。现在，他重新开始了，他的新生来了。

当然，相比树叶、狗狗、高楼之类，更要命的是，他看清了所有熟悉而又模糊的同事们的脸庞。

那一刻他惊愕地盯住他们的脸庞，他急着要拿平时积累起来的对他们的印象和判断，当然还有想象，来比对这张清楚而真实的脸庞。

结果就呵呵了。

原来，一个人的脸庞，和他的声音，和他的呼吸，和他的气味，和他的习惯，和他使用的语言，和他的脚步声，和他的咳嗽，甚至和他撒尿的声音，等等，竟然有那么大的差别。

比如艾可的同事小丁。小丁比艾可晚进单位，她和他成为同事，在一个办公室工作，艾可从来就没有看清过她的长相。其实艾可并不是盲人。他也不是一丁点儿也看不见，但他若是要想看到一个人的脸庞，就必须凑到这个人的面前，几乎脸贴着脸，才能勉强看到一张模模糊糊的脸。

干吗呢，一张脸就那么重要吗？

正常的人应该不会这么想，一张脸自然是很重要的。只有一个无可奈何的人才会这样想。

所以艾可一直是凭着小丁说话的声音以及小丁说话的内容方式等来判断她的长相的。小丁嗓音轻柔，个性温和，说话从来不会高声粗气，艾可自然就觉得小丁会长着一张可亲可爱的圆圆脸。

所以小丁的脸庞，在艾可的脑海里，或是心里，一直是有具象的。

那时候同事还不知道艾可眼睛已经看得见了，他们和往常一样，该干什么干什么，并没有在意走进来的艾可像是换了一个人。

艾可一眼就看到了“小丁”，就在她平时坐的那个位置上，也就是平时她发出声音的那个地方，艾可上前笑着跟她打招呼：“小丁小丁，你果然跟我想的差不多哎。”

“小丁”朝他翻了个白眼。艾可好像还是头一次吃到这样的白眼，感觉挺新鲜的，尤其是一个貌美女孩儿翻出来的白眼，别有意境，这边艾可还在细细品味白眼的滋味儿，那“小丁”就说了：“你谁呀？”

艾可一听她的声音，立刻知道自己出错了，她不是小丁，他赶紧说道：“咦，我艾可呀，平时是我看不见你，又不是你看不见我，你怎么会不知道我是谁？”

“小丁”说：“哦，你就是艾老师啊，艾老师，你搞错了，我不姓‘丁’，我是新来的。汪小君，你喊我‘小汪’‘小君’或者‘汪小君’都可以，随便你。”

艾可蒙了，停顿了一会儿，他说：“小汪，哦，小君，你什么时候来的？”

汪小君说：“上周五。来了一天就双休了，不过主任跟我介绍过同事了，我听说了，有个艾老师在动手术，原来就是你啊，你动什么手术呢？”

艾可说：“眼睛手术，我原来眼睛看不见，现在能看见了……”话音未落，其他同事也都已经得知了，他们放下手里的活儿，围拢过来，一个个死盯着艾可的眼睛看，好像要看看这双新的眼睛到底是不是艾可的。

一个同事说：“艾可，你厉害呀，眼睛刚一看见，就勾搭妹妹啦。”

汪小君说：“艾老师以为我是‘小丁’，‘小丁’是谁啊？”

大家就七嘴八舌对汪小君说：“你当真呢，勾搭人都是这个套路。”

又说：“你以为艾老师眼睛看不见，心里也看不见哦。”

大家都笑。

艾可也笑，说：“原来我一直自以为是，我以为凭声音和这么长时间的接触，基本上能够判断谁是谁的。”

大家来兴趣了，争先恐后，这个说：“噢？那你猜猜，我是谁？”

那个说：“那我呢？”

“还有我呢？”

艾可说：“你们拿别人的痛苦寻开心啊。”

大家说：“怎么是痛苦呢，原来是痛苦，现在你看得见了，是幸福哎。”

这倒也是，他看不见的时候，同事一般不拿他的眼睛打趣，现在他的眼睛好了，他们才会跟他开眼睛的玩笑。

艾可说：“不一定哦，医生说有一个月的过渡期，如果顺利就好了，也有人一个月以后又回到从前。”

大家不当回事，说：“一个月以后再说啦，反正现在你能看清楚我们的脸了，喂，你认出我来了吧，我是张子强。”

艾可说：“去，去去，张子强早就升官了，你小子，你的声音我听得出，我只是没有想到，你长了这么一张猪脸。”

这个冒充张子强的同事又把另一个同事推到艾可面前，说：“老艾，你看看他是谁？”

那个被推过来的同事，也笑道：“你觉得我是谁？”

艾可一时竟有点儿应付不过来，让他把长期以来在脑海里形成的同事的脸庞，和现实中真实的同事的脸庞对上号，原以为是件很简单的事情，现在才知道，不是那么轻而易举，他还得一一地辨别。

艾可最熟悉的声音是小丁，但是因为认错了汪小君，他不大敢重新寻找小丁了，他们的办公室是那种开放式的超大办公室，办公室里有好些女同事，分布在每一个角落或者中心的位置，既然小丁原来的位置已经是别人了，他一时无法断定小丁现在在哪个位置，所以他先是四下环顾一下，然后问了一下：“小丁呢？哪个是小丁？”

他看到他的几个同事互相对视了一下，似乎有些奇怪，其中一个说："小丁？你说的哪个'小丁'？"

艾可一时不知如何表达，总不能说，就是声音很好听的那个"小丁"，更不能说，就是圆圆脸的那个"小丁"，所以他含含糊糊地道："就是，就是，以前表格都是她做的，就是那个'小丁'。"

那同事道："哦，那个'小丁'啊，早就走了，快有一年了吧，先是休产假，产假后就没来上班，听说是跳槽了。"

另一个女同事不高兴地说："是呀，跳槽就跳槽，也不是什么稀罕事，可是她这么一走了之，连招呼也不打一下，更别说来告个别了，好像我们相处得不好似的。"

那个男同事就说："那好像你们相处得很好似的。"

大家笑了。

艾可心想：那我手术前一天还听到的那个柔和好听的声音，难道不是"小丁"？不过他也没有再多嘴多问，既然自己的判断有误，就别再丢人现眼了。

小丁都离开这么长时间了，他还以为那个位置上的人是"小丁"呢，真是离谱。

有个同事热心，把和小丁一起拍的合影从手机里调出来，递到艾可面前，说："你看看，你问的是这个'小丁'吧？"

艾可一看，这个"小丁"脸相尖刻，细长脸，方下巴，和他自己想象的那个"小丁"完全不是一回事，他赶紧摇头说：

“可能不是她。”

那同事说：“就是她，我们办公室，从来就只有一个姓丁的，不是她，还会是谁？”

大家又笑了，说：“这就叫‘理想很丰满，现实很骨感’。”

艾可有点儿窘。

后来有一个同事从外面进来，他看到大家围着艾可议论他的眼睛，也凑过来说：“小艾，你手术成功啦，眼睛看得见啦，我在这里呢。”

这是老许。平时在单位里，老许是照顾他最多的，但凡有什么因为眼睛看不见而为难的事，大多是老许替他解决、帮他处理的，可是现在艾可看着老许，却有些疑惑，有些犹豫，他试探地说：“你是老许？”

老许说：“呵呵，小艾你别装了，你还不知道我嘛，看都不用看的嘛。”

咳，老许这么温柔和蔼的一个人，可他这长相，实在是有点儿、有点儿——那眼睛瞪得跟牛眼似的，眉毛又浓又密又长，人没到你面前，那眉毛已经戳痛了你的眼睛——看起来就不像个和善的人。

艾可心里十分感慨，真是人不可貌相啊。

其实，当艾可眼睛看得见了，回到办公室，看清了平时看不清的同事，他吃惊的事情还多着呢。

比如老吕，平时说话口音很重，他一开口，别说自己办公室，连走廊，连隔壁办公室都能听见，有时候他觉得什么事情带着点儿机密，小声地嘘大家，要大家小心听着，结果他自己就像一只大喇叭，搞得全体都知道他的小秘密。可是这个粗糙的老吕，他的行为动作却很轻巧，走路悄无声息的，一闪就闪到你背后了，你想说他坏话，可得小心着点儿。单位同事被老吕抓现行的，可不止一个两个。幸好那时候艾可看不见，也幸好艾可因为看不见，不知道身边有没有人，所以从来不说别人的坏话。

还有小关，在艾可的想象中，他是个唯唯诺诺的年轻人，他的成熟似乎和他的年龄不相符合，但等他睁开眼睛一看，沉稳？没有的事，这个小关，手舞足蹈，举止轻浮，简直就是个没有长大的孩子。

艾可简直就是刘姥姥进了大观园，到处瞧着新鲜，到处出乎他的意料。

这边大家正游戏着艾可的眼睛，主任进来了，咳嗽了一声，说："大家有工夫别闲扯呢，赶快归整归整，我们摊上大事啦。"

行业的年会暨大型国际性招商会，今年轮到他们了。其实，行业内的这种轮值，也是说说而已，归根结底还是要看你的实力。

即便是差不多轮到了，总部那边可能会因为嫌弃你实力不够，会务能力弱，从而找个借口跳过，交给另一家同行。

这会让公司老总很没面子。当然也有的老总对面子没兴趣，轮不到最好，跳过我正好，省得我劳民伤财，得不偿失。这属于破罐子破摔了，基本上是那些快要船到码头车到站的一把手，不求施展，只求平安的思路。可是大多数的老总是有进取思维的，但凡是想进取的，都愿意接手这样的活动，这是接触上层、展示公司实力的最佳机会。

行内也不是没有先例，有分公司的老总或者其他职务的什么人，就是因为一次活动搞得出色，就被看中了，提拔到总部去了。

总的说来，现在公司发展很快，非昔日可比，过去即便是轮到了，也可能被跳过去，这一次却是跳过了别人，先安排过来了。

六十年风水轮流转，可见如今总部对公司的刮目相看。

也就是说，在艾可的眼睛好转的同时，单位里碰到了一件大事，不说千载难逢，至少也是前所未有，那可是目前这段时间，公司上上下下全部工作的重点，尤其是艾可所在的公司总办，那可是重中之重的部门了。

虽然单位碰上大事，但是艾可的工作任务暂时不会改变，在这样的重大活动中，每个同事都吊起了神经，绷紧了心弦，唯独艾可，相对是比较正常、比较轻松的。

可是人不能太轻松呀，轻松了就会生事，比如艾可吧，他是坐看一团麻，看他们乱中出错，看他们乱出什么意外。

他看到了，每次只要主任一进来，小金的脸就红起来，主任待在这里时间越长，她的脸色就越来越红，最后甚至都红得发紫，紫成一只茄子。最过分的是她居然把茶水打翻了，泼了艾可一身。

艾可被烫得跳了越来，忍不住说："哎哟哟，小金，难道我眼睛好了，你眼睛不好了。"

小金慌慌张张，过来替艾可揩擦。

主任笑了笑，说："小艾，你眼睛不好的时候，嘴巴蛮厚道的，现在眼睛好了，嘴巴变厉害了？"

艾可有点儿不好意思，确实不应该这么说小金，可是小金的慌乱让他十分好奇，他看了看其他同事，难道他们一点儿感觉都没有？

他们都在忙自己的事情，心无旁骛，什么感觉都没有。

等到主任走了，艾可过去问老许："小金怎么回事？"

老许不明白，两只牛眼眨巴眨巴地看着艾可。

艾可说："不是一次，几次了，我注意到的，为什么主任一进来，小金就那样？"

老许仍然是蒙的，说："就哪样？"

艾可说："你看不见？"

老许耸了一下肩膀，说："对不起，我一直在忙自己的事情，哪有时间看别的什么，你看看我手头儿，光资料就这么多。”

艾可下班回家，眼睛好了，心情也好，把许多新鲜好奇事说给老婆听，老婆却爱听不听，似听非听，对于老婆来说，艾可的所谓“新鲜好奇事”，一点儿也不新鲜不好奇嘛。他说个没完没了，其实老婆心里早就起烦起腻，但好歹体谅他见了光明的美好心情，便忍着，一直到他说了小金的事情，说了主任进来小金就脸红，这时候老婆忍不住了，戗他说：“是呀，别人都是瞎子，就你眼睛好嘛。”

艾可再怎么瞎眼麻木，也从老婆的语气中听出问题，从此闭口不言了。

过了一天，艾可在走廊上碰见主任，主任对他说：“艾可啊，有个事情跟你商量哦，人事处来和我们说，他们那个小孙生孩子，这一阵他们事情多，来不及做，想借个人过去用几天，你看你去帮几天行吧？”

艾可一口答应说：“行的。”但说过之后又有点儿担心，犹豫说：“可是人事处那边的工作，我不熟悉，不知道能不能……”

主任说：“嘿，无非就是造表格、填表格、查表格、整理表格，依样画葫芦而已，你这样一个大才子，还不是小菜一碟。再说了，又不是一直留在那里，过一阵要回来的。”

在办公室忙着准备重大会议的时候，艾可却去了人事处，果然如主任所说，人事处要造的表格忒多，要查的表格也忒多，这都是需要细心耐心对待的工作，好在艾可一直就比较耐心。想想也是，这么多年的半盲人做下来，不耐心也得耐心了。

艾可借调人事处接手的第一件工作，就是配合工资调整，核查单位职工的工龄。核查工作并不复杂，只需将档案材料里的原始材料和现行的工资档案再核对一遍，真是应了主任那句话——对于艾可来说，小菜一碟。但艾可一直沉浸在眼睛亮了的激动中，对工作热情高涨，他认真细心地做了这个普通到不能再普通的核查工作。

工龄上的误差真的很少，可能因为这个涉及每一个人的每一项收入，即便组织上搞错，个人也一定会来纠正的。错误就越纠越少，艾可倒是很想核查出哪怕一两个误差，也算是工作成效嘛。

但他这么想是不对的，他有了工作成效，就从另一个方面证明了人事处的同事工作有失误了。

所幸，艾可还真核不出工龄上的误差，但是因为他太过认真细致，原始材料中与工龄无关的内容，他有时候也会多看一两眼，结果这一两眼，就看出问题来了。

先是一个叫刘子葵的同事，艾可觉得他的年龄有误，因为艾可记得去年单位春节联欢会发吉祥物的时候，他上台领了一只兔子。

也不是艾可看见的，那时候他还看不见，是他听见的，他听见刘子葵在说："我要这种，这只卡通兔子，我女儿喜欢。"

这是单位每年的规定动作，属什么属相的，到年底联欢会可以领取一只玩具动物，领了兔子的，那他就是属兔子的，可是他的原始档案材料上填的年龄，那一年不是兔年。

艾可疑疑惑惑，找了个机会悄悄地问了一下人事处处长："通联处的那个刘子葵，是属兔子的吗？"

处长正低头忙着手里的活儿，听到了艾可问话，却好像没有听懂，抬头看了他一眼，反问说："属兔子？刘子葵？他属不属兔子，有什么问题吗？"

艾可说："可他的原始材料上，他是某某年的，某某年的人不属兔子呀。"

处长轻描淡写地说："哦，那是他自己的事情。"

艾可就奇怪，人事处不就是负责掌握每个人的基本情况吗，如果基本情况搞错了，他本人却不知道，这会耽误事情的，所以艾可忍不住说："李处，你们不告诉他吗？不让他纠正吗？"

那处长撇了撇嘴，说："奇怪了，笑话了，怎么需要我们告诉他呢，他自己几岁，他哪年出生的，他自己不比我们清楚吗？"

艾可似乎被问住了，但他想了想，觉得还是有问题，又说："也许他当初填错了，也许有什么误会……"

那处长打断他说："误会那也是他自己误会，他都比我先进单位，我来的时候，他的档案就在那里了，我怎么能自说自话认定他几岁呢？"

艾可说道："那他会一直误会到底的，到时候他会误以为组织上要他提前退休呢。"

那处长说："几时退休也不是我们的事情，是档案的事情，我们说了不算……"处长的脸色越来越难看，他觉得艾可莫名其妙，就忍不住直接挤对他说："艾可，从前他们都说你是个瞎子，你是不是以为你的眼睛比别人都亮啊？"

艾可闷声不响了，但是他心里总是有事，后来找了个机会，就跟刘子葵搭讪，无聊地聊了几句后，就试探他说："老刘，你属兔子？"

刘子葵说："是呀，不可以吗？"

艾可说："哦，难怪你春节的时候拿了兔子。"

刘子葵奇怪，说："怎么，不可以拿吗？"

旁边的一个同事就笑说："去年他还拿了老虎呢。"

刘子葵也笑道："就是，明年我还要拿一条龙呢……"笑着笑着，忽然感觉到哪里不对，停了下来，朝艾可看了又看，脸上渐渐呈现出怀疑之色，过了半天才说："艾可，你想干什么……对了，你最近借到人事上，是不是我有什么……"

艾可赶紧解释说："没有什么，没有什么……"自己也知道自己快要惹上麻烦了，赶紧走开。

在人事处帮助工作，接触的都是同事的人事材料，艾可后来越看越觉得可疑可怕，竟然好多同事的个人信息都是错的，档案材料的内容和现实中的人比对不上，艾可在处长那里碰了钉子，不敢打扰了，只敢去麻烦另一个同事，问他怎么回事，这个同事说："艾可，听说你一直是学霸，没有机会炫耀是不是，炫耀到我们人事处来了？"

艾可说："我没有炫耀什么呀，我只是看到那些材料上的信息有误……"

那同事笑道："呵呵，你以为你真的看见了哦。"

艾可也不笨，知道自己可能犯忌了，有些懊恼，眼睛不好的时候，反而一切正常，从无差错，大家对他也都很客气，都很照顾，现在眼睛好了，却一下子碰了几个钉子，他知道这里的水深，不想去试水了，只可惜，已经迟了。

刘子葵在走廊里拦住了他，满脸恼怒说："艾可，我跟你八竿子都打不到一块儿，如果我有什么事，领导会来找我的，你算什么，你凭什么造我的谣言……"刘子葵直率，也不管旁边有没有人偷听，大声就嚷："你是他派来害我的吧，本来我这次有希望提一级，被你一造谣，对手乘机放风说我过龄了。"

艾可奇怪说："过龄不过龄，难道是以别人说的为准？难道你自己不知道？"

刘子葵冷笑说："我知道有用吗？"

艾可还想着安慰他说："那你放心，到底过龄不过龄，组织上总归会给你搞清楚的。"

刘子葵又气又怨又拿艾可无奈，恨恨地道："等组织上搞清楚，黄花菜都凉了，那位置早让别人顶上去了。"

艾可整个蒙了。

他不仅自己被怼，连累人事处也受了批评，没几天艾可就被人事处退回去了。

艾可回办公室的时候，总公司大会紧锣密鼓将要召开了，主任也顾不了许多了，着急地说："哎哟，小艾，你回来得正好，人手不够了，会务接待这块，你和王姐、汪小君一起搞吧。"

艾可便和王姐、汪小君一组，他们的工作岗位，就临时挪到了会议宾馆的大堂。

这个工作并不复杂，在宾馆大堂直接报到的，大多是普通的与会者，来者报上姓名，经核对名单，对上了，就发放房卡、会议须知和餐券，然后指引电梯在哪里，他们就直接进房间休息。

重要来宾，都有专人去机场车站接站，最重要的来宾，通常是大老板亲自跟车去迎接。艾可和王姐、汪小君基本上公事公办即可，都不用做那种小心翼翼伺候人的事情。

大批报到的人都在晚饭前到达，忙过那一阵，后面就三三两两零零星星了，到了晚上八点多，又来了一个报到的人，这人来的时候，艾可刚好上厕所去了，等他从厕所出来，王姐、汪小君这边已经接待完毕，正将房卡材料之类，交到他手上，艾可勾头朝登记册瞄了一眼，发现他的签名和事先准备的名册上的与会名字不一致，就咦了一声说："这个人不是这个人哎。"

王姐坐在一边看手机，没有理会艾可说话，汪小君倒是朝名册看了看，看了后她笑了笑，说："哟，老艾，还是你眼睛好。"

艾可说："我眼睛一点儿也不好，但是你看看这两个名字，可又不是相差一点点，会议名册的叫'魏梓雄'，来报到签名的这个叫'丁一光'，光看笔画就差了这么多，只要不是瞎子，一眼都能看出来。"

汪小君还是笑，说："嘻嘻，我就是个瞎子啊。"

艾可有点儿担心，又仔细地看了报到名册，犹豫着说："那，那，开会的这个人应该是魏梓雄呀。"

汪小君见艾可不依不饶，有点儿不乐了，也不笑了，板起脸说："哟，现在还有谁稀罕冒充别人来开这样的会呀？"

满脸"关我屁事"的王姐，也忍不住参与进来，帮着汪小君说："是呀，现在开会，又不发劳务费，也没有礼品，是想来混一顿饭吃？还是来混个房间住，晚上洗个澡？"

没等艾可再废什么话，汪小君也不耐烦再跟他纠缠了，她指了指花名册上原先那个名字，故意一字一顿，揶揄艾可说："喏，那个人，那个魏梓雄，临时有事来不了……"又指了指签名的这个人说："这个人，丁一光，他是临时换来参会的，听懂了没，眼睛不好使，脑子好使吧。"

他们说话的片刻，那个来替会的丁一光，已经进了电梯上楼去房间了。艾可也已经无话可说了。

汪小君和王姐清点过报到的人头，全了，收拾了桌子，打算撤了，结果却被总台的服务员喊住了，说会上有一个入住的人没有来核对身份证，让他赶紧到总台刷脸。

艾可看了一下汪小君手里的册子，找到魏梓雄的房间号，指着说："在这里，在这里。"

艾可又一板一眼地说："因为他的脸，不是魏梓雄的脸，所以他没去刷，去刷的话也通不过，要重新换名字换身份证。"

艾可就上楼去房间找丁一光，敲了门，丁一光一边接手机一边来开门，他眼睛凶，一看就认出了艾可，问道："你不是刚才报到那里的吗，还有什么事吗？"

艾可说："总台需要刷脸认证一下，还得麻烦您一趟，我陪您去。"

丁一光指了指插在门口取电的房卡说："房卡都拿了，还刷什么脸嘛。再说了，我是用魏梓雄的名字入住的，刷脸是刷不起来的。”

艾可说：“对不起，现在住宿，规定都是很严的，您可能需要去更换住宿的名字……”

那丁一光倒不生气，也想得通，还笑，说：“呵呵，要是真严，没刷脸，就不应该给房卡嘛，其实我就住一个晚上，明天上午开过会就走了……”他看到艾可一脸的坚决，也不跟他啰唆了，说：“行行，不说废话了，刷脸就刷脸……”一边说，一边过去拔了房卡，一步跨出去，艾可紧紧跟上，不料还没等关上房门，走廊里忽然拥出了一大堆人，转眼就堵到这间房间的门口，因为房卡拔了，断电了，屋内一片漆黑，艾可跟在后面，就听到外面的人一个跟着一个在嚷嚷着丁总丁总，那丁一光说：“哎哟，你们来得真快。”

回身进来，摸索着重新插了房卡，电来了，大家眼睛一亮，一个个的脸色又兴奋又紧张，艾可这才认出了几个人，其中有他的大老板、二老板，还有他的顶头上司总办主任。

大家簇拥着丁一光进屋，看到了艾可，大老板不认得他，问丁一光：“丁总，这是您的秘书吗？”

丁一光说：“他是你们的人，我拿房卡时没有刷脸，他正让我下楼去刷脸呢。”

大老板赶紧说：“没事，没事，您不用刷脸，来我们这儿，您的脸就是通行证……”一边说一边瞪着艾可，因为不知道他是谁，也无法批评指责。

主任在旁边吓坏了，赶紧出卖艾可，交代说："他叫艾可，是我们总办的一个办事员……"想想不对，出卖艾可，等于是出卖了他自己，又赶紧补充说："他的眼睛有问题，他是高度近视，先天性的，多少度，一千度？两千度？反正几乎就是个瞎子……"

大老板这才松了一口气，对丁一光说："丁总丁总，请您多多原谅，我们这位同志，眼睛有问题，看不见……"

丁一光笑道："说他眼睛不好？我看他眼睛比你们都凶哦，就他知道我没有刷脸就入住了。"他回头向艾可解释说："你姓艾？我跟你坦白说吧，我是故意不去刷脸的，因为我一使用真名刷脸，你们老板就都知道我来了。本来嘛，我是打算……"

大老板赶紧接过话头说："早就听说丁总深入基层深入群众的好作风，丁总这回又微服私访了……"

丁一光笑道："当然，你们比我想象的厉害，我都没有刷脸，你们就已经追踪到我了。哈哈，既然被你们逮到了，就跟你们走啦。"

于是换到早就准备好的套间，艾可想帮着一起拿下行李之类，主任拉了他一把，低声说："没眼色，这一点点东西，轮得到你吗？"

然后到了电梯门口就分开了，一部电梯朝上，到顶层的套房，一部电梯朝下，到一楼大堂接待处。

艾可下到一楼，王姐和小汪还没有走，脸色都很难看，艾可说：“吃批评了？”

王姐说：“你以为呢？”

汪小君说：“怪我们没有眼力见。”

王姐说：“怪我们不关心集团大事，连总裁的名字都不知道，哼，本来嘛，我们每天窝在底下，两眼一抹黑，也等于是瞎子，哪看得见谁是谁。”

汪小君抱怨得更离谱，说：“他们当领导的换人，比翻书还快，谁跟得上这速度，不是瞎子，也只能做个瞎子了。”

艾可忍不住笑了起来，说：“领导倒没有跟我计较什么，还夸了夸我，幸亏我的眼睛跟你们不一样。”

忙忙碌碌，一个月很快就过去了，艾可去医院检查完眼睛，回来十分沮丧地告诉大家：“完了，我的手术失败了。”

大家都关心他，问他是不是又看不见了，艾可说：“不是立刻就看不见，就是会一天更比一天差，最后回到原来的样子，等于是个瞎子。”

大家哀叹惋惜。

果然，从那天以后，艾可的眼睛一天更比一天瞎，没几天，他就恢复到从前的那个几乎等于零的视力了。

有一天艾可去上厕所，蹲大，后来听到有两个同事进来小解，小解时他们顺便议论了他。

一个同事说："哎，听说办公室的那个艾可，眼睛又不行了，手术失败了？"

另一个说："是呀，他好像运气不好，都说这类手术已经很成熟了，偏偏到他就不行。"

那一个的声音似乎有点儿疑惑："他真的又看不见了？可是我在走廊碰到他，看他的眼睛，贼亮贼亮的呀。"

这一个声音倒很果断，说："那谁知道呢？"

他们一起呵呵了几声，小解结束，走了。

艾可坐在马桶上揉了揉自己的眼睛，心想：是呀，谁知道呢？

朝去夕来人海中

一

朱敬利和姚新梅，大学老师，为人师表，以身作则，他们教的学生，虽不敢说个个出人头地、出类拔萃，但至少也都是事业有成，拿得上台面的。

只是朱敬利的性格比较内敛，别说是自我吹嘘，即便是自己的学生，他基本上也不会过多说道，更不会像某些同事那样，有事无事找学生，让学生帮着干这干那，或者是有事无事炫学生，炫得老师大放光彩。

但凡这样的老师，无不显得生龙活虎，生命特有异彩。

院系集中开会的时候，老师们凑在一起，常常话题一转，就开始显摆自己的学生了。

“昨天我去长平县办个事，一看，欸，县委书记，我学生。”

或者说："周日晚上大华集团老总请吃饭，我学生。"

或者说："我那个学生李乐，你们记得吧，上个月任命省委书记的大秘了。"

总之，没有哪个老师不希望自己的学生发光发亮，这是人之常情嘛。

这样的场合，朱敬利基本不说话，有的老师说学生说过了头，嘴角都有了白沫，自己都有感觉了，却不自省，反而觉得是朱敬利不对，就阴阳怪气说："老朱不用靠别人发光，老朱自带光芒。"

朱敬利说："别，别，现在到处都亮闪闪的，亮瞎眼，别再光芒啦。"

其实也不是没有例外的，朱敬利也曾经为了某些事情，找学生帮过忙，不过那已经是好多年前的事情了，不提也罢。

现在朱敬利和姚新梅，都已经过了六十，在高校工作，退休的年龄要延长几年，否则他们也许已经是广场舞或者旅游大军中的一员了。

朱敬利和姚新梅大半辈子清白做人、认真做事，虽然还没有退休，但是工作基本上已经接近尾声，人生和事业也可以用功德圆满来形容。虽然朱敬利不会这样形容，但事实就是这样的。

所以，现在这个家庭，这对夫妇，他们最大的心思，就是儿子朱运的婚姻大事了。用姚新梅经常说的一句话就是：“我们家，现在是万事皆正常，只差东风来。”

从儿子上高中开始，“东风”倒是来了又来，可是来了又来，等于就是来了又走，从高中的初恋，到大学的女同学，再到工作单位的同事，又到另一个工作单位同事，朱运走的是正常的正确的恋爱道路，不偏不斜。

至于为什么一直没有达到谈婚论嫁的阶段，或者说，始终没有进入婚姻的实质性阶段，怨无可怨，怪无可怪，只能说，缘分始终没有到。前面那些，都是命运他老人家虚晃一枪而已。

朱运已经 34 岁了。

朱老师和姚老师真着急了，一想到这个事情，心情简直就糟糕透了。

其实，朱敬利并不是个想不开的人，他甚至也想过，就算儿子不婚，又是多大的事呢，现代社会，本来就是满足个性的社会，是多元多样的社会，为什么不能网开一面，还人真正的自由呢?

可是他说了不算。

现在，所有的人，亲朋好友、同事、老同学、邻居，甚至小区的保安，甚至打扫卫生的钟点工，都会提及他儿子的婚事，甚至校长看到他，也关心地问上几句。

朱敬利努力一辈子，只是一个普通教授，因为儿子结婚迟一点儿，他倒成了名人了。

名人自然会被关注，所有关注朱运婚姻的人，个个都比朱敬利还着急，说话也一个比一个有水平。

“差不多了啊，可以结了啊。”

“还不考虑啊，你们也太不把儿子的事当回事了。”

“你们这样不对啊。”

“你们是有问题的啊。”

“肯定是你们对儿子太放纵、太没有要求了。”

“肯定是你们要求条件太高了，看不上人家女孩子。”

……

虽然朱敬利一向温和，但这样的话听多了，他也来气呀，什么意思，好像是我在阻止我儿子结婚，好像事情是我们夫妇搞出来的。天地良心。真叫人郁闷。

后来倒是姚老师先想通了，当然也是被逼得没办法才想通的。现在她有了主意，怎么对付外界的压力，试了几次，果然有效。赶紧告诉朱敬利，要是再有人说你，你就怎样怎样回敬。

于是朱敬利也有了撒手锏。

但凡有人问：“朱运怎么还不结婚哪？”他就说：“快了快了。”人家就没话说了，最多补一句：“那就好。”

或者，有人又要批评他了，说：“老朱啊，你怎么不着急呢？”

他就说："不用急了，他们已经在商量领证了。"

"哦，那就好，啥时办喜宴呢？"

"十月一号。"

"在哪个酒店？"

"喜来登。"

"喜来登，五星级，赞。"

哈哈，朱老师心里笑着，感觉享受到了捉弄别人的快乐。

这办法好，果然大家不再多问了，日子好过多了。

其实，这只是看起来风平浪静，事情并没有解决呀。暗流汹涌，只会越来越厉害哦。

他们哪里想通了呢，他们根本没有想通，他们是不可能想通的，他们只会越来越想不通，直到把自己憋死。

所以，当忽然有一天，儿子回家，对他们说："我要结婚了。"

你可以想象朱老师和姚老师的心情。

毕竟是要结婚的对象，朱运再怎么自说自话，但是对方的大致情况总要告诉一下父母，朱敬利夫妇这才大致知道了未来儿媳妇的模样，先是学历、身高、长相之类的外部条件，然后是习惯、脾气、爱好之类的内在气质，最后就说到家庭了。

姚新梅早已经幸福得蒙圈了，什么条件、什么家庭，一概照单全收。

朱敬利心里却有些异样，女方的父亲是做生意的，他奇怪儿子朱运怎么会结识这样一个女孩子，似乎那样一个家庭，各方面都和他们这个家八竿子打不着嘛。

朱敬利再追问了一下，终于知道了，是一次参加朱小孟组织的聚会时认识的。

李姑娘是朱小孟的朋友？

朱小孟是个没心没肺、没头没脑的孩子，他会这么留心、这么用心给朱运牵线搭桥吗？

朱敬利心里有些疑惑，忍不住给朱小孟打电话，朱小孟接了电话果然愣了一愣，他都想不起李姑娘是谁了，后经朱敬利提醒，才想起来，赶紧说："哦哦，那个，那个李，她不是我朋友，大概，我想想，大概她爸是我爸的朋友。"

朱敬利又奇怪："她爸和你爸？"

朱小孟说："具体我也不清楚，大概就是生意上有来往的那种朋友，您说那天聚会……哪天聚会？哦，大概是我爸让她来的。"

朱小孟说话基本上句句带个"大概"。

"那天你爸在场吗？"

"大概在的，哦，我再想想，这事情有蛮长时间了，我爸大概在的。"

朱小孟他爸，终于浮出水面了。

朱敬利看了姚老师一眼，姚老师也正在看他呢，他们对视了一下，心照不宣。

是大龙在帮助他们。他的帮助是不动声色的，是悄没声息的，他对他们十分了解，他一直就是这样的。

如果真是这样，他们肯定要面对大龙的。

朱敬利先给大龙打个电话，大龙听到朱敬利的声音，十分高兴，兴奋地说："大哥，好久没接到你电话了。"

朱敬利也不跟他兜圈子，直接就说："大龙，朱运谈的那个李姑娘，是你介绍的吧。"

大龙老老实实地说："大哥，那倒不是有意介绍的，那天她爸爸妈妈带她来我家做客，我看小姑娘没有心思听大人说话，一直在看手机，恰好小孟有小朋友聚会，我就建议她一起去玩玩儿。"

朱敬利立刻反问："但是那天朱运怎么会去的呢？朱运平时和小孟来往并不多。"

大龙说："大哥，这个我真不太清楚，听小孟说，那天他正好和朱运在通电话，就随口问他来不来，朱运就说来，后来就来了。来了，两个人就对上眼了，真的，大哥，就是这么碰巧，这么简单。"

朱敬利才不相信大龙轻飘飘的口气，他坚信那天的场合肯定是大龙特意安排的，但是大龙不想邀功，搞得好像完全是无心插柳似的。

大龙知道朱敬利不相信，又解释了几句，说到最后，大龙笑了起来，说："哎，大哥，你怎么像是在审问我呢？"

朱敬利其实早就知道，自己的问题有些无理，就算这些都是大龙一手安排、精心策划的，又怎么样呢？这不正是他们需要的、急需要的吗？更何况，大龙肯定是出于好心，这一点儿都不用怀疑。如果做好事不留名，还要受到责问，这简直是莫名其妙是非颠倒了。

被大龙点穿了，朱敬利顿时有些尴尬，好在大龙向来善解人意，赶紧说："大哥，关键是缘分呀，缘分到了，你挡也挡不住，缘分不到，你急也急不成，跟谁介绍的关系不大的。"

好像一切和他无关似的。

让朱敬利不觉得欠他一个大人情。

关于谁欠谁的人情这个问题，一直在朱敬利心里搁着，最早的时候，大龙是找过他，有事情要求助于他的一个学生，也就一两次而已。后来大龙就渐渐地自立自强起来，再到后来，或者说到现在，大龙已经完全用不着找朱敬利的学生帮忙了，反倒是朱敬利有什么困难，可能还需要依靠大龙的关系呢。因为朱敬利夫妇一直在学校，又不太愿意和人交际，社会关系网织得远远不够。

尤其是到了一定的年龄，跟医院打交道就多了起来，有同事经常开玩笑，说到了这个年纪就后悔，年轻时没多交几个医生朋友。

现在朱敬利想找个医生，大龙也能帮到忙。但是在大龙那里，却永远是把朱敬利挂在嘴上，见人就说朱敬利是他的恩人，他总是对人说："我有今天，都是我大哥帮的。"

好像朱敬利帮过他一回两回，他就永远欠上朱敬利的情了。

朱敬利不喜欢这种感觉，所以后来和大龙的来往并不太多，只是逢年过节，象征性地、礼节性地接触一下，不至于断了关系。

姚老师的性格和朱敬利不一样，她不拖泥带水，也不喜欢多管闲事，在对待大龙的问题上，她不像朱敬利想得那样多，态度始终是不亢不卑，既不特别热情，也没有特别冷淡，毕竟大龙和她没有直接的关系，谈不上什么情分情感，但是现在因为朱运的事情，姚老师对于大龙的态度，彻底改变，口口声声，大龙靠谱的，大龙靠谱的。

从朱敬利的角度听，好像大龙靠谱，而他反倒不靠谱了。

他想多了。

朱运带李姑娘和父母见面，朱敬利打电话问大龙参加不参加，大龙说："我怎么参加，我参加算什么，我当个八竿子打不着的电灯泡哈。"

好像事情真的完全和他无关。

整个吃饭谈话的过程中，李姑娘多次提到朱叔叔，到后来几乎一口一个朱叔叔了。

第一次朱敬利还以为是喊他的，心里一激动，很快知道李姑娘喊的是大龙。从李姑娘的介绍中，才知道大龙和李爸爸，生意往来已经有多好年了，但一直还是好哥们儿，大家都说生意场上无朋友，大龙和李爸爸的关系，倒是难得。

接着李姑娘又说了爸爸叫李全生。朱敬利觉得这个名字似乎有点儿耳熟，但是想不起来怎么会耳熟，就说了一句："李全生，名字有点儿熟呀。"

李姑娘笑了笑，说："会不会是听何老师提起的……"她见朱敬利对"何老师"感到茫然，又说："何老师就是何向军，他是我爸的合伙人，他负责技术……"

朱敬利说："哦，是何向军。心里又起了点儿波澜，何向军是他的学生。"

李姑娘说："说起来，还是大龙叔叔把何老师介绍给我爸爸的呢，那时候我还小呢。"

朱敬利完全不记得自己曾经给大龙介绍过何向军，因为大龙一直是搞基建行业，和何向军的专业技术没有什么关系，把他们凑到一起的可能性不大，大龙的事业也不会需要何向军的专业。

晚上回到家，坐进书房，心情不能平静，当然，主要是朱运的事情终于解决了，李姑娘看起来也很懂事，姚老师也是满意的。

一切都很顺利。

美梦成真，而且一下子来得那么快。

只是总觉得另外还有什么事情没有放下，思来想去，自己判断是因为何向军这个名字，就直接给何向军打了个电话，因为有好长时间没有联系了，何向军听到老师的声音很高兴，连喊了两声“朱老师”。

朱敬利说：“何向军，问你个事，你认得朱大龙吗？”

何向军说：“哦，认得，当然认得，好多年前就认得了。”

朱敬利说：“你还记得你们是怎么结识的吗？”

何向军啊哈了一声，说：“虽然具体情节记不得了，但是肯定是老师您介绍的。”

朱敬利说：“我怎么一点儿也不记得了？”

何向军说：“朱老师您可能事情多，忘了，您想想，我是您的学生，朱总是您的弟弟，哦，是堂弟吧，我们两个能够结识，不是通过您，还会是通过谁呢？”

朱敬利确实不能反驳，但他确实记不得了。

二

1990年元旦过后，一个寒冷的夜晚，朱敬利听到有人敲门，去开了门一看，没有认出门外站的是什么人。

天黑，又冷，客厅的灯光也不够亮，门外那个人哆哆嗦嗦的，衣领拉起来，把半张脸都挡住了，看不清面目，朱敬利有些警觉，往后退了一点儿，随时准备关门，那个人已经开口了，喊他“哥”。

朱敬利一愣，从一个“哥”字里边，他已经听出了乡音。

那是他的第二故乡。

朱敬利十岁那年，父母带着全家来到苏北农村。这个村子很穷，到达的时候，连住处都没有安排好。

村里没有空余的房屋，要不就住仓库，要不就向农民借住。可是农民家也都很穷，差不多人和猪羊鸡鸭都混在一起。

仓库是肯定不能住的，随时人进人出，太不方便了。生产队队长就带着朱敬利的父母亲挨家挨户看房，看看哪家还能挤进他们一家五口。

跑了半天，也没有合适的人家，住得下的，人家不欢迎；对城里人还算客气的，家里又实在太挤。

最后他们到了朱忠庆的家。

朱忠庆一听说他姓“朱”，十分爽快，开口就说：“就住我家，一笔写不出两个‘朱’字嘛。”

朱家的住房并不宽裕，朱忠庆的老婆也颇有意见，但是不敢说出来，朱忠庆硬是把一家老小赶到一间屋，腾出一间，又将这一间一隔为二，让朱敬利一家住了进来。

整整三年时间，两户朱家人，就在一个小院子里展开他们的生活，天天抬头不见低头见，真像是一家人了。

三年后，朱敬利的父亲又搬回到城里，全家也就跟着回到原来的地方，但是那三年在第二故乡的生活，永远地留在朱家人的心底深处。

少年朱敬利，在乡下的学校一边继续念书，一边和农村的孩子一起调皮。可惜的是，朱忠庆的儿子朱大龙比朱敬利小八岁，玩儿不起来。后来的两年，朱大龙稍微长大了一点儿，也只会跟在朱敬利屁股后面，拖着两道鼻涕，一声一声地喊“哥”。

朱敬利家离开农村的时候，朱忠庆家又添了两个儿子，朱大龙就成了这两个弟弟的大哥了。

一晃二十年过去了，现在站在朱敬利面前的朱大龙，早已经是一个大小伙子了，身材壮实，皮肤黝黑，比朱敬利高出半个头，气场很强。

但是站在朱敬利面前，朱大龙仍然像小时候那样，规规矩矩，不敢乱说乱动。他红着脸喊了一声“哥”，等着朱敬利认出他。

朱敬利其实是认不出大龙的，他离开的时候，大龙才五岁，这二十年中，他们从没有见过面，可是这会儿朱敬利偏偏就认出大龙来了，就凭那一声“哥”，他脱口而出，喊了一声：“大龙。”

就从那个晚上起，朱大龙再一次走进了朱敬利的生活。

朱大龙随着农民工大军进城了，跟着包工头在建筑工地上干活儿，做了一年，快到年底了，工地也停工了，他们却拿不到工钱，怎么讨要也讨不到，人家软硬不吃。

农民工盯包工头，包工头盯承包商，承包商盯甲方，可甲方是谁？甲方也是你们能够瞎催瞎议论的吗？

那怎么办呢，做了一年，难道就两手空空回去过年？不过他们的包工头还挺乐观的，也有想法，他发动大家说："我们一起想办法，办法总比困难多。"

唯一的办法就是找甲方，找政府，最好是直接搭上乡党委书记的关系，只要党委书记一句话，工钱马上到账。

包工头又许诺了奖励，说："如果事情办成，牵线人拿双倍的工钱。"

真是说话容易做事难，这都是些可怜的偏远乡下来的农民工，到哪里去搭上乡党委书记的关系呢。

包工头是有备而来的，他居然把乡党委常书记的背景材料打印出来，人手一份。

朱大龙也不得不接过那张纸。

开始以为跟他不会有什么关系的，只是随意地瞄了一眼，这一眼，他看到常书记的履历中有"南州大学"四个字，朱大龙心中忽然闪过一道光亮，他有点儿激动了。

当天晚上，朱大龙就从乡下进城，找到了在南州大学当老师的朱敬利。

朱敬利听大龙说了来找他的前因后果，一时有些麻木，不知道这事情跟他有什么关系，随口问道："你说常书记？叫常什么？"

"叫常在行。"

"哦，常在行，我记得，是我的学生，我上过他们班的课。"

大龙高兴得直搓手："哥，哥，大哥，我终于找对人了。"

朱敬利说："可是，可是，你找我是什么意思呢，要我帮你们催讨工程款吗？"

朱大龙被问住了，可怜巴巴地看着朱敬利，说："我们老板说了，谁要是能够联系上……"

朱敬利赶紧摆手说："我联系不上的，我和常在行没有交往，再说了，我也没有他的联系方式。"

朱大龙小心翼翼地拿出一张纸，上面有个电话号码。

朱敬利有点儿尴尬了，说："这是常在行的电话？"

朱大龙说："是的。"

他真的很用心很努力，居然连常在行书记的电话都搞到了。

朱敬利像是被逼到墙角了，没地方躲了，但是他不会给常在行打电话，人家都毕业好多年了，说不定根本就不记得他这个老师了，如此冒昧地去联系他，朱敬利面子上磨不开的。

朱敬利说："大龙，我只是一个老师，没什么用的，我知道你们农民工的苦处，也知道这事情不公道，但是我无能为力。我当老师这些年，从来没有求学生办过什么事……"说了几句，他忽然明白了，再说也是白说，干脆不作声了，用沉默表示自己的意见。

朱大龙咽了一口唾沫，红着脸，支支吾吾地说："我，我爸，我出来的时候，我爸跟我说，有什么困难，找朱大哥，我，我前面也有困难，但是我一直没来找你……"

朱敬利不接嘴，不说话。

朱大龙又说："哥，大哥，你只要给常书记打一个电话，行不行再说……"

朱敬利心想："打一个电话，是那么容易的吗？他不作声。"

朱大龙不死心，再说："大哥，大哥，我，我只找你这一次，以后，我一定不来麻烦你……"

朱敬利仍然不说话。他不能说话。

朱大龙再也没什么可说的了。他也不说话了，沉默，他用沉默表示自己还在坚持着。不过他的沉默和朱敬利不一样，过一会儿，他就小心地看朱敬利一眼，再过一会儿，再小心看他一眼，看得朱敬利心里忽上忽下，十分不妥。

大龙就这样沉默地坐在朱敬利家的客厅里，用他的沉默逼得朱敬利改变自己的想法。

其间姚新梅从书房里出来了几次，看看情况，见这两个人一声不吭地呆坐着，觉得奇怪，给大龙的茶杯加了几次水了，每次大龙都慌慌张张站起来，一站起来，人高马大，把客厅的灯光都遮暗了。

姚新梅是个急性子，尽管这两个人坐在客厅并不影响她在书房看书，但是他们坐着不吭声，她替他们着急，几次绕到朱敬利对面，想朝他使个眼色，可是朱敬利的头一直低着，就不抬起来。

姚新梅不相信他没有感觉，她这么走来绕去，再笨也知道她是要和他交流点儿意思，可他就是假装不知。

最后姚新梅耐不住性子了，直接说："这么晚了，该饿了吧？"

朱大龙吓得又一下子跳了起来，不敢说饿，也不敢说不饿，只是朝着朱敬利看一眼，再看一眼。

朱敬利终于败下阵来。

他只好说："实在要是，那个什么，要不，我试试看。"

朱大龙朝朱敬利鞠了一个躬，因为身材粗壮，动作笨拙，差一点儿把茶几上的茶杯都打翻了。

等朱大龙走后，朱敬利又后悔了，常在行毕业后，他们基本没有什么联系，只有常在行那一届同学毕业多少年回校搞纪念活动那一次，请了老师，朱敬利也去了，才见了一面。

当时也是许多同学一起，并没有单独的机会聊天，凑近乎，当然也没有必要。

从前的老师和从前的学生，只有平时来往多的，才会有更多的话，才会有共同的语言，如果平时没有来往的，几乎就说不出什么哈哈哈来。

何况朱敬利又是比较被动的性格，学生如果不主动找他聊，他就安安心心地闲在一边，感觉挺好。

所以这个常在行，现在在朱敬利的心目中，差不多就是一个陌生人。他一直在想：当时大龙说出了常在行的名字，他怎么会一口就回应说是自己的学生？但转而又想，这都是大龙做好调查研究才来找他的，他总不能否认常在行是他的学生吧。

现在让他给一个几乎是陌生人的人打电话，而且是这样沉重的内容，朱敬利怎么不懊悔？

但是话又说回来，懊悔归懊悔，假如朱大龙重新来找他，他恐怕还是会答应的。难不成他能够拒绝朱大龙？

朱敬利拖了两三天，虽然朱大龙没有催问，但他也知道是拖不下去的，总得有个交代，才逼着自己拨通了朱大龙留下的那个号码。心里暗暗希望这个号码打不通，或者是个错误的号码。

但是偏偏一拨就通，拨通电话才知道，这个电话并不是常书记办公室的电话，而是乡里的值班电话，所以不是书记本人接的，接电话的人说："我不是常书记，我是常书记的秘书，常书记正在开会，不方便接电话。"然后问朱敬利情况，哪个单位的，叫什么名字，有什么事找书记，等等。问得比较细。

朱敬利说是南州大学的朱敬利，什么事却说不出口，因为实在不好说，也不想说了，一下又泄气了，就对秘书说："书记忙的话，就算了。"

挂了电话，心里有些懊恼，也有点儿轻松，估计是联系不上了，因为对方也没有请他留下联系方式。可是他没想到，过了不多会儿，电话已经回过来了。

朱敬利家的电话，是学校的分机电话，接起来，总机就对朱敬利说："有个姓常的电话，要不要接进来？"朱敬利赶紧说："接，接……"

接通了电话一听，果然是常在行。常在行十分热情地喊了一声"朱老师"。朱敬利奇怪地说："我没有留电话给你的秘书，你怎么会打到我家的？"常在行说："这有什么难的，您不是留下了姓名吗，打到学校总机一问就行了。"又说："朱老师，我没有想到您会给我打电话，我就猜想，是不是您有什么事，您是不是要到我们乡里来啊，我们乡现在……"

朱敬利赶紧说："不是不是。"

常在行说："哦，那还好，要是您来我们乡，却没有找到我，我就错失招待老师的机会了。”

朱敬利说：“呵呵，呵呵。”

除了呵呵，就是说不出来。

常在行是十分在行的，了解老师的为人，知道老师有事求他，又开不出口，所以赶紧说好听的话让老师放松，并主动揽事说：“朱老师，您有什么事尽管说，您找我，给我这个机会，那可是我的荣幸。说真的，来找我的老师还真不少，可就是您不来，我还以为您对我印象不好呢。”

朱敬利知道常在行的意思，心里蛮感动的，但是一想到所求之事的难度，仍然有些犹豫，支吾了半天，才说了一句：“那个，就是你们乡的那个外环路修路的项目……”

只说了这么半句，常在行就知道了，说：“哦，朱老师，我知道了，是拖欠农民工工资的事情吧？”

朱敬利没想到常在行对情况了解得如此清楚，赶紧说：“不好意思，不好意思，你工作这么忙，事情这么多，摊子这么大，我还来麻烦你……”

常在行说：“朱老师，这怎么是麻烦我呢，您这是提醒我，帮助我。拖欠农民工的工资，是要出事的，搞不好要出大事的……这个项目我清楚的，是我们政府的项目，已经完工了，工程质量很好，我会过问的，老师请放心。”

又多客气了几句，说请老师有时间去枫叶乡指导工作之类的，电话就挂了。

朱敬利大大地松了一口气，好像这个重大而艰巨的任务已经完成了。

怎么不是，朱敬利的任务，不就是给常在行打个电话吗？至于下面怎么办，能办不能办，办到办不到，可不是他能掌握的。也许根本就不会有什么结果，因为按大龙的说法，政府欠人家工程款多着呢。

果然，过了好几天，这事情一点儿消息也没有。朱敬利虽然有点儿失落，但好歹他的任务是完成了吧。

又过了两天，晚上大龙又来敲门了，朱敬利开门见是大龙，早就想好了说辞：我电话已经打了，常书记也很客气。

别的还能说什么。

别的我还能做什么。

朱大龙却红着脸只是笑，有点儿兴奋，也有点儿难为情，他告诉朱敬利，他和工友们已经如数拿到了工资，包工头没有食言，给他发了双倍。

朱大龙摸摸索索从口袋里掏出一个红包，紧紧地捏在手里，像是要给朱敬利递过去，又觉得没有把握，不知能不能递，搞得胆战心惊的样子。

恰好这时候，朱敬利的儿子朱运从屋里跑出来，朱大龙就赶紧将红包塞到朱运手里，朱运还小，不懂事，但是看到红包是认得的，喜滋滋地捏在手里。朱敬利脸上有点儿发热，说："朱运，还给大龙叔叔。"

朱运说："我要。"拿着红包又跑回屋里。

朱敬利十分尴尬，是追进屋从朱运手里把红包夺回来还给大龙呢，还是就这么半推半就地收了，他不知道该怎么办。按理说，大龙是弱势地位，应该他给大龙发个红包才对，才合理，才有人情。可是大龙分明是来感谢他的，而且，也确实，因为他的一个电话，不仅让大龙拿到了一年的工钱，而且还多拿了一份，大龙感谢他一下，也算合情。

大龙塞掉了红包，如获大赦，急急地站了起来，说："哥，大哥，我走了。"

看到大龙如此窘迫的神情，朱敬利也打消了跟他计较的念头，就别难为他了。大龙也说过，以后不会再来麻烦他了，那也就两清了。

大龙出门的时候，朱敬利送了他几步，才发现外面下雪了，雪地里，不远处站着一个年轻的妇女，抱着一个一岁左右的孩子，看不清是男孩儿女孩儿，那女子一直盯着朱敬利家这一幢楼的楼道，看到大龙出来，她赶紧抱着孩子迎了过来，但是再一看到旁边有朱敬利，她又停了下来。

朱敬利估计这是大龙的老婆和孩子，虽然大龙没有跟他提过。朱敬利犹豫了一下，没有跟着大龙过去打招呼，兀自退回了家。

姚新梅在客厅里等他，见他进来，就说："怎么大龙给我们红包呢，应该是我们……"

朱敬利说："我也是这么想的，可是大龙老实，不收下，他是不会安心的。"

姚新梅支吾了一下，说："怪不好意思的，拿大龙的钱。"

朱敬利嗯了一声，觉得不好多说什么，这事情，不知怎么的，似乎有点儿不干不脆、不清不爽，索性不多说了。

他想告诉她大龙的老婆抱着孩子在外面雪地里等，可是犹豫了一下，没有说出来。

大龙的插曲就告一段落，大龙果然没有食言，再也没有来找过他。

朱敬利一方面心里倍觉轻松，也感激大龙言而有信，其实有时候也稍微有点儿失落，好像还盼着大龙来找他呢。

又想：这大龙到底是太实用主义呢，还是太老实呢，没有事情求他，就真不来看看他了。

有时候又想：还是别念着吧，要是真念来了，不会有好事，肯定还是麻烦人的事情。

如此过了有一年多时间，有一天同事张老师约他吃饭，说："你教过的学生，有个叫吕进的，你还记得吧，有事相求。"

朱敬利说："怎么，我的学生，不也是你的学生吗？"

张老师说："我没有给他们那个班上过课，虽然也是老师，但总不如你这样上过课的老师嫡亲。"

朱敬利又想：一般都是老师有事找学生帮忙的，学生来找老师，那基本上是读书的事了。读书的事，能帮当然要帮。

到了那儿一看，果然就是。

吕进在市政府工作，当了处长。他的顶头上司，市政府秘书长的女儿想报考朱敬利的研究生，虽然离报考还有一段时间，他们说先来联络联络感情。

不过那个女儿并没有到场，说是利用假期参加社会实践去了。

先是互相介绍，大家寒暄客气一番，坐下来，秘书长主请，朱敬利主客，坐右侧，张教授坐左侧，吕进坐朱敬利右侧，说话方便。

先是说了说秘书女儿的情况，听起来也是个学霸，没什么好操心的，但朱敬利是个实诚的人，他认真介绍了考研的程序，最后还是不放心，多问了一句："外语怎么样？"

秘书长说："外语没问题，她就是外语强。"

不等朱敬利说话，张教授就大包大揽地说："只要外语过线，其他都不是问题。"

朱敬利却有点儿担心，万一那女儿不像秘书长介绍的这么优秀，外语倒是过线了，专业分数太差，他怎么办呢?

只是在酒桌上，这点儿担心真算不了什么。

气氛一直很好，看张教授和秘书长谈某个话题谈得投入，吕进就和朱敬利说："朱老师，我认识您弟弟，他来找过我……”

朱敬利一听，觉得奇怪，说：“我弟弟？我没有弟弟呀。”

吕进说：“咦，他说是您弟弟，也姓朱嘛，叫……哦……”他略一思索，想通了，明白了。于是说：“是堂弟吧？”

朱敬利也想通了，说：“是朱大龙吗？”

吕进说：“是呀，朱大龙，朱总。”

朱敬利奇怪地说：“你怎么会和他认识，他是怎么找到你的？”

这下轮到吕进奇怪了，又咦了一声说：“他有我的电话呀，他就是直接打给我的呀……这还用问，肯定是朱老师您给他的嘛，他在电话里自报了家门，我一想，朱老师的弟弟呀，这个忙我得帮。就是这样。”

至于帮的什么忙，吕进没细说，朱敬利也没细问，倒不是他不想问，因为那个场合，不适合谈这个话题，何况提到朱大龙，只是吕进顺口一说而已，事情的重心得在吕进领导的女儿身上，这个朱敬利是知晓的。

不过朱敬利心里一直没有放下这个事情，大龙怎么会有吕进的电话呢？后来思想斗争了两天，朱敬利终于给大龙打了电话问了这事。

大龙好像没有料到朱敬利会给他打电话，也好像大龙一直在等着朱敬利的电话，接通以后，大龙喜出望外，激动得都有点儿语无伦次了："大哥，大哥，是你呀大哥……"

朱敬利说："大龙，我问你个事啊，吕进，你认得吧？"

大龙说："我认得，是您的学生。"

朱敬利说："是我的学生，可是你怎么会有他的电话，这个学生跟我没有什么来往，我都没有他的电话。"

大龙呵呵地笑了笑，说："大哥，没事的，没事的，也不是什么大事，而且，事情已经解决了。"

见朱敬利不吭声，大龙又说："大哥，你放心，我不会给你丢脸的。"

朱敬利也很执拗，说："但是，但是，你到底是怎么搞到吕进电话的呢？"

大龙老老实实地说："是常书记给我的。"

"常书记？常在行？"

大龙仍然老老实实说："是的是的，常书记说，他和吕进是同一个班的。后来就介绍给我了。"

朱敬利心里愣了一愣，停顿了一会儿，才说："哦，大龙，吕进称你为'朱总'，你不在工地上做了？"

大龙说："大哥，我还在工地上做，不过我做了包工头。"

朱敬利笑了起来："包工头也叫'总'？"

大龙也笑了，说："是个人都可叫'总'，都可以叫'老板'，我听说，现在你们大学里，管导师也叫'老板'。"

朱敬利想：别看大龙来自苏北贫穷的乡村，他脑子还蛮灵光的，蛮跟得上形势。

想着心里蛮高兴，万一有一天见到朱忠庆，好歹也有个脸面见他，他很庆幸那天到底还是给常在行打了电话。

不过朱敬利后来一直没有再见到朱忠庆。朱大龙进城打工不到两年的时候，朱忠庆就得病了，没过多久，就在乡下的医院去世了。

此为题外话，不表。

朱敬利这里，从吕进请吃饭以后，心里就一直惦记着研究生招生的事情，这期间吕进也没再来找他，没有提任何的要求，一直到报名快结束了，也没有动静，朱敬利只好主动打电话给吕进，问问那边的情况。

电话打到吕进家里，是吕进的夫人接的，说吕进不在家，又问朱敬利是哪位。朱敬利报了名字，吕进的夫人赶紧说："哟，朱老师，您听不出我是谁了？我也是您的学生呀，叫李桐芳，比吕进低一届的。"

朱敬利虽然想不起李桐芳的模样，但是心里很高兴，那真是一种桃李满天下的自豪感。

李桐芳说："朱老师，您找吕进，他有手机，我把他的手机报给您，您直接打就是了。"

朱敬利就知道吕进混得不错，那个时候用手机的人还不多呢。

朱敬利打到吕进的手机上，通了，一听，那边闹闹哄哄的，感觉是一个饭局，电话里都是高朋满座的声音。吕进一听是朱敬利的电话，赶紧说道：“哎呀呀，朱老师，对不起，对不起，我给忘记了，忘记告诉您了，我们秘书长的女儿，不考研究生了，她出国了。”

朱敬利先是一愣，但随即心里就轻松多了，一桩心事总算放下了。

正在庆幸，就听吕进说：“朱老师，您等等，有人和您说话。”

电话到了另外一个人手里，那边喂了一声，朱敬利一听，竟是大龙。

大龙高兴地说：“大哥，大哥，是我呀！”

朱敬利说：“大龙，你和吕进在一起吃饭吗？”

大龙说：“是呀，我们有点儿事情谈一谈，正好一起聚聚。”

朱敬利说：“好，好，你们谈。”

电话刚刚挂断，又响了起来，还是吕进的，吕进说：“朱老师，您怎么挂了，还有人要和您说话呢。”

又一听，那边在喊“朱老师”，这边朱敬利却没有听出来是谁，那边说：“朱老师，我是余飞呀。”

余飞？名字有点儿熟悉，也是学生，朱敬利说：“哦，你和吕进是同班的？”

余飞说："我比吕师兄低两届，朱老师您给我们上过课。"

朱敬利说："哎哟，不好意思，记错了。"

余飞说："正常的，正常的，都是学生记得老师，老师哪里记得住那么多学生哦，除非像吕进那样的人物……"电话那头大家一阵哄笑——朱敬利听到吕进的声音："好了好了，余飞，废话别太多，就让你跟朱老师打个招呼的，我们都知道朱老师不喜欢吵闹……"电话回到了吕进手里，吕进说："朱老师，不好意思哦，大家喝得有点儿高，打扰您了，其他人，就不许他们跟您说话了，今天这里，还有丁冬、葛鸿明、许一帆……朱老师，都是您的学生哦……"电话那边的场面上，大家在嚷嚷："朱老师，桃李满天下……"

电话挂断后，朱敬利一时间思维好像有点儿堵塞，姚新梅走过来朝他看看，说："谁的电话？"

朱敬利说："吕进的，说他们秘书长的女儿不考研了。"

姚新梅说："那最好，免得你老是担心人家是要开后门。"

朱敬利说："大龙和他们在一起吃饭。"

姚新梅停顿了一下，又朝朱敬利看了一眼，过了一会儿才说："大龙和他们一起吃饭，你觉得怎么啦？"

朱敬利说："没什么。"

姚新梅也就不再多说什么。

在后来的日子里，大龙的消息似乎渐渐地多了起来，像风一样刮过来、刮过去，当然大多是从他的学生口中传出来的，总之在朱敬利的感觉中，大龙在他的某些学生的圈子里，已经如鱼得水。

在朱敬利想来，大龙如鱼得水也好，走投无路也好，只要少来麻烦他，他就是上上大吉了。倒不是朱敬利不希望大龙能够顺顺利利，主要是怕大龙来求他，让他去麻烦学生。

大龙也确实一直没有再来，只是有的时候，让他家属送一点儿野生甲鱼之类的，说是工地上挖到的。还有一次他偶尔得知朱敬利家钟点工请了几天假，就让家属帮忙烧了几个菜送来。这样的事情并不多。

可是到了这一年的年底，大龙又来了，满脸愧色，半天开不出口，最后被朱敬利逼着，才说了出来。

又碰到老问题了，拿不到工程款。大家要回老家过年，两手空空怎么让人家回去。

可惜的是，大龙现在这个工程的上级领导，不再是朱敬利的学生了。

对大龙来说是可惜，可对朱敬利来说，就是庆幸了。朱敬利听了后，偷偷地松了一口气。

事情说到这儿，进入死胡同了，大龙也无话可说了，朱敬利当然更是可以不说了。

既然不说，两个人就闷坐着了，就像当年大龙第一次来朱敬利家那样，两个人互相用沉默对抗对方。

最后由姚新梅来破局，她虽然没有加入谈话，但是在一边已经听了个大概，这会儿见两人又进入这样的状态，她赶紧过来说："大龙啊，你是想让我们帮你借钱吧，这个事情难，我们跟银行的人不熟悉……"

大龙说："姚老师，其实不用找银行，因为不是缺很多钱。"

姚新梅说："你是想找个人借？可是我们的熟人中间，也都不是十分富裕的，何况，大学老师，你应该知道的，不太喜欢介入借贷的是非的……"

朱敬利插话说："大龙，你到底缺多少？"

大龙说："大哥，缺五，五万。"他窘着脸，脸更红了。

姚新梅说："这个乡政府怎么这样，老是……"

大龙吭哧了一会儿，说："也不完全是政府方面的情况，今年我们情况特殊，今年活儿太多，一直干到年底，想完成工程再收工的，结果就过了政府财政口子扎账的时间，今年来不及支付了，但是他们保证了，明年一开春，只要财政口子一开，马上到账……"

朱敬利说："你相信他们的保证？"

大龙说："相信的，如果到时候不兑现，我会找人去想办法的。"

朱敬利说："你找谁？常在行吗？"

大龙说："不是不是，常书记已经调到另一个县当副县长了，不过，不过……"正说到一半，朱敬利家电话响了，大龙赶紧说："大哥，那我，我先走了。"

不像上一次，他是坚持到底的，这一次他似乎是半途而废了。

大龙走后，朱敬利问姚新梅："我们家存款还有吧？"

姚新梅说："你真要借给他？"

朱敬利说："救急不救穷，大龙现在有能力了，我相信他。"

姚新梅说："你不担心？"

朱敬利虽然有点儿担心，但其实心底深处，他还是愿意借钱给大龙的。

到了第二年的四月份，大龙果然按时还钱了，还支付了比银行略高一点儿的利息，朱敬利不要利息，大龙说："哥，大哥，这是规矩，不能不要的。"

朱敬利不再多说，收下了。

又过了一年，到了年底，大龙打电话来，说几年没回老家过年了，今年要回去，儿子都四岁了，还没见过奶奶呢。回去前，想请大哥一家吃顿饭。

朱敬利说："我请你们吧，弟妹来了这几年，我们都没请过她呢。"

大龙也没有和他争执谁请谁的问题。那一天到了酒店，才发现，是一张特大的圆桌，一眼望过去，至少有十五六号人。

大龙坚持要“大哥”坐主位，朱敬利怎么也不肯，两人僵持，主位空缺，其他人就不好落座，大龙说：“哥，大哥，您是我的大哥，是我恩人，您不坐，谁能坐？”

朱敬利说：“我坐也可以，今天的单我来买。”

大龙说：“不能的，今天是我请客。”

又纠缠了半天，大家都有点儿尴尬，两个人一样的固执，姚新梅说：“老朱，大龙请你坐，你就坐吧。”

朱敬利眼看实在推辞不掉，只好坐下了，说：“唉，唉，大龙你搞的……”

大龙开始一一介绍来宾，朱敬利不用详细介绍，无论认得不认得，大家都知道他，他们都说：“朱老师，我们都知道您，朱总常提到您的。”

或者说：“要是我们有朱老师这样的背景，我们也发达了。”

朱敬利听着，就不知道自己该有什么样的心情。

大龙一一介绍过来，其中也有两个朱敬利的学生，只不过朱敬利记不得了，有一个叫石峰，还有一个叫马一立，总之他们都对朱敬利很亲，很敬重，可惜朱敬利基本上想不起来了。

朱敬利开始以为就他和大龙两家人聚一聚，没想到来了这么多人，其中他的学生虽然不多，大多数人已经不限于他的学生了，但后来听大龙一一介绍过后，才知道，即便不是他的学生，基本上也都是从他的学生那儿引出来的。

先是大家轮番给朱敬利和姚新梅敬酒，他们都说：“朱总喊‘大哥’，我们也喊‘大哥’。”

只有那两个学生说：“我们也想喊大哥，可是一喊大哥辈分就乱了，我们还是规规矩矩喊老师吧。”

刘总就说：“那你们就比我们小一辈啦。”

大家笑。

整个过程，除了敬朱老师酒，还有一个主要的话题，就是夸大龙，比如朱敬利的学生就说：“朱总就是厉害，看起来笑眯眯的，可他该出手时就出手，本来刘总是我的朋友，是我介绍给他的，现在呢，跟他搞得比我还铁，刘总贷款宁肯放贷给朱总，也不肯给我。”

那刘总说：“一来呢，你也不缺钱，关键呢，你不像大龙这样守信用。”

那马一立说：“我怎么不守信用啦？”

就半开玩笑半认真地吵吵起来，朱敬利看了大龙一眼，大龙也正在看他，眼神仍然是敬畏的、躲躲闪闪的，好像仍然像小时候那样怕他，崇敬他。

朱敬利心里感叹，真是物是人非。

大龙给姚新梅送了一只名牌包，给朱敬利的更是一个大礼：一部手机。

是最新款的诺基亚手机，手机号码选得也好，最后四位是“7080”。

大家听到这个号码，都笑着说：“七也灵，八也灵，什么都灵。”

看到朱敬利夫妇面对礼品面有难色，大龙赶紧说：“大哥，这是朋友从国外带回来的，便宜的。”

宾客中有位女士有点儿眼红，说：“哟，朱总对大哥真的很崇拜哦，嫂子前两天还跟我抱怨，说她想要部手机，方便一点儿，可是朱总不给她买。”

女宾嘴里的“嫂子”，就是大龙的媳妇。大龙出来搞活动，吃饭聚会什么的，媳妇从来不出面，不像有些人，一富裕起来，请客吃饭，会带上全家老小，假如这媳妇或子女自我感觉良好，会在宴席上大呼小叫，让客人感觉是混在人家的家宴中，十分的不自在。

在这一点上，朱敬利心里对大龙也是十分认可的，大龙虽然从乡下出来，骨子里却是懂规矩的。

朱敬利有了手机，生活工作果然方便多了，有时候学校开会，带了去，同事之间自然会议论一番，他不是个喜欢炫耀的人，但是有时候这种自然而然的炫耀，内心还是蛮受用的。

日子过得很快，在后来一些年岁中，朱敬利和大龙虽然仍有往来，但是不多，偶然听到大龙的事情，都说大龙公司越做越大，房子换了别墅，儿子朱小孟读了高大上的贵族学校，等等。

朱敬利和大龙的来往，多半是在逢年过节的时候，大龙照例会来给朱运送个压岁钱之类。朱敬利早已经正告了他，叫他以后别再钱来钱去，朱敬利说："你给朱运压岁钱，我们就要给朱小孟，有来无往非礼也，你也知道，知识分子之间不流行这个，送来还去，有什么意思呢，你工作又忙，所以你以后不要专门为这个跑一趟了。"

大龙是畏惧朱敬利的，朱敬利说什么，他都点头称是，但是红包还是要塞的，他很固执，也很用心，后来打听到双周的周三下午，朱敬利教研室有例会，所以他再怎么忙，总是能在那天下午抽出时间到朱敬利家里送红包。

姚老师客气一下，她是拗不过大龙的，也就收下了，等朱敬利回来，告诉了，朱敬利就不高兴，说："你怎么又收下了呢？"

姚老师说："他说是给朱运的压岁钱，这也不算过分，我们又不是贪心的人，要是我们是那种人，大龙也不会和我们相处这么好。"

朱敬利感觉姚老师的口气中，好像大龙和他们相处，是他们高攀了大龙的意思，心中就有些不爽，但又不便说什么，只是强调："今年这是最后一次啊，以后再也不能收了。”

他还特意给大龙打电话，告诉他这是最后一次，大龙照例唯唯诺诺。

可大龙是屡教不改，到时他会再一次如法炮制。

朱敬利真的来火了，但他总不能真把大龙臭骂一顿吧，人家大龙没有任何歹意，正如姚新梅所说，他是个知道感恩的人，是个知恩图报的人。

朱敬利还是给大龙打了电话，没有骂他，但说话的口气比较严厉，明确告诉他，不要再给钱了，他和夫人都是大学教授，工资很高的，不缺钱。

大龙怯怯地说："大哥，不是钱的问题，是我的感激之心。"

朱敬利说："有你这份儿心就行了，我早就领了——昨天你送来的，怎么办，叫你再来拿走吧，不是折腾你吗？"

大龙说："大哥，大哥，我保证，下不为例！"

朱敬利不会再相信他的"下不为例"了，他让朱运喊朱小孟过来玩玩儿，小孟来了，他就把那个红包如数地给了小孟。

不料小孟回去也没有告诉父母，所以到下一次，大龙又来了，姚新梅知道朱敬利已经憋了很长时间了，便如实告诉大龙，其实上次就没有拿，还给小孟了，所以这一次，也绝对不会收了。

大龙在朱敬利面前固执，可是姚老师一开口，他倒听话了，从此再也不来送压岁钱了。但是逢年过节，他会让家属或者手下其他人，送点儿农副产品，不再送高档礼物，朱敬利也就认了。好歹两家总不能因为这个事情断了交情吧。

他们仍然是有交往的，尤其是到后来，孩子都长大了，事情会多一些，来往也会多一些，大龙家乔迁，又乔迁，再乔迁，然后是朱小孟读大学，然后结婚，生子，满月，生二胎，大龙都要请客，也都要请上朱老师夫妇。

姚老师去了一两次，后来就不想去了，朱敬利也知道她的意思，也不勉强，但他自己得去。

朱敬利过去，自然得对着大龙说一些祝贺的话，大龙有时候会低声地告诉朱敬利，什么什么有问题，什么什么也不行，什么什么不是别人眼中看到的那样，真所谓的家家有本难念的经。

朱敬利听了，只是浅浅地笑笑。

有一回姚新梅跟朱敬利说："听朱运说，小孟又换了一辆新车，是豪车，超过百万。"朱敬利哦了一声说："他们是贷款买的。"

还有一次，姚新梅不知从谁那儿听说，大龙接了市里很大的一个工程，有很多有实力的人参与竞争，结果是给大龙抢到了。朱敬利就说："现在做工程，风险很大的，都是要自己先垫资的。"

姚新梅说："呵呵，在你嘴里，大龙就是个冒险家，但他永远会是一个成功的冒险家，因为你会帮助他的。"

朱敬利说："呵呵，我帮不动他，都是他自己的努力。"

还好，毕竟两个家庭不是一类人，工作性质也相差很远，没有多少共同点，所以可比性也就降低了很多，属于你走你的阳关道，我过我的独木桥。

三

可是现在情况又发生了很大的、很巨大的变化。

朱敬利的校园生活不怎么接社会上的地气，他没有想到安排婚宴会遇到麻烦，因为预订得迟了，想要订到满意的酒店不那么容易了。

不过这最终也没有成为什么问题，因为不等朱敬利开口，大龙那边已经主动替他们联系好了地方。

朱敬利接到大龙的电话，听说喜宴酒店落实了，脱口就说："啊？你已经订了？我们这几天一直在跑酒店，你怎么没告诉我？"

大龙好像有些难为情，吭哧吭哧地说："大哥，现在婚宴都要提前很长时间预订，尤其是三十桌左右的大型婚宴，大哥你现在去订，恐怕到明年这时候都排不上呢，所以我一知道朱运的婚事定下了，我马上就去联系了——前面没跟大哥说，一是因为事情没有最后确定，但主要的，我怕大哥怪我多事，这是你们两亲家的事情，大哥会不会怪我挤在里边犯嫌。”

明明是做了大好事，还表现得这么小心翼翼，好像是犯了错误一样，朱敬利实在是别无他话，只有说声“谢谢”了。

大龙赶紧说：“大哥，不用谢我的，还是大哥自己的关系呀，就是刘兴江刘总呀。”

朱敬利哦了一声，想起来了，刘兴江是他的一个学生，起先是自己开饭店的，后来越做越大，现在是市里餐饮联盟的老大了。只是，朱敬利就是这样，自己的学生，自己在关键时候总是想不起来。

大龙见朱敬利不吭声，又小心解释说：“大哥，其实我跟刘总也不是太熟，吃过几次饭，是吕秘书长找他的。吕秘书长一听是朱运的婚事，说：‘这还有什么可说的，全市翻个底朝天，也要整出场面来。’”

朱敬利说：“呵呵，秘书长说话有气势的。”

大龙说：“大哥，您的学生对您真是没有二话，其实刘总那里，也是有困难的，毕竟现在谁也不会把这么大的厅空闲在那儿，但他硬是想办法和别人商量，调整了人家的宴会，把大厅给了大哥。”

朱敬利说："那人家不会有意见？"

大龙说："不会的，是市里的一个会议，本来就是吕秘书长管的，吕秘书长说了，现在的精神，都要求实事求是，压缩会议，削减开支，不必搞那么大。"

朱敬利说："哦，哦，呵呵，呵呵。"

婚宴的事大龙也都给包办了，接下来的所有事情，估计大龙都会替他们考虑周到的，什么婚庆公司啦，什么双方邀请名单啦，什么程序之类啦，朱敬利心里正这么想着，大龙好像已经听到了朱敬利的心声，大龙说："大哥，还有些具体的细节，我觉得你们亲家之间，要坐下来细细商量一下，然后，你们决定的事情，我来执行就是。"

朱敬利只觉得大龙说的真是句句在理，实在没什么好反驳的，也没有任何纰漏好找的，所以点头应承。

双方亲家约了吃饭，大龙这一次倒没有推辞，朱敬利一喊他，他就答应一起来。

当事人朱运和李姑娘当然是要在场的，只是他们完全没有心思去研究婚礼的细节，到席上点个卯，喊过人，象征性地敬一下饮料，就看电影去了。一切交给双方父母了。

双方父母都仗着有大龙在，心里是踏实的。

这李姑娘家，看得出来大小事情是李妈妈做主，她是市级机关的一位处长，大龙喊她"林处长"，朱敬利和姚老师也就跟着喊"林处长"，李爸爸是企业家，就称"李总"。

大家都说，李家这样的家庭搭配，是最恰当，也是最理想的，说白了，就是有钱又有权。

林处长先说："亲家，以后你们会知道，我这个人，很好相处的，我单位同事都知道我的，朱总也知道的。"

朱敬利和姚新梅赶紧点头，说："是呀是呀，我们听大龙说过。"

其实大龙也没有多说什么，有些应酬的话，是朱敬利和姚新梅临时想出来对应亲家母的。林处长听了，就朝大龙笑，说："朱总，原来你在背后这么编派我呀。"

这口气，真是十分热络。

林处长越是显示出她对大龙的亲热，大龙越是不自在，他甚至有点儿着急了，赶紧插话说："林处长，李总，你们知道的，我大哥，朱教授，在他们的专业行业里是这个……"他竖了一下大拇指。

林处长对着大龙笑了起来，说："朱总，我就喜欢你这样有胸怀的人。"看得出，她是真心夸赞大龙。

她对朱敬利和姚新梅也算是客气的，但是多少有一点儿应酬的意思，对大龙的亲热，却是真心而且不加掩饰的。

所以又接着说："所以嘛，你才能成功，所以嘛，你肯定成功，我以前听人家说……"

大龙硬是把话题从他自己身上扯开，说："今天不说我，哈哈，今天是你们两家的大事，我是电灯泡……"

林处长说："哎，说得好，你就是电灯泡，电灯泡有亮光，有亮光我们才看得清呀……"

大龙分明不想在朱敬利面前过多说自己的事情，可林处长并没有这样的想法，她一味地夸大龙，多么能耐，多么有想法，多么有本事……

大龙坐在一边红着脸，尴尬地笑笑说："没有我大哥，没有我今天的。"

林处长立刻说："嘿，我就喜欢你这样的，成功了，不忘本——对了，朱老师，姚老师，你们可能还不知道吧，当初他……"她指了指一直没说话的老公李总说："当初就是朱总帮助他走出困境的。"

大龙赶紧摇头摆手，说："其实不是我，真的不是，是余飞帮的忙……"他停顿一下又说："余飞是我大哥的学生。"

不等林处长再说什么，大龙已经面朝着朱敬利说："大哥，上次和余飞聚会，余飞说起您，真是十分敬重，他还说了您的一个往事，说您脾气一直很好，但是有一回生了学生的气，真的生气了，您对学生说：'你们这样，今后走上社会，不要说是我朱敬利的学生啊。'大哥，是不是有这事，余飞没有瞎说吧？"

朱敬利只是呵呵。

林处长说："是呀，好学生都会记得老师的，只是老师记不记得学生，那就不一定了。”

这说的是大实话，可是大龙听了，又觉不安，赶紧打岔说：“对了，大哥，林处长，酒的供应也替你们考虑好了……”说着拿出手机，拨了电话，朱敬利想：这是要电话落实了。

果真如此，那边的人姓蒋，大龙称为“蒋总”，一边和蒋总说话，一边朝朱敬利看着，眼神仍然是敬重畏惧的。

朱敬利心想：“这个蒋总，不会再是我的学生了吧。”

不料大龙说着说着，就把手机递了过来，请朱敬利接电话，朱敬利心里乱糟糟的，说：“啊？又是我的学生？”

林处长说：“呵呵，朱老师，真是桃李满天下呀。”

蒋总在电话那头喊：“朱老师……”

朱敬利问：“你是哪一届的？”

蒋总笑道：“朱老师，我不是你们学校毕业的——陈晓薇是，陈晓薇要我代她向您问好。”

他见朱敬利没有马上反应过来，又说：“陈晓薇，我老婆。”

朱敬利想：这个陈晓薇，想必又是我的学生了，但又不敢完全确定，因为记忆中搜寻不到，所以含糊地说道：“哦，哦，是的，是的……”

蒋总并没有和朱敬利说酒的事情，只是代陈晓薇问老师好，电话又回到大龙手里，大龙说：“蒋总，我正和大哥谈事情呢，就不多说了，反正你都知道了，我大哥家办喜事……”那边叽里咕噜一阵，大龙就笑着挂断了电话。

大龙如此尽心，大家感谢都来不及，却不知怎么一时有点儿沉闷，似乎都不知道说什么好了，大龙赶紧又说：“大哥，林处长，你们再看看，朱运的婚事，还有什么需要我……”说到一半，看着朱敬利的脸色，停了下来。恰好他的手机响了，接起来一看来电，大龙身子侧过去，声音也放低了，但是大家还是能够听到他说话：“常市长……好的好的，我知道的，邱秘书都跟我吩咐过了，我已经安排好了，您放心。”

挂了电话，身子正过来，林处长就说：“常市长？是常在行市长吗？”

大龙说：“是的。”

林处长说：“哦，朱总跟常市长也熟？”

大龙说：“常市长也是我大哥的学生，而且是关系特别密切的学生。”

林处长哦了一声，回头看朱敬利，笑道：“朱老师很低调，知识分子就是这个好，一点儿也不、一点儿也不……”她好像一时找不到什么合适的词，只好说：“一点儿也不那个什么。”

大家都客气地笑了。

大龙又说：“大哥，常市长答应来做朱运的证婚人。”

不等朱敬利和姚老师反应过来，林处长已经从沙发上站了起来，脸上都有点儿微微发红了，嚷着说：“噢哟哟，噢哟哟，这个面子大了。”

朱敬利朝大龙看着，大龙脸红红的，头微微低着，像个做错了事的孩子。

林处长继续又说：“常市长我们都知道的，很低调，基本上不肯出头露面的，朱总能够请到常市长证婚，那真是不一般的关系呀。”

朱敬利很想说些什么，可一时他竟然什么也说不出来，大龙虽然自说自话，但你能说他自说自话做的这些事情不对吗，或者，不妥当？请常市长证婚，这在全南州也是很少见的事情，是难上加难的事情，他都做成了，朱敬利还能说什么。

林处长仍然激动着，感叹着说：“哎哟，早知道你们有这样的关系，朱运的工作应该早就妥善解决了。”

朱敬利没听明白，疑惑地说：“朱运的工作？朱运工作不是挺好吗，他自己也挺安心……”

林处长说：“是呀是呀，他一个人的时候，怎么着都好，可是今后，他们是一个家庭了，还要有孩子，我和老李我们还不能脱身帮他们，得靠他们小两口自己，朱运的工作，经常要出差，不稳定……”

朱敬利和姚新梅都没有料到亲家母会提这样的问题，一时愣住了，面面相觑。

林处长又说：“其实在机关工作也挺好，安稳，对家庭有照顾。”

朱敬利说：“机关工作当然好，可是朱运当年就没本事考上公务员。”

林处长说：“是呀是呀，朱老师，机关也有事业编制的。”

朱敬利说：“这个我知道，但是事业和事业也有高低之分的，不是只要有事业编制就能互通的。”

林处长说：“是呀是呀，所以说，朱老师是有有利条件呀。”

话赶话赶到这份儿上，大龙必须挺身而出了。大龙说：“大哥，要不这样，朱运工作调动的事，交给我吧？”

朱敬利咳嗽了一声，说：“这也得问问朱运自己的态度吧。”

林处长说：“呵呵，这还用得着问，有更适合更理想的工作，他还能不愿意？”

朱敬利语塞，过了一会儿，又回头问大龙：“大龙，人事的事情，现在把得很严的，你怎么……”

不等朱敬利把话说完，林处长就笑了起来，她这一笑，顿时让朱敬利知道自己的不合时宜，闭了嘴。

晚上回去的路上，朱敬利一言不发，因为是大龙的车送他们，当着司机的面，两人也不好多说什么，到家后，姚新梅说："老朱，你纠结啥呢，有人主动替你儿子操心，不是好事嘛。"朱敬利干巴巴地道："当然，好事。"

姚新梅说："再说了，那不也都是找你的学生吗？"

朱敬利仍然那个口气，说："那是，当老师的，学生多嘛。"

一夜无话。

才过了两三天，大龙又到朱敬利家来了一趟，朱运的工作已经有眉目了，现在有两个地方可以选择，想听听朱敬利和朱运的意见。朱敬利说："大龙，这么难搞的事情，这次又是谁帮你搞定的呢？"

话一出口，就自觉有问题，怎么是帮"你"搞定呢，明明应该是帮"我们"搞定，只是因为大龙在朱运的婚事上，事事操心，事事靠他，甚至有那么一瞬间，让朱敬利觉得，这些都跟他无关，都是大龙的事情了。

大龙倒没有这种敏感，他老老实实地说："是常市长出面打了招呼才解决的。"

朱敬利说："那是，这么大的事，恐怕是得市长出面了。"

大龙说："大哥，常市长一听是大哥的……"

朱敬利朝他摆了摆手，大龙就停下了。

他们沉默下来了。

就像从前，大龙来家里求朱敬利找学生，朱敬利为难，他们都沉默着。

要说沉默，从前朱敬利就沉不过大龙，现在仍然如此，最后朱敬利只好认输。主动说："那大龙，常市长帮了我们这么大的忙，还要给朱运证婚，我……"

大龙说："大哥，他是您的学生。"

朱敬利说："学生也没有这么大的情分。"

大龙说："大哥，您要是觉得不踏实，不如我替您感谢一下常市长。"

朱敬利顿时警觉，紧张地说："大龙，你要干什么？"

大龙笑了起来，说："大哥，您放心，我不会做不妥当的事情，常市长和您一样，是我的恩人，我不能害他的。"

朱敬利说："那你怎么……"

大龙又说："大哥，您要是不放心，我把礼物准备好，交给您，您有机会带给常市长，这样您可以亲自监督，看我干了什么。"

这本来是多此一举，但朱敬利还是多少有点儿不放心大龙，就答应了，好歹多双眼睛看着。

过了一天，大龙就把准备的礼品拿来了，包装盒十分精致，不等朱敬利说什么，大龙就打开了盒子，里边有华丽的锦缎铺垫，是一件瓷器，更确切地说，是一只浅浅的盘子，看起来很薄很轻，色泽青白淡雅，感觉很温润，还有些暗暗的花纹。

朱敬利并不懂得瓷器，只是一种直觉，感觉这只盘子不同一般，他心里“咯噔”一下，有些不妥，赶紧问：“大龙，这是什么？”

大龙已经把夹在盒盖内里的那张认证书取来交给朱敬利，朱敬利接过去一看，上面写着：汝窑天青釉葵花洗仿品。

朱敬利并不太了解“汝窑天青釉葵花洗”是什么，但是看到“仿品”两字，心里稍稍松了口气，嘴上却脱口道：“真是仿品？”

大龙笑道：“大哥，要是真货，我买得起吗？嘿嘿，就算我买得起，我到哪里去买？”

朱敬利感觉大龙说的是老实话。朱敬利虽然不搞收藏，也不懂古玩，但是同事们在一起开会聊天时，经常谈起这个话题，知道有许多企业家，有了钱，就开始搞收藏，收什么的都有，古瓷器、古玉、古字画，结果搞了一大堆假货。

其实又何止是企业家，民间收藏热已经铺天盖地席卷大地，就是普通老百姓，好像也都能说出个一二三四五。

所以有个老师说，那么多钱，真是辛苦挣来的？恐怕是钻时代的空子钻来的，所以拿来打水花也是因果报应，是命。

朱敬利不知道大龙有没有走这条路，大龙从来没有和他说起过，但是他相信大龙是清醒的。

朱敬利重新把盒子推到大龙面前，说：“大龙，我不太方便见到常市长，你如果有机会，还是你去办吧。”

大龙听话，就抱了盒子走了。

朱敬利看着大龙从外面带上的门，一时有点儿发怔，后来心里就想：刚才忘了问一下大龙，他怎么会买这样的礼品送给常市长，是不是知道常市长喜欢这个？现在大龙已经走了，再把他喊回来问，有点儿小题大做，虽然大龙对他的态度始终没有变，但朱敬利心里明白，今天的大龙，可不是当年到他家来求助的那个农民工了。

大龙很快就打电话告诉朱敬利，工艺品已经送给常市长了，让大哥放心。

朱敬利应了一声。他到底放不放心，恐怕连他自己也说不清楚。

一天黄昏时分，朱敬利照例在小区里散步，走着走着就感觉有人在看着他，他回头四处看看，却没有看见熟悉的人。又走一段，仍然有这种感觉，干脆回头反过来走，这才看到了，是大龙的老婆孟桂兰，抱着小孙子，躲在一棵树后面，看到朱敬利发现了她，才犹犹豫豫地闪了出来，却满脸通红，站着不说话。

朱敬利奇怪地说：“桂兰，你怎么跑到我们这儿来了？”话一出口，才发现自己太蠢，她明明是来找他的。

孟桂兰也蠢，说：“大哥，我，我随便走走。”

朱敬利笑了笑说：“桂兰，你有什么事情找我，直接到我家就行了，干吗要这样躲躲闪闪？”

不料这话一说，孟桂兰就哭了起来，边哭边说：“大哥，大龙不许的，这么多年，有好多次我都想来找大哥，可是大龙跟我说，我要是瞒着他找大哥，他就跟我没完，要是我给大哥惹出麻烦，他就要跟我，跟我离——所以，所以，我一直不敢……”

朱敬利说：“你别听大龙虚张声势，你看他敢跟你离，我看他是离不开你的。”

孟桂兰慢慢收起眼泪，停顿了好一会儿，才犹犹豫豫地说：“大，大哥，大龙的魂，被勾走了。”

朱敬利心里一跳，以为大龙婚内出轨了，赶紧说：“桂兰，你可别疑神疑鬼，大龙的心思，一直都在生意上，要说他出轨……”

孟桂兰说：“不是男女的事情，是他迷上了收藏古董……”

朱敬利笑了起来，这个大龙，做事情，连老婆也都瞒着。他赶紧说：“桂兰，你恐怕被骗了，大龙搞的那些，都是现代仿品，不值钱的。”

孟桂兰半信半疑，过了好一会儿才疑惑地问：“大哥，您怎么知道？”

朱敬利笑道：“你不相信我呀？”

她说：“我相信大哥，但我不相信大龙。”

朱敬利说："你放心，大龙和别人不一样，他靠谱的。"

孟桂兰犹犹豫豫，好像在考虑有些话要不要说出来，想了一会儿，她还是说了："那他为什么手头儿的钱越来越紧，早几年，家里还买房子，换车子，现在连给孙子买个平板电脑玩儿游戏，他一时都拿不出钱来。"

朱敬利说："做生意的人，都是这样的，一时紧，一时松……"

孟桂兰说："不是一时，有好长时间了，自从他开始收藏那些东西，钱就不够用了。"

朱敬利还是根据自己的推断劝慰孟桂兰："手头没儿有闲钱，才说明有方向、有目标、有投资，如果钱都在手上，那你又要急了，是不是？"

孟桂兰听了朱敬利的劝，情绪好些了，也不再哭哭啼啼，谢过朱敬利，抱着孩子走了，说要去接上幼儿园的大孙子。

这事很快消停了，看起来大龙也没有知道，朱敬利当然也不会去告诉大龙。

过了几天，他接到同事老张的一个电话，一开口就莫名其妙地说："喂，老朱，你弟弟是不是离婚了？"

朱敬利心里怦地一跳，大龙家明明好好的，可是平白无故，老张怎么会这样问呢？心里顿时感觉有什么事情来了，一着急，直接就问："老张，你什么意思？"

老张说："我记得你弟媳好像姓孟，叫孟桂兰，是吧？"

朱敬利平时为人比较拘谨，朋友并不多，唯独和同事老张的关系不错，两家来往也多，所以后来老张一家和大龙一家也熟识了，有的时候，三家人会在一起聚聚，甚至有几年的年夜饭，都是约了一起吃的。

老张说："明明是孟桂兰，她怎么说自己叫'王兰'呢。"

朱敬利说："啊？你在哪里碰到她啦？"

老张说："在电视里，她上电视节目了，在节目里她说自己叫王兰，还说她丈夫是中学老师，我看了就奇怪呀，难道有个和孟桂兰长得一模一样的女人？"

朱敬利也奇怪，说："你看的是哪个台的哪个节目？你会不会没看清楚，老眼昏花了。"

老张说："我也怀疑自己看错了，但是实在太像了呀……哎，还好，这个节目，今天下午南州三套会重播的，我再看一遍。"

朱敬利这才知道了，老张看的是地方台的一档鉴宝节目，节目名称叫《宝贝大家看》。半个下午，朱敬利一直心神不宁，过去他从来不看这样的节目，可到了下午三点，他忍不住打开了电视机。

节目的规则是由持宝人带着宝贝上台，主持人先说道几句，然后请持宝人自我介绍，包括姓名、工作、家庭，以及所持之宝的来路，等等。

朱敬利果然看到了一个长得和孟桂兰一模一样的持宝人

上台了，只是在装扮上有所区别，孟桂兰一直是短发，穿着也比较随意，在朱敬利的印象中，她永远是抱着孩子，小孟小的时候，她抱小孟，后来小孟有了两个孩子，她仍然是抱孩子。但是在节目里，她却是长发，穿得也比较正规，是一套裙装。不过尽管孟桂兰用心做了改变，朱敬利仍然能一眼认出她就是孟桂兰。

可是孟桂兰在台上自我介绍叫“王兰”，然后主持人说：“请王大姐给大家讲讲这个宝贝的来历吧。”

“王兰”就介绍说，她丈夫是个中学老师，许多年来一直有淘旧货玩儿古玩的喜好，每年的寒暑假都会出远门，到处去淘宝……

主持人说：“出远门？到哪里呢？”

“王兰”说：“哪里有东西，他就到哪里，比如吧，到河南……”

主持人调侃说：“对头对头，河南地下文物，号称全国第一……”

“王兰”又难为情地笑了笑，说：“地下文物都在地下呀。”

主持人说：“那听王大姐的口气，你是不相信你先生能够淘到宝、捡到漏？”

“王兰”说：“我不相信，我也一直劝他，可是他很固执……”

主持人笑道："是不是他把家里的钱都花在这上面了？"

"王兰"说："是的，我担心他搞来的都是假货，就从里边挑了一件，想来请专家看看。"

虽然主持人一在用调侃的口气活跃现场气氛，好像"王兰"就是来开玩笑的，但是朱敬利心里却是明白的，他不仅能够感觉，甚至能够触摸到"王兰"的担心。

台下缓缓地升起一张桌子，桌子中央端放着一只青色浅盘，朱敬利一看到这只盘，心里顿时收缩了一下，主持人上前一看，脱口而出："汝窑？吓杀人了！"

镜头转到三位现场专家那边，专家的脸色十分复杂，确切地说，应该是疑惑多于激动。

朱敬利的手机响了起来，是老张打来的，口气急切地说："老朱，老朱，你打开电视，现在就开，南州三套，你看看，怎么不是你弟媳妇孟桂兰，绝对就是她！"

朱敬利说："好好，我看看。"

老张说："你认一认，到底是不是，你再打给我啊。"

朱敬利没有再打过去，老张电话追过来了，说："老朱，你看了没有，是不是孟桂兰？"

朱敬利说："哎呀，我平时不怎么看南州三套，都不知道它在几频道。"

老张哼哼说："老朱，别跟我玩儿这一套，她是不是孟桂兰，你不比我急吗，你会不看吗？你大概早就看到了吧！”

朱敬利说：“不管她是不是孟桂兰，我只知道他们夫妻俩好好的。”

老张说：“好好的为什么要改名换姓改头换面偷偷上电视？”

朱敬利说：“都上了电视，怎么叫‘偷偷’的，老张，你很关心别人家的事情嘛。”

老张说：“咦，说得好像你不关心似的。大龙可是你的弟弟，又不是我的弟弟，连我都关心他们，你会不关心吗？好了好了，这个人你也看到了，到底是孟桂兰还是王兰，你自己看着办吧，下面的事情我就不关心了，我相信你会关心的。”

朱敬利以为他要挂电话了，不料老张又说：“这个东西，清雍正仿汝窑，不得了啊。”

老张的电话挂断以后，朱敬利心里乱糟糟的，因为他和老张一样，知道“王兰”就是孟桂兰，那该怎么办呢，告诉大龙？或者，只当没看见？或者，直接问问孟桂兰？

朱敬利现在更担心的不是孟桂兰和王兰到底谁真谁假，在专家做出“清雍正仿品”的结论时，他也只记住了“仿品”这两个字，也还不知道事情会是什么样的，但是最后专家给出的市场估价，让他坐不住了，心里怦怦地跳起来，一阵慌乱。

四

虽然常在行在官场行事很低调，但是低调不是安全阀，更不是护身符，有许多低调的干部，出事以后，查出来的问题都吓得死人。

其实，关于南州市领导出事的传闻，一直以来也没有断过，今天传你，明天传他，搞得有些人人心惶惶，有些人议论纷纷，有些人翘首以盼。

其中也有常在行。

朱敬利平时基本上大门不出二门不迈，他能够听到这些传闻，大多是在学校的什么会议上，同事们传来传去，津津乐道，绘声绘色，有鼻子有眼儿。

朱敬利第一次听到常在行的传闻，大概是在两年前了，说常在行两天前被“双规”了，说纪委的走进他办公室的时候，常在行一看，立刻瘫倒在地什么的。

朱敬利吓坏了，一反常态，直接从会议室就跑了出来，给大龙打电话，大龙一听，笑了起来，说：“大哥，你听别人瞎说道呢，今天上午我还在常市长的办公室呢，下午常市长在开会，晚上的电视新闻会有的。”

朱敬利脱口说：“你到常在行的办公室？你干什么？”

大龙说："大哥，是常市长找我的。"

大龙没说常在行找他干什么，朱敬利再追问下去，就是不知趣了。知识分子，洁身自爱，讲的就是一个分寸，尽管大龙对他左一声大哥，右一声大哥，恭恭敬敬、言听计从的样子，但是朱敬利心里是有分寸的，他不会逾矩。

常在行和大龙关系密切这件事，朱敬利也只是在心里想想而已，他还能怎么样。

在此后的一两年中，关于常在行出事的传闻始终没有断过，从从前的"双规"，一直传到现在的"留置"，可是常在行却一直没有被"规"也没有被"留"，一直还在当着常务副市长。

官场上的传闻，确实蛮吓人的，有好多人都是被传着传着，就传进去了。

一旦真进去了，大家就会说："看看，看看，无风不起浪吧。"

或者说："看看，看看，小道其实就是大道吧。"

当然也有另一种情况，传闻尽管传，传来传去，也一直没什么事，就像常在行这样。

如果继续传的话，以后会怎么样，那是谁也不敢保证。别说别人不敢保证，恐怕连他本人也无法预知。

被传闻的日子，到底是怎么样的，只有当事人自己知道，别人是无法体会的。

关于常在行的说法，还有很多，有说是确实有举报信，但举报的内容，都查无实据，因为是匿名信，也就不了了之了。有说是栽在情妇手里了，两个情妇没有摆平。这传闻也没有印证。

当然，关于常在行，除了这些骇人听闻的传言，也有正面的积极的令人振奋的传说，那是从市委书记调往外省的传闻开始的，市长已经过龄了，没戏了，如果第三把手副书记当书记，那么市长的位置就非常在行莫属了。

这可是天大的利好消息，可惜消息只是消息而已。有一次朱敬利听到了，也问了大龙，大龙说："大哥，那是常市长的对手放的风，不利于常市长。"

朱敬利也就知道自己的深浅了。

在前面很长的时间里，朱敬利内心一直是平平淡淡的，虽然和经商的大龙有非血亲的兄弟关系，官场也有他好些学生，但无论从哪个方面说，尤其是在内心，他和他们，都离得比较远，即便是聚会吃饭，哪怕是觥筹交错，他和他们也是隔着一层的。

但是朱运的婚事一来，朱敬利身不由己地就和他们走近了，走得很近，都礼尚往来了。

朱敬利不知不觉改变了傍晚散步的习惯，每天那个时间他都守着电视机看本地新闻。现在的新闻，开会的内容特别多，所以几乎天天能看到常在行，因为他既是市委常委，又是政府方面的常务副市长，市委的会议有他，政府的会议也有他，他分管的工作会议还有他，所以有人开玩笑，说他的出镜率比书记、市长还高。

就在朱敬利每天从电视上看常在行的日子里，常在行又一次被举报了。

果然是因为孟桂兰上电视，惹出了祸端。她说自己叫“王兰”，还戴了假发，其实除了朱敬利和张教授，还有好多人认出她来了。

孟桂兰只是个家庭妇女，但她又是本市著名企业家朱大龙的妻子，所以在短短的一两天内，网上就扒出了朱大龙的发迹史，扒出了朱大龙的关系网，扒出了朱小孟的奢侈生活照，扒出了朱小孟和常在行的女儿常莹莹以及其他几个年轻人一起出游的视频，甚至还扒出了朱运，又从朱运扒到了朱敬利，比诛九族厉害多了。

真不是什么仇家对手，就是普通网民。

正因为如此，那才是真正厉害的对手。

紧接着网上热炒的，就是常在行受贿的举报信又一次到了纪委。

一开始这些事情朱敬利并不太清楚，他不怎么关心网络上的东西，所以不知道自己也被扒了一下，也不知道常在行又被举报了，日子一如往常，因为他每天都能在电视上看到常市长，心里似是蛮安逸，似乎和甚嚣尘上的网络狂欢隔绝了。

其实隔绝是不可能的，只是往朱敬利这儿来得慢一些而已。

隔一天在校园里看到老张，老张鬼鬼祟祟把他拉到一边，说："老朱，纪委找你谈啦？"

朱敬利说："纪委找我谈什么，我又不是党员，也没当过干部，纪委找不上我……"他因为跟老张熟，还幽了一默，说："我要有事，不用纪委，直接就是公安抓了。"

老张说："哟，纪委找你谈，又不一定是你的事情，别人的事情也可以问问你吧。"

朱敬利还幽默说："别人的事情？谁的事情，你的？对了，你以前干过系副主任。"

老张说："我就不信你一点儿风声也没听到。"

朱敬利说："恰恰相反，我听到的风声太多了，就等于没听到。"

老张这才相信朱敬利确实后知后觉，就把常在行被举报，还有网上的传闻一一告诉了他，然后说："老朱，跟你没关系吧？"

朱敬利说："你说呢？"

老张说："你别故作镇定了，网上都有图有真相——里边还有你家朱运呢。"

朱敬利真是故作镇定，反问说："怎么，朱运不能跟朋友一起出去玩玩儿？”

老张说：“当然当然，常在行如果有事，肯定跟朱运没有什么关系，跟你老朱关系也不大，但跟你兄弟就不好说了。”

老张一走开，朱敬利也等不及回家，在校园里就赶紧和大龙联系，问大龙，常市长被举报，跟送的那个礼物有没有关系。

大龙镇定坦然，他的语气一如既往地平和，他安慰朱敬利说：“大哥，你别担心，常市长这么多年的枪林弹雨都没倒下，不会被任何人放倒的。”

朱敬利愣住了，他张着嘴，竟不知道该说什么。

他很想说，我可没有想放倒谁。可是他说不出口，大龙又没有指名道姓说是谁，大龙也绝不是指他朱敬利的。

他想说，你不应该瞒着我，以假乱真。可是这并没有依据，虽然孟桂兰鉴定了一件“雍正仿”，但并不能因此就推测甚至断定送给常在行的也是“雍正仿”。这话也一样说不出口。

或者他说后悔把自己卷进去了，这话恐怕更说不出口。

正在纠结，就听到大龙又说了：“大哥，你是不是知道电视鉴宝的事情了？”没等朱敬利回答，大龙就嘿嘿嘿地笑了，笑声仍然一如既往地透露出不好意思的意思，隔着空朱敬利都能看到大龙一脸的憨厚，大龙说：“嘿嘿，嘿嘿，大哥，你真信呀。”

朱敬利不清楚大龙笑的是什么意思、几个意思，是说专家鉴定出错了，还是说电视台这个节目有猫腻？或者他是说，“王兰”不是孟桂兰，或者那个“雍正仿”不是他家的？或者……

不管怎么说，不管大龙让他别相信什么，大龙淡定的语气，让朱敬利觉得，他的焦虑、他的怀疑，竟是十分的可笑。

又过了几天，傍晚的时候，朱敬利照例看完本地电视新闻，看到常在行仍然在出席会议，他松了一口气。正打算关掉电视机，忽然就接到了老张的电话，老张急切地说：“喂喂，老朱，老朱，你开电视，看南州三套。”

朱敬利赶紧调到三套，果然正在播《宝贝大家看》新一期的节目，仍然是上一次看到的相同的场景，几乎一模一样，乍一看，朱敬利还以为自己在做梦呢。

持宝人仍然是孟桂兰，仍然是进行了装扮，仍然说自己叫“王兰”，仍然介绍自己的先生是中学老师，喜欢淘宝买古董，但是净买假货，把家里的钱都折腾完了，等等。

主持人笑道：“大姐，我估摸着，您是想请专家掌掌眼，哪怕有一件是真的，好歹也弥补一下失衡的心理。”

“王兰”红着脸点头称是。

宝贝从舞台下面缓缓升起，给了特写镜头，朱敬利一看，好像仍然是上次的那一件“雍正仿”，但无论是主持人，还是专家，似乎都没有发现，更不要说坐得远远的现场观众了。

想来也是情有可原，上节目的宝贝太多，也许确实不能一一都记得清。

然后是经过几步程序化的环节，最后专家给出鉴定结果：现代仿品。

市场参考价：一千元。

专家又对这个“一千元”做了说明，是因为做工精致，足以以假乱真，是仿品中的上品。

现场掌声响起来。

等掌声落定，“王兰”红着脸，小声地说：“可是，可是，各位老师，我上次也是带的这一件，你们说是‘雍正仿’，今天你们说是‘现代仿’。”

声音虽然很低，但音响效果好，所有的人，都听得清清楚楚。

现场立刻响起了乱哄哄的声音，观众七嘴八舌，议论纷纷，场面有些混乱。

坐在台上的三位专家面面相觑，脸上红的红，白的白。

主持人赶紧圆场，调侃说：“呵呵，大姐，您给专家老师出难题了——您是跟我们节目有仇，来踢场子的吗？”

“王兰”说：“不是不是，不是有意的，是我拿错了……”

主持人笑道：“大姐，我看您是不相信专家吧，要不，您以为我是个托儿，哈哈。”

“王兰”急忙说：“不是不是，我相信专家，但是我不相信我男人。”

主持人笑道：“来来来，大姐，您能不能告诉我，您先生是多少钱买的？”

“王兰”说：“他说是两百块。”

主持人夸张地哇了一声说：“啊呀，那就是翻了好几个跟斗啦，比炒房炒股票厉害多啦，大姐，以后您还反对您先生去淘宝捡漏吗？”

“王兰”不好意思地笑了，带着宝贝下台。

朱敬利看得一头雾水，喃喃地说：“这个孟桂兰，到底要干什么，她这明明是整人嘛。”

姚新梅在旁边插了一句嘴：“整人？整谁？她一家庭妇女，整得了谁？”

朱敬利说：“咦，刚才你也看节目了，叫这几个专家脸往哪里放？”

姚新梅说：“老朱，你又不是三岁小孩儿，你看不懂啊，这又不是现场直播，这明明是录播的嘛，如果录的时候真出了洋相，完全可以剪掉嘛，甚至可以重录的。”

朱敬利恍然，但随即又更迷茫了。他忍不住长吁短叹起来。

姚新梅说："老朱，你怎么跟丢了魂似的？"

朱敬利说："我搞不明白，那个东西，到底是'雍正仿'还是'现代仿'，它到底是真是假？"

姚新梅看了他一眼，过了好一会儿，她说："你到底希望它是真是假呢？"

朱敬利愣了一愣。

他不知道自己希望什么。

大哥刘里明

大哥刚刚参加工作那会儿，还不是什么“大哥”。他是个毛头小伙子，不抽烟，不喝酒，待人接物也没有显示出什么特别之处，只是感觉平时说话口气稍有一点儿大，仅此而已。

但是如果没有硬核，光靠嘴大，人家是不服的。所以那时候没有人认为他是“大哥”。

比如喝酒，人家说，你连酒都没有沾过嘴，你有什么资格跟我们充老狠。那时候“大哥”还是个初出茅庐的“小鬼”，压根儿就没有想到过，酒也是能改变人生的。

大哥的父母亲戚都不在本地生活，也就是说，大哥是个外地人，大学毕业后，留在本地工作了。

过了不多久，大哥要结婚了，虽然他没有婚房，但好在他老丈人家有房子，那一间屋本来就是女儿住的，现在多住进一个女婿，那是女儿情愿，老丈人没有意见。

大哥需要把自己的婚房装修一下，20 世纪 80 年代初那时候还没有正儿八经的装修公司，一般人家都是自己想办法搞。这倒像后来大家在外国电影电视里看到外国人的那种生活，一到休假了，老外就会在家里忙着打理，油漆、粉墙、搞院子什么的。

大哥的根不在本地，所以他刚刚参加工作那一段时间，还没有什么朋友，收拾婚房，也是老丈人请自己单位的两个年轻人来帮忙的。年轻人他们也是读书人出身，并不会干这些活儿，但是好歹凑合着在水泥地上刷了一遍彩色的油漆。油漆的颜色也没得挑，只有黄黄的那一种，因为涂抹不均匀，结果反而显得很别致，黄中有些白，也有些黑，还有些旋转的波纹，好像是专门精心设计的一种新型色彩和图案。后来来看婚房的人，都啧啧赞叹，还问是哪里请的师傅。

搞好婚房的那天晚上，老丈人请两个年轻的同事吃饭，大哥当然得陪着，这等于是老丈人和同事帮他做大事，他不作陪说不过去。

老丈人是喜欢喝酒的，而且还喜欢热闹，喜欢有人一起喝，所以与其说是他请年轻的同事喝酒，还不如说是让年轻的同事陪他喝酒更贴切一点儿。只是那两个年轻同事那时候也不知道酒的厉害，只要老丈人稍稍一劝，他们就咕咚咕咚地往下灌。

那是大哥有生以来第一次正式和外人喝酒。小的时候可能家里人也会喝酒，但那没他的事，他只是看看而已，现在他成人了，要结婚了，是老丈人的女婿了，不能不陪着喝一点儿。老丈人是心疼女儿的，所以连带着也心疼准女婿一下，就跟他说："你既然没有喝过酒，那你喝汽酒吧。"

又说："这差不多就是汽水。"

汽酒这个词早已经消失了。好多人根本不知道什么是汽酒。现在的年轻人追捧的什么水果味儿的饮料酒，有3%的酒精成分，这个不知道和当年的汽酒有没有什么关系。

还是回到那天吧。

那一天，老丈人他们三个喝白酒，大哥喝汽酒，结果是老丈人酒足饭饱，乐乐呵呵，三个年轻人却都放倒了。

三个人先是轮着，后是抢着，再是挤着，共同占有了家里的抽水马桶，轮番呕吐，只听得马桶一遍遍地抽水放水，仍然搞得家里酒气熏天。

这就是当时的大哥。记录这件无聊的事情，只是想说一说，大哥在成为大哥之前，是多么的不"大哥"呢。

后来的许多年里，大哥在酒桌上逞能的时候，经常提起往事，大哥的口头禅就是："我那时候，喝汽酒都会醉的。"好汉不提当年勇，大哥提的是当年的"不勇"，就更加反衬出大哥后来的"英勇"。

大哥其实只是个普通的青年，但是人们常说性格决定命运，这也是有道理的。性格使然，大哥很快就学会烟熏酒泡，然后成为“大哥”。

大哥从老家出来上大学之前，不知从哪里搞来一件军大衣，这件军大衣后来一直跟着他，跟着他上学，又跟着他上班。

因为一件军大衣，就会有很多人刮目相看，甚至还有人问大嫂：“你是嫁了个高干子弟吧，至少也是部队里的高干吧。”

大嫂说：“不是啦。”

人家可不相信，说：“那他怎么穿军大衣？”你看那时候的人，想法就是那么的简单。

大嫂心想：我当初就是被这个军大衣蒙住了眼睛，迷昏了头脑。大嫂还想：我八成不是迷的人，是迷的军大衣噢。

你以为呢。

情况就是这样的。

因为军大衣背后，是有许许多多东西的。

再到后来，街上开始流行红裙子了，有了西装和西装短裤，比基尼也都出来了，军大衣就不太稀罕了。

但是谁知道呢，风水轮流转了几转，到 20 世纪 80 年代中后期的时候，军大衣又回来了，大家又追捧军大衣了，主要是为了夜生活的方便。

那时候的中国人，有了全新的面貌，时髦的年轻人晚上要去舞场跳舞，或者进入其他娱乐场所，都要穿得轻薄标致，如果是在冬天，夜里骑个自行车出去，那还不得在寒夜里冻死。

自然，那时开始了有毛料的大衣，甚至裘皮的，可是你买得起吗？短棉衣又挡不住寒气，看来看去还是军大衣最合适，价格在一个月工资的三分之一左右，能够承担得起，何况军大衣暖和又轻便，到地儿了，大衣一脱一甩，里边的时髦就露出来了。

所以那一段时间，军大衣又成了新宠。一成新宠，就是抢手货，几乎所有的人，不只是年轻人，中年人甚至老年人，人人想要一件军大衣。

可是一下子哪来那么多的军大衣。

大哥这时候已经逐渐展露出“大哥”的风范了，原来他的那件军大衣已经进了家里的储物柜，搁到最底层了，现在又翻了出来，他晚上出门，军大衣一披，两脚一踮，自行车飞一般地穿行在大街小巷。

不久后的一个晚上，家里来两个客人，是大哥新结识的朋友，也是同一个机关大院工作的年轻人，坐下来，先是天南海北地瞎聊，有的没的地瞎扯。

虽然他们坐在小客厅里聊天，大嫂在卧室里织毛线，但是从前的住宅都十分的狭小逼仄不隔音，外面说话，里边听得清清楚楚，大嫂知道他们是有事情来找大哥的，可有事偏偏又不直说，绕来绕去，大哥就饶有兴致地和他们一起瞎胡扯。

一直到以后的许多年，大嫂也还是真心不清楚，大哥心里到底是怎么想的，他真是以为他们就是单纯来聊天、来交结朋友的，还是他也知道他们有所求，只是一时开不了口。大哥不催他们，他够有耐心，有足够的耐心等待他们开口。

其间大嫂出去给他们的茶杯加了三次水，茶都已经淡成白水了，他们的话题已经扯到了大洋彼岸，像断了线的风筝，扯不回来了。

那一年他们还没有孩子，孩子还在大嫂的肚子里，大嫂除了加水，完全没有别的办法再暗示大哥。后来他们有了孩子，再出现这样的情形，大嫂就让孩子哭，起先一两回，还真管用，客人一听到孩子哭，赶紧放弃胡扯，说了正题走路。但如此几次试下来，这办法就不管用了，因为大哥总会说："没事没事，一哄就不哭了，坐，坐，还早呢。"或者说："坐，坐，难得来一次，哪能屁股没坐热就走呢。"

总之，大哥有耐心陪着客人说话，大嫂早就领教，并且是领教得十分深入的了。

回到 20 世纪 80 年代那个冬天的晚上，后来那两个人大概终于觉得时间有点儿晚了，终于开始向中心话题靠拢，他们指了指挂在衣架上的大哥的军大衣，说："就是这个呀，军大衣，神气的。"

他们说："你这件军大衣，哪里搞的？"

又说："你好像一直就有军大衣？"

虽然已经聊了几个小时，但大哥兴致仍然很高，中气仍然十足，大哥说："是呀是呀，军大衣，我很早就有了。"

那两个人喜出望外，终于说出了他们的目的，就是要请大哥帮他们也搞一件军大衣，最好是一人一件，实在不行，就搞一件也行，可以互相借着穿的。

大哥说："嘿，我上大学的时候，我这件军大衣，基本上都是同学借的，就没有一天是闲着的。"

他们说："是呀是呀，军大衣又暖和，又方便，又神气。"

大哥只差没有拍胸脯，他简洁地说："好，放心，包我身上。"

两个同事欢天喜地走了，大嫂从卧室出来，朝他看了看，大哥笑笑，说："同事，来玩玩儿。"

大嫂说："我听见你们说话，你答应帮他们搞军大衣？"

大哥说："是的，他们也喜欢军大衣，晚上出门一裹，到地方一脱就好。"

可大嫂是个实在人，担心地说："你答应了人家，可是你到哪里去搞，你真以为你家是当兵的啦。"

大哥朝大嫂挥挥手："你不用操心，我自有办法。"

星期天大哥在家里沉闷了半天，他一直在想怎么才能搞到军大衣，下午他出了一趟门，说是找一个老乡去玩玩儿。

等到大哥下晚回来的时候，满脸兴奋，大嫂想：他大概有办法了。

大哥特地到巷口的小店去买了一包烟，“红双喜”，被大嫂看到，奇怪地说：“你又不抽烟，买烟干什么？”

大哥说：“有用。”他自己抽出一根，划根火柴点烟，划了几次也没有点起来，最后好不容易点着了，吸了一口，立刻呛得咳起来，咳得眼泪鼻涕都下来了。

大嫂在一旁忍不住笑出声来，说：“哟哟，干什么呀，干什么呀。”

大哥擤掉鼻涕，揣着烟就出去了。

大哥往很远的城南的南兵营去。他这几天钻天打洞地打听到了一个消息，他从一个老乡那儿得知有另一个老乡，从小儿和他在老家一条街上长大的，现在在这里当兵，就驻扎在南兵营。

有了当兵的老乡，就不愁军大衣的问题了。大哥是这么想的。

大哥骑着自行车，走了大半个钟头，一路打听，一路询问，终于找到了南兵营。

兵营门口，有当兵的守卫，一般人是不可能放进去的。大哥被当兵的挡在门外了，说：“你干什么？”

大哥赔上笑脸，先递一根烟，守卫一脸警觉，严肃地说：“你想干什么？”

大哥想给守卫点烟，守卫拒绝说："这个不允许的，你退远一点儿。"

大哥听话，退远了一点儿，手里拿着烟和火柴，有些尴尬，说："嘿嘿，我是来找人的，我老乡，他就在你们这里当兵。"

守卫说："叫什么名字？"

大哥说出了那个老乡的名字，守卫说："没印象。"不过守卫的态度还好，他认真地想了一想，又说："当然，我们兵营人多，我不一定全认得，我可以打电话进去帮你问问。"

守卫虽然没有抽大哥给的烟，他要守纪律，不能抽，但烟是人与人之间的缓冲剂，所谓的烟酒不分家嘛。那守卫冲着这根他不能抽的"红双喜"，态度就好多了，他进了门卫室，给里边的办公室打了电话，问了大哥那个老乡的名字，结果他很失望，出来对大哥说："对不起，你可能搞错了，我们南兵营，没有你说的这个人。"

大哥再次将烟递过去，守卫还是不能接，他对大哥说："你会不会听错了，或者人家给你介绍错了，哦，对了，我们南州，北边还有个北兵营，会不会是在北兵营呢。"

大哥一拍脑袋醒悟过来，又从南兵营一直骑自行车骑到北兵营。大哥现在知道兵营的守卫是不能抽烟的，就没有把烟拿出来，结果北兵营的守卫比南兵营的守卫凶多了，不仅不放大哥进去，连替他打电话进去问问这事情也不肯做，还把大哥当成坏人，差一点儿要把大哥抓起来了。

大哥走投无路了，他站在那里想了半天，最后竟然又回到了南兵营，先前的那个守卫下班了，刚好在门口碰上了，互相认出来了，一个说：“咦，是你？”

另一个也说：“咦，是你？”好像十分惊喜似的。

其实他们早就听出对方口音了，现在再一聊，果真是老乡，那个老乡说：“你这么晚了，这么冷的天，你找老乡干什么？”

大哥说了想搞军大衣的想法，这老乡说：“唉，现在想要军大衣的人太多，我们首长也天天被人盯着，别说我们小当兵的了。”

大哥虽然有些沮丧，但他在沮丧中还是能够发现闪亮的光芒，他说：“也就是说，你们部队确实能搞到军大衣，只是要找首长才行，是吧。”

那当兵的老乡被大哥眼睛里的光芒吓坏了，赶紧给他支着说：“我听说，在北边的城市，具体哪里我记不清了，反正那个地方，已经开了军品店，军品店里有军大衣卖。”

大哥果然找到了希望，他满怀着希望回家了。在寒夜里来来回回两三个小时，冻感冒了，晚上盖了两床被子还索索发抖，大嫂说：“大冬天的，这么冷，你晚上出去，怎么不穿大衣，你的大衣呢？”

大哥说："人家借去了。"

哟呵，大衣借给别人，又替别人去搞大衣，结果把自己搞感冒了。大嫂气得要骂他了。

大嫂啊，你且慢，大哥的这般人生还没有开始呢。

后来大哥向单位请了一天假，加上星期天，有两天时间，他坐上火车，辗转了三座城市，最后终于找到了一个新开的军品店。

军品店生意火爆，门口排着长长的队伍，大哥就安安心心地跟在后面排队，等到终于排到他的时候，大哥说了"军大衣"三个字，店里的营业员笑了起来，说："你没搞错吧，你想买军大衣，想得美！"

大哥说："咦，你们不是军品店吗，不卖军大衣吗？"

那营业员翻着白眼说："军大衣，你有吗？我也想买呢，我的亲戚朋友知道我在军品店工作，都来托我买军大衣，有的都跟我翻脸了。"

大哥仍然能够在失望中看到希望，他两眼发光："那就是说，军品店还是有军大衣卖的，只是数量少一点儿而已。"

营业员气得说："你还而已而已，你口气好轻飘，你就等你的而已去吧。"

大哥真有耐心，有毅力。为别人办事，他一直就是这么有耐心，有毅力。从一开始，到最后来，他都是这样。

当然，后来的事情，后面再说啦。

现在大哥就死守在军品店这里，饿了到旁边买个大饼吃，困了就在店门口坐下来打个盹儿，引得路人都好奇地观看，人家店员看了来气，赶他走他也不走，就去叫了派出所民警。

民警把大哥带到派出所问话，一问之下，原来是大老远为朋友来买军大衣的，民警觉得这人蛮仗义，不像个无赖，要放他走了，就说了一句话："放你走，你买车票回去吧。"

大哥却倔强固执，说："我不走的，买不到军大衣，我回去不好向朋友交代，我不走的。"

民警说："那你也不能干扰人家开门做生意。"

大哥说："我不在他店门口就是了，我可以离远一点儿，但是反正我得等在这里的。"

这民警忍不住笑了起来。他是个转业军人，本来性情也很豪爽，复转后到地方派出所工作，碰到尽是小市民，鸡毛蒜皮，鸡零狗碎，难得见到大哥这样投缘的，两个一吹一聊，竟然有一见如故的意思。

两人约了到小酒馆饮了几杯，大哥那时酒量还小，喝了一点点，口气就大起来，吹牛说自己在南州如何的神通广大，多么的有能力，就没有他办不成的事。偏巧那民警刚谈了一个在南州工作的对象，一直想让民警调到南州工作，可民警没有背景，哪里调得动自己，对象一等再等，等得快不耐烦了。

这会儿简直就是老天开眼，送贵人到眼前，民警赶紧告诉大哥，他转业的时候，后勤的同志跟他关系好，让他带回来两件军大衣，如果大哥需要，他可以让一件出来。

这真是踏破铁鞋无觅处，得来全不费工夫。

当然，要说不费工夫，也只是暂时的。大哥交上这个朋友，除了要把他调到南州，今后要费的无数的工夫，更不是一时半会儿说得尽的。

当然，那都是后话，暂且不表。

就这样，大哥经历辛苦，带回了军大衣，不说别人了，就是大嫂，也不得不服气了。

大哥就如此这般地吹嘘了一通，结果大嫂听到大哥蹲在人家店门口不走，气得说："你为了面子，面子都不要了，你这不是本事，你是无赖。"

大哥很认真地说："这怎么是无赖，这是给朋友办事。"

这事情很快就在机关里传开了，大家都来找大哥，纷纷求大哥办事，除了买军大衣，求办什么事的都有。

好在时代发展得快，过不多久，军大衣就普及了，军品店到处都有，军大衣也大批生产，只要有钱，就可以买到。又过不久，军大衣就彻底退出了历史舞台。

虽然军大衣退出了历史舞台，但是大哥在军大衣事件中的影响力，却已经口口相传地传开了，所以也可以说，军大衣是大哥之所以成为大哥的最早的开端。

何况大哥也是颇有收获的，在这场军大衣事件中，他结识了不少朋友，比如南兵营的那个守卫，后来几十年，他们一直有来往，他家里大事小事都来找大哥帮忙，转业的时候，也是找的大哥，再后来成家立业，都是大哥关照的。

再比如那个派出所民警，等到大哥想尽办法可以帮他调来南州的时候，他的对象已经成为别人的老婆，那民警也就一直远在他乡了，但在后来的许多年里，他们也始终没有断了联系。

后来就有越来越多的人知道了大哥，知道大哥有本事，好像在大哥那里，天下就没有什么难事，再大的困难他都能搞定。

到了 20 世纪 80 年代后期，居民的生活中开始出现一件新鲜的东西——电冰箱。物以稀为贵，当时南州也产冰箱，雪莲牌冰箱。

大哥自己，已经想方设法给家庭搞到了一张冰箱票，家里日用开销并不宽松，有了冰箱票，还得赶紧筹冰箱的钱，他们正商量着，老丈人出多少，他们小夫妻出多少，还没有算出结果来，就有人上门来找大哥了。

是大哥老家来的人。

大哥的小妹在老家的百货公司工作，前几天来南州看望大哥，就听说大哥怎么怎么有本事，搞到了冰箱票。

大哥的小妹听了，眼睛都直了，口水都快淌下来了，她对大哥简直崇拜得一塌糊涂。

小妹的脾气也随了大哥，一回去就跟商场的领导吹嘘，说自己的大哥，在南州很来事，什么都能搞到，在别人看来，难上加难的东西，比如冰箱吧，她大哥都是分分钟可以搞到的。

百货公司的领导，正在为电冰箱发愁呢，他已经吃了多次上级的严厉批评，说人家南边的城市，基本上家家户户都开始买冰箱了，你一个大百货公司，怎么连一台冰箱也进不到，这实在是说不过去。

虽然这个意见是领导家属在领导边上咬的耳朵，吹的枕边风，但也代表了大哥老家的所有老百姓的心情呀，你能说不对吗？

谁不向往提高生活质量呢。

百货公司领导正愁得睡不着觉，大哥的小妹正好送上门来了。赶紧追问小妹："你大哥，他能搞到多少台？"

小妹说："你要多少台就多少台。"

领导激动得一夜没合眼，想着天一亮就先打电话联系，结果第二天一早，电话也不打，直接就往南州赶。

赶到南州，已是下晚，大哥已经下班，那领导又追到家里，大哥在家里热情接待了小妹的领导，跟领导说："放心，包我身上。"

领导喜出望外，但还是小心地追问了一句："你真有把握吗？我要的可是二十台啊。"

大哥想了一想，说："至少十台保底，我会尽力争取更多。"

大哥并不认得南州冰箱厂的厂长，但是他认得报社的一个记者，此人是跑工业线的，和许多厂长都是好朋友，他先前找过大哥，大哥通过关系，帮忙解决了他老家亲戚承接驳岸工程的事情，现在大哥去找他，但凡有可能，记者总是会尽力的，可是记者一听大哥的口气，吓了一大跳，以为听错了，追问说："刘里明，我没听错吧，你要二十台雪莲冰箱？"

大哥说："是我老家的百货公司要的——你都不知道，我老家那边的人，想要冰箱都想疯了，他们公司领导，亲自跑到南州来找我的——如果二十台不行，至少也要十台哦。"

那记者眼睛翻白了，说："刘里明，你不会真答应人家了吧？"

大哥说："怎么不答应，你不是跟我说过，冰箱厂的许厂长跟你是八拜之交吗？"

记者说："我的天，关系好，也不可能好成那样呀，现在你又不是不知道，搞张冰箱票比登天难，你厉害，一答应就答应人家十台二十台。"

大哥说："所以呀，我都答应人家了，你得陪我去冰箱厂找厂长，不然我不好跟人家交代。"

记者是知道情况的，他怎么肯去，可是由大哥逼着，不去也得去，只好硬着头皮去碰运气。

记者先打厂长的电话，打到厂里，不接，说不在办公室；打到家里，当然也没人接，白天都上班呢，谁会在家里守电话。记者没办法了，只好等到晚上很晚的时候，直接打到厂长家里，这下子躲不过了吧。

可其实还是能躲过的。电话是厂长老婆接的，就听到她捂住话筒轻轻地说什么，然后依稀听到厂长在旁边问是谁，老婆说是胡记者，然后厂长老婆就回答说："胡记者，老许他不在家呀。"

记者放下电话，对大哥摇头说："你看你看，肯定是在躲避我，当然，他现在躲避的人，肯定不止我一个，既然联系不上，我看就算了吧，你跟你老家的人说清楚情况就是了。"

大哥说："不能算了的，不接电话，联系不上，我们就直接上门去。"然后他就自说自话下命令了，对记者说："明天早上八点，我在冰箱厂门口等你。"

记者真是无奈，直摇头，但他最后似乎不得不服从大哥。大哥就是这样子，给你的感觉，他就是可以命令你的。其实完全不是。

既然完全不是，那别人为什么还会乖乖地听他的话，按他说的办？

不知道。谁也说不清楚。大哥就是有这样的力量。

第二天一早，他们在厂门口碰了面，要想一起进去，在传达室先遭到阻碍，问："有没有预约。"

预约个鬼，厂长连电话也不接，记者有些为难，如果直接说没有预约，那是进不去的，正在思忖怎么应对，大哥就直接抢上前说了："不用预约的，厂长是我们老朋友，老兄弟，你报上胡洪先的名字。"

传达报了胡洪先的名字进去，里边却没有回复，传达又怀疑又警觉地瞪着他们，说："你们看，没有回答，肯定是不认得你们，你们是什么人？竟然冒充熟人来找厂长。"

记者其实本来也不太想进去，现在一遭到阻拦，赶紧对大哥说："你看你看，根本进不去，我们回吧。"

大哥可没这么好打发，他无比坚定地说："进不去也得进。他想了想，转身去对传达说：那你报我的名字，刘里明。"

传达又报了大哥的名字，里边停顿了半天，大概厂长在想：刘里明是谁？可是实在想不起来。

大哥凑到话筒边，声音十分严厉地说："你不见到我，你就不知道我是谁，你见到我，你就知道我是谁了。"

厂长也许错以为刘里明是谁了，也许是烦不过他们，毕竟还有个胡记者在嘛，就让步了，说："行吧行吧，你们进来，进来一看你们就知道了。"

大哥和记者赶紧进去，一起到厂长办公室，记者倒确实不吹牛，这地方他挺熟，闭着眼睛也能找到。

离厂长办公室还隔着好远的地方，他们就已经感觉到气氛的特殊了，那里简直是人声鼎沸，熙熙攘攘，他们走近了一看，头皮都要炸开了。

厂长办公室里里外外都是人，里三层外三层，人挤人，人人都是满脸焦急，眼睛里又满是期盼，他们个个把手臂伸得很长，每只手里都捏着一张纸条，无数的纸条，在厂长眼前晃动、飞舞。

厂长急得说："你们慢慢来，你们一个一个来，我头都被你们搞昏了，眼睛也搞花了。"

人群中有人高喊："许厂长，许厂长，我这一张是张书记的条子，亲笔写的，你看看，你看一眼！"

有一个带了头，其他人也都跟着嚷嚷起来：

"厂长厂长，我的条子是杨部长亲自写的。"

"厂长厂长，王局长说给你打过电话了，你看，这是他的批条。"

厂长厂长……

厂长厂长……

条子……

条子……

都是条子……

厂长两眼一闭，两手一摊，说："你们有条子，可是我没有冰箱。”

大家一听，异口同声地吵吵起来。

大哥和记者本来还以为赶了个早，其实已经很迟了，他们被挤在最外面，幸好大哥人高马大，把其他人拨拉的拨拉，推搡的推搡，在大家的吵闹咒骂声中，他们终于挤到厂长办公桌边上。

厂长的办公室桌上，堆满了各种各样的纸条，全是关系户递过来的，还扔满了一根又一根的香烟，还有整包整包的。

厂长却抱住了脑袋，闷倒着头嘟囔着说：“这样喇叭腔，这样喇叭腔，你们自己看着办吧，我是没办法了。”

记者望而生畏，跟大哥说：“你看看，这情形，恐怕是没有希望了，人家有领导的批条都不行……”

大哥立刻说：“批条算什么，批条没有你老胡的面子大。”

厂长听了这话，才抬了一下头，他们才注意到，厂长满嘴的燎泡，满脸的痛苦。

谁能想得到，一个冰箱厂的厂长，如此受追捧，竟然搞得这样狼狈。

这厢大哥见厂长抬头了，赶紧上前说道：“厂长厂长，是我们！”

厂长两眼茫然，别说大哥他根本不认得，就是连老熟人老胡，他也认不出来了，口中喃喃道：“啊，啊？”

记者赶紧说："许厂长，我是老胡呀。"

厂长眨巴几下眼睛，疑惑地说："老胡？哪个老胡？"

大哥说："厂长，你别假装不认得哦，胡记者一直是跑你们这条线的，他写过多少文章吹捧你们厂，要不然，今天，你们的雪莲冰箱也不会这么吃得开……"

厂长气得说："吃得开，我才不要吃得开，吃不开的时候，我日子过得好好的，安安逸逸，现在吃得开，你们都看见了，我过的什么日子，晚上连觉都不给我睡！"

老胡一直在暗示大哥赶紧撤，大哥却不依，上前说："厂长，我是刘里明。"

厂长一愣，朝他看了半天，脑子转不过来，皱着眉头说："刘，刘什么，刘里明？我认得你吗？"

大哥说："我已经答应了我老家的百货公司，给他们搞二十台……"

厂长哎哟了一声，手往桌上一砸，然后抱住了脑袋，好像脑袋已经撞到了桌子。

大哥继续说："你不能把我们一般对待，我们跟你是有关系的，老胡是你好朋友……"

厂长立刻打断他说："老胡？有关系？好朋友？"他涨红了脸指着周边那么多人，责问大哥："老胡有关系，你是觉得这些人，他们都没有关系是吧？"

厂长这话一说，所有的矛头，所有的不满，顿时都指向了大哥，大家七嘴八舌地批判大哥。

厂长说："你听听，你听听，这可都是他们自己说的，可不是我让他们说的，我们也不是演双簧，事实就是如此，要冰箱，没有，要命，有一条。"

厂长连"要命有一条"都说出来了，真是一台冰箱逼死人啦。

无论厂长要命不要命，大哥都不能退却的，他又顶上去说："厂长，条子和真人，到底是不一样的，老胡可是真人来了。"

厂长气得没办法了，干脆笑了起来，说："真人，真人值几个钱？人家那虽然是条子，可都是上面领导的关系，市里的，还有省里领导的关系，老胡算老几，拎不清的。"

厂长当着老胡的面说老胡算老几，老胡也不生气，一来他和厂长关系好，二来他也知道，厂长其实不是说他的，而是指桑骂槐说大哥的。

可惜大哥没有听出来，他还替老胡抱不平，他倒生气了，说："厂长，你怎么能这么说呢，老胡跟你可不是一般的关系，你以前厂里要宣传的时候，就知道找老胡了，你现在牛×了，你不过就是有冰箱而已。"

大哥居然说有冰箱是"而已"，他好像已经忘记了自己求了老胡来求厂长的目的了。

大哥虽然拎不清，可一旁那老胡看得清楚，知道这事情完全没有希望，自己也没有面子，只好朝着厂长苦笑，说：“哎，厂长，你好歹也批一点儿，意思意……”

厂长毫不客气地打断老胡说：“别别别，没有意思，老胡，一点儿意思也没有，我跟你明人不说暗话，你要是自己家想要一台，我怎么也得想法子给你搞了，可是你这位……”他指了指大哥说：“你的这位朋友，是不是属狮子的，如此大开口，真是要吓死我了……”停顿了一下，又嘀咕道：“老胡，你怎么会有这样的朋友？”

老胡说：“唉，他也是给老家的人逼的吧。”

厂长说：“怎么？他老家的人以为他是冰箱厂厂长——可是，我告诉你，就算他是我，就算他是厂长，他也拿不出冰箱。”

这下子大哥和老胡都被顶到墙角无路可退了，大哥还想挣扎，厂长已经很不客气了，也不假装批评老胡了，直接就对大哥打脸说：“你也不知道自己几斤几两，随随便便就答应人家？你以为是买萝卜青菜呢？”

虽然直接说的大哥，大哥还没怎么着，老胡脸上却是青一阵白一阵了，他也是个要面子的人，听了厂长如此不讲情面的话，他也有点儿生气了，一甩手，转身走了。

丢下大哥一个人，仍然站在厂长面前，被别的人推着搡着，他仍然满脸坚定，志在必得的样子。

大哥心想：我就这么站着，等你打发掉所有的人，只剩下我一个，你总要解决我的事情。

大哥就这么一直杵在厂长面前，可是厂长面前的人永远也打发不完，打发一批，又来一批，一直到半夜了，仍然有人在门外候着，大哥倒是有决心继续等待，可是大嫂找来了，把他拉回去，大哥还不肯走，大嫂急了，说：“你丢不丢脸？”

大哥说：“这有什么丢脸的，找人办事就是要有耐心的。”

不过这一次大哥真是碰了天大的钉子了，他再怎么坚毅，也架不住厂里没有冰箱可以提供给他，那天晚上他给大嫂拉回去后，本想着先睡一觉，有精神再起来战斗，哪知第二天起来，别说厂长不再理睬他，还吩咐厂里的门卫记住他的脸，连门也不给他进了，他再找老胡，连老胡也找不到了。

大哥知道事情搞大了，他又再三犹豫，不好意思直接跟老家那边说明情况，结果老家那边已经传来消息，公司领导押着租来的货车已经出发了，赶的是夜路，估计一大早就能到南州了，问明天上午能不能提到货。

大哥急了，说：“你告诉他，今天不要发车，暂时不要租车。”

那边说：“来不及了，已经租了，已经上路了，明天一早就到。”

结果事情真的搞得很喇叭腔，大哥支付了人家的租车费，还赔偿了人家的误工费，搞得十分狼狈，被大嫂骂了个头臭。

大哥也很生气，嘴上骂骂咧咧，粗话也放出来了，甚至还有等着瞧之类的狠话，好像要打击报复人家似的。

不过别人也不知道他这是要报复谁呢。

没过多久，老胡来约大哥吃饭，大哥一口答应，好像之前根本就没有出现不愉快的事情。

大嫂知道大哥晚上要去和老胡聚会，阴阳怪气地说："哟，上次的事情你忘得这么快，你还跟人家一起出去吃喝？你真有脸，你可真不记仇。"

大哥说："嘿嘿，哪里有什么仇，都是弟兄。"

结果那天的聚会冰箱厂的许厂长也在，他们吃吃喝喝，竟然一回生二回熟，不打不成交，成了好朋友，以后还要交往几十年呢。

过了一阵子，大哥父母家里安装了电话，父母亲给大哥打电话，说说家常事情，那天正好小妹也在父母那里，也和大哥通了话，说着聊着，就谈到了上次搞冰箱的事情，小妹还一肚子怨气呢，她责怪大哥说："大哥，都怪你，害得我们领导现在看见我就翻白眼。"

大哥听到父母在一边制止小妹，不让她说，可小妹也是从小被宠大的，偏说："大哥，本来呢，你牛皮吹豁了也不关我事，可这回你给我惹事了，害得我在单位里都抬不起头来。”

大哥气呼呼地问：“你们领导他对你怎么啦？”

小妹说：“本来说好让我当柜台组长的，都已经跟我谈过了，可现在不给我当了，让李红娟当了，气人。”

大哥生气说：“这怎么可以？他敢？”

小妹说：“怎么不可以，怎么不敢，他是领导，他爱让谁当就让谁当。”

大哥说：“那不行，那绝对不行！他敢这样对你，我就跟他过不去！”

小妹本来只是找大哥发发嗲的，泄口气，结果见大哥认了真，而且一味地不讲道理，也就不想跟他多说了，想赶紧打住，急忙说道：“算了算了，事情已经过去了，不说了。”

大哥却不依，对小妹说：“你把你们领导的电话给我，我跟他说。”

小妹说：“你跟他说什么，你别乱来啊。”

大哥说：“我怎么会乱来，你都在他手下，我会对他客气的，我们以后还可以发展其他合作的事情呢。”

小妹那时候真是不了解大哥，竟信了他，就把领导的电话给了大哥，结果大哥一拨通电话，就大着喉咙责问那领导，说：“你算什么东西，你凭什么给我家小妹穿小鞋？”

那边领导被一个莫名其妙的电话，搞得莫名其妙，说：“你是谁？你家小妹又是谁？”

大哥说："你应该知道我是谁，我是刘里明！"

那领导还真想不起来了，嘴里念叨了几遍："刘里明，刘里明，刘里明是……"咦？这名字是有点儿熟，可怎么想不起来了。

大哥说："你贵人多忘事，你想要冰箱的时候，就知道我是谁了。"

领导这才把刘里明和冰箱对上了号，真是哪壶不开提哪壶，不说冰箱也罢，一说冰箱，领导还一肚子气呢，劈头就说："哦，刘里明，就是你呀，我都看在你家小妹的面上，没和你多计较，你反而还找上门来骂架了。"

大哥说："什么计较不计较，我告诉你，你对我家小妹客气一点儿，你要是……"

那领导口才也了得，说："我要是对你家小妹不客气，你能怎么样？大不了，你再玩儿我一回，再帮我搞一点儿搞不到的货吧，比如冰箱什么的，哈哈哈哈。"

那领导说得大哥哑口无言，愣了半天，最后只是凶巴巴地说了一句"好，你等着"，就无理地挂断电话。

为大哥这个电话，小妹被领导教训得哭了，回头又找大哥说事，让大哥别再干涉她的工作和生活了。

大哥一听，真来火，骂人了，说："狗日的，好个狗日的，让他等着，我跟他没完！"

小妹真是怕了他，赶紧讨饶说："没事没事，大哥我跟你开开玩笑的，没事的，我们领导现在对我可好了。”

大哥哪里肯信，说：“你别想着骗我，我可不是好骗的，我也不是好惹的，我会找他算账的。”

小妹急得哭了起来，说：“大哥，我求求你了，我的事情，你千万别再过问了。”

大哥说：“怎么，他有这么厉害，都把你搞哭了，还吓成这屄样？”

小妹说：“你就当我没说，我其实真没什么事，大哥，你就当我放了个屁，千万千万别当真。”

大哥却更加来劲，说：“啊，你们领导这么厉害，你这么怕他，你怕他，我可不怕他，哼哼！”

后来大哥正好有个机会出差回一趟老家，看过父母后，大哥还真没忘记小妹这事，真的专门找上门去了。

这下子把小妹吓坏了，她以为大哥要和领导打起来，这以后她的日子就更难过了，小妹守在门口阻挡大哥，急着说：“大哥，你别，你千万别进去，我们领导现在对我可好了。”

大哥说：“你别骗我，谁敢对你怎样，我就要对他怎样！”说完一推门就进去了，小妹守在门外，紧张得小心脏怦怦乱跳。不料大哥一进去，里边立刻就传出一阵大笑声。

原来他们是认识的，高中同学，于是握手递烟，很快就称兄道弟了。

整个过程居然只字未提冰箱的事情，领导只说大哥的小妹工作表现怎么好，大哥也只说小妹对领导的评价怎么高，真是谈笑风生，你侬我侬。把个守在外面偷听的小妹搞得完全不知所以。

差不多到了晚饭时间，两人就约了喝酒，然后又抢着请客付钱，总之关系好得像八百年前就是哥们儿了。

结果两个人都喝醉，大哥是走着来的，领导是骑自行车上班的，于是大哥骑上领导的自行车，领导坐在后座，一路回去，直线骑行时虽然歪歪扭扭，但是马马虎虎还能够前行，一到拐弯的地方，车子就把持不住了，倒下来，两个人一起躺在地上大笑一阵，再爬起来，再骑，如此这般，一直搞到深更半夜也没到得了家。最后还是领导他家属骑着车一路找过来，在马路边上发现了抱在一起的两个醉鬼。

领导家属真是叫天天不应，叫地地不灵，后来她曾经反复地再现这一场景，她说："你们想想，我一个女人，对着两辆自行车和两个醉鬼，你叫我怎么办。"

她一气之下，骑上自己的车回去了。

只是回去想想还是不行呀，总不能任由他们躺在马路上过夜，只得半夜打扰单位的货车司机，把两个人分别弄了回去。

这件事情，以后好多年一直被大哥放在嘴上念叨，他觉得挺有意思。

大哥走了后，领导到单位就对小妹说："原来他就是你大哥，我们老同学，现在更是老朋友了。"

小妹不仅虚惊一场，还喜出望外，后来在单位颇受重用。

当时有人听了小妹的叙述，也觉得奇怪，就去问领导，说那个人进去的时候，我们都看见的，明明身上有一股杀气，好像要找你打架的样子，我们都吓坏了。

领导说："哪里呀，他进来的时候，热情得不得了，就像我们是八百年前的老友，友好得不得了，抓着一包烟就朝我一扔，差点儿砸在我脸上，我一看，哟，'中华'，好家伙。你说说，人家都这样的态度了，我怎么好意思跟他摆脸子，何况都是老乡嘛，何况还是高中的同届同学，但不是一个班的，我其实也不记得他了。"

人家又问："噢，原来从前你们就认得。"

领导说："他非说认得我，我也就认了，从前认不认得的，都无所谓啦，关键是现在认得啦。"

其实他们两个年龄相差四五岁，不可能是高中同届的同学，但既然都说是同学，那就是同学啦，多一个同学总没有什么坏处吧。

后来小妹的领导凡是到南州出差，必找大哥相聚，真的成了铁哥们儿。再后来这领导居然也调动到南州来工作了，那更是三天两头儿地碰头聚会，再再后来，这领导出了事情，进去了，大哥又拐弯抹角找了关系，替他在监狱里安排了一个出黑板报的活儿，免受了一些劳累之苦，大哥还多次到监狱去看他，鼓励他好好改造，说等他出来，再一起干事。

总之，替老家的百货公司进冰箱这件事情，本来是大哥败走麦城的糗事，结果坏事变成了好事，不知从谁那里开始，就变成了大哥搞定了冰箱交上了朋友的结果，一传十十传百，认得或知道大哥的人，没有不相信的，不认得或没听说过大哥的人，都想来交结大哥，大哥因此又结交了很多朋友，得了很大的名声，搞得很多人都知道，刘里明能办事，肯办事，有什么难题，找他便是。

他小妹那边也一样，不吸取教训，还故技重演，又吹牛了。说："我大哥，不仅在南州，在老家也是分分钟的。"

结果就引鬼上门了。有人甚至专程从老家的乡下赶到南州，找大哥，请他帮忙办事。

有一天晚上，一家人都已经上床准备入睡，听到有人敲门，大哥起床开门一看，两个风尘仆仆、灰头土脸的乡下人，背着两个沉重的蛇皮袋，惶惶地站在门口，看到大哥出来，他们眼巴巴地盯着大哥，眼睛里充满着可怜的希望。

大哥并不认得他们，但是从他们的穿着打扮和腔调来看，也能猜出个八九不离十，感觉是从老家乡下赶来了的，大哥问："你们找我？"

那两个人显得十分慌张，不知怎么说话，互相看着对方，希望对方开口，但谁也不知道怎么开口，大哥只好又问："你们是从八甸乡那里来的吧？"

两个人只是捣蒜般地点头。

大哥再问："你们是谁？"

那两个才说：

"我是二混子。"

"我是大杆子。"

大哥根本不知道"二混子""大杆子"是谁，八甸那地方，是大哥父亲的老家，当然也可以说是他的老家，但他并没有在老家生活过，也不认得老家乡下的那许多乡亲，只是乡亲们觉得大哥应该认得他们，应该知道他们，应该帮助他们。

事情就是这样错位的。

大哥其实有很过硬的推辞的借口，因为他完全不认得他们，但是大哥不会那样做的，他十分热情地对陌生的老乡说："这么远的路，来都来了，有什么事，进屋说吧。"

这两人才战战兢兢地跟着大哥进了屋，先把蛇皮袋打开来，给大哥看，大哥一看，装的是带泥山芋，紫红色的，正是老家乡下的特产。

大哥给他们倒了热水，他们只顾着喝水，仍然不开口，大哥只好又诱导他们开口，说："来都来了，坐也坐下了，水也喝了，有事尽管说。"

他们又面面相觑了一会儿，才由其中的一个开口说了，原来是家乡的村主任欺负人，把他们逼得无路可走了，想请大哥出面，替他们解决问题。

他们说了好几件事：村主任睡了二混子的老婆，还在村里到处说二混子老婆的皮肤太粗糙；大杆子家借钱买了一台电视机，村主任说，这个他喜欢，进来抱了就走；村主任，什么什么的。

把大哥气得拍桌子，说：“狗日的，欺人太甚！”

二混子和大杆子对视一眼，喜出望外，他们感觉有希望了，大哥说不定真的肯替他们出头。但是他们又担心村主任会报复他们，又胆战心惊地跟大哥说：“你千万别说是我们找你的。”

大哥说：“没事，你们只要把这狗日的村主任的电话给我就行。”

可是二混子和大杆子哪里有村主任的电话，就算有，他们也不敢给。

大哥又问他们要八甸乡党委书记的电话，那两个农民更加晕头转向两眼翻白了。

大哥也不再为难他们，把他们送到客栈住下，让他们第二天放心回去。

这可真是八竿子打不着的事情，但是大哥感觉就是他自己的事情了。

大嫂看到大哥摩拳擦掌的样子，难免要提醒他，大嫂说：

“你想替受欺负的人出头、出气，也不错，也应该，但这毕竟是他们的一面之词，你也不能偏听偏信的，你要帮人，也得把事情先搞清楚了。”

大哥说：“我会搞清楚的，搞清楚了看我怎么收拾那老狗日的。”

大哥第二天找了几个老乡一聚，就问到了八旬乡党委书记的电话。

大哥直接就把电话打过去，那边一接，大哥就说：“某书记吧，我是刘里明。”那党委书记肯定在想刘里明是谁，大哥已经又说了：“我在南州给你打电话，我是为后港村的村主任的事情直接给你打电话的。”

那党委书记还没来得及反应，大哥就直奔主题说：“你把你们后港村的那个村主任撤了。”

这党委书记才反应过来，问了一句：“你谁呀？”

大哥说：“我刘里明。”

书记那边闷了半天，大概是很疑惑，但又不敢太疑惑，因为敢打他电话这么直接跟他说话的，态度还如此的不客气，肯定不是一般的人，是上级领导无疑，他如果连上级领导都搞不清，忘记了，那还了得，所以他小心翼翼地说：“那，那您的意思，后港村的村主任……”

刘里明立刻接过话头说：“村主任出大事了，你党委书记都不知道，不管你知不知情，你都不能再用他，再用他，你早晚也得跟着倒霉。”

书记真给吓着了，也不管刘里明到底是哪位领导，先答应下来，再做一番调查。这一调查，村主任的问题果然彻底暴露出来了，果真如刘里明瞎说的那样，村主任出大事了，最后村主任真的给撤了。

书记给领导立了功，回头想向领导报功，却发现自己仍然没有想起这个刘里明是哪位领导，于是到处打听，可是谁也不知道刘里明是哪位领导，又翻查各级领导班子名单，里边也都没有刘里明。

书记十分纳闷儿，这个人既然不是什么领导，怎么敢这么下命令似的和他说话，他是百思不得其解。

过了不多久，书记到后港村检查工作，和新上任的村主任谈话，正碰上二混子和大杆子两个浑球儿在向新村主任邀功，谈话内容都被书记听到，一番追问，才知道了事情的来龙去脉。

书记起先有些气愤，这个什么刘里明，明明不是上级领导，却以上级领导的口气，要求他做这做那，最后把村主任撤掉了，这不是骗子吗？

但是再回过头想一想，那刘里明也没有说自己是什么领导呀，书记记得很清楚，当时在电话里他就只说了一句“我刘里明”，是书记自己把他想象成领导的，不能怪罪刘里明。

可是这个刘里明确实可恶，既然不是领导，他怎么敢以那样的口气命令他？

书记这是被人耍了呀。

但再转而一想，这也不能算是被耍了。首先，那个狗日的村主任确实有问题，有大问题，书记先前还一直把他当心腹，还收了他的好处，幸亏刘里明提醒得及时，不然再这么发展下去，说不定最后连自己也带进去了。

这么再想想呢，也不觉得被耍，不觉得冤了，何况这刘里明虽然不是什么领导，更不是什么顶头上司，但人家好歹在南州市机关工作，说不定今后有用得着的地方呢，多个朋友多条路。

于此，书记彻底放下了疑惑。

过了不多久，书记就去南州找刘里明帮忙了。

此话虽然不属题外话，但这样的事情在大哥的人生中太多太多，来不及说。暂且不表。

大哥在父亲的老家也出了名，许多人闻风而动，历经艰难曲折地找到大哥，大哥一律有求必应。

大哥的名声越传越离奇，搞得大家都以为八甸那地方出了个了不起的大人物，在南州这样的大城市也是呼风唤雨，要什么有什么。

有一天，老家有一对农民夫妇，抱着个孩子就找来了，说是来认爹娘的。

这下子大嫂真急了，赶紧把自己的孩子抱出来，杵到他们面前，大嫂说："我们有自己的孩子，你们看，这是我们自己的孩子。"

那个乡下男人说："哦，他们都说，现在城里人都不要孩子，所以我们抱来了……"

那个女的接上去说："可是就算你们有孩子，再认一门干亲也好的呀，今后我们有来有往。"

大嫂哭笑不得，脸上已经很不好看了，口气也不好听了，说："我们不讲究这一套的。"

大哥虽然好说话，但是这一回他还是注意到了大嫂的心思，所以他婉转地回绝了认干亲的事情，但他的天性热情，不好意思直接打发人家，最后还是多说了一句："反正有什么事情需要我做的，我会尽力的，认不认干亲都一样的。"

所以，虽然没认得了干亲，但是这对农民夫妇，以后有事，常来麻烦大哥，也等于是个干亲了。

一直到那个孩子考大学的时候，明明可以填报更好的学校，但他的父亲跟他说："你就填报南州大学，你大伯在那里，他会关照你的。"

果然，那孩子从上大学那天起，隔三岔五就到大哥家来，吃吃喝喝，还要带一点儿到学校去给同学吃，搞得他的同学都知道他在南州有个有背景的大伯。

到了快毕业要找工作，那个小孩儿也不懂事，在同学里边吹牛，说他的大伯是领导干部，他肯定能找到满意的工作。

结果同学中有心眼儿小的，居然写了举报信，举报刘里明。只是最后一查，刘里明根本不是什么领导干部，手中无权，不可能给他的这个“侄子”开后门。

大哥虽然不是什么领导干部，但是这孩子找工作的事情，非大哥莫属的，那些日子，大哥觍着脸求张三拜李四，人家问他：“刘明里，谁呀，谁的孩子？”

大哥说：“一个亲戚。”

人家说：“亲戚，近吗，老婆娘家面上的？”

大哥老实，说：“是我自己老家，乡下的。”

人家就说：“你看看你，八竿子打不着的一个老家的农民，这就成了亲戚。可你亲戚的事，人家才不买账。”人家又说：“刘里明，若要说是你自己的孩子，我就帮你这个忙，这可是个天大的人情，你一个根本不是亲戚的亲戚，那么远，挨不着的。”

大哥说：“既然你有这个能力，为什么不帮？”

人家说：“要不你承认是你的私生子，我就帮。”

大哥说：“那就当是我的私生子吧。”

你看看这大哥，为了帮助别人，这事情都敢瞎认，要是让大嫂知道了，还不知道怎么生气呢。

知道事情难办，大哥又哀求人家说：“能帮就帮一下吧，人家乡下的，家里挺困难，就指望孩子毕业能找个好工作了。”

其实大哥不知道，那孩子毕业的时候，他的父亲已经是个企业家了，他先是承包了镇上的一个厂子，后来碰到改制，厂子就成了他自己的了，不知怎么三搞两搞，竟搞成个富翁了，只是没有及时告诉大哥而已。

后来大哥赖死赖活地盯住朋友，人家纠缠不过，只得想办法给那孩子介绍了工作。

可别以为这事情就结束了，那孩子偏不是个安分的人，短短几年，在南州换了几次工作。每次他不想干了，他父母就鼓励他，跟他说：“没事没事，你想换工作，就找你大伯，他能够给你找到好工作。”

一直到后来这小子不安心在南州待了，跑到别的地方去了，他父亲还来问大哥，那个什么地方，他能不能找到人帮忙。

大哥早就鞭长莫及了，但是大哥要这个面子，说：“有呀有呀，那个谁谁谁，我熟的。”

既然你熟，不找你找谁。

其实大哥想起来的那个谁谁谁，跟大哥只是一面之交，但即便如此，大哥也是要厚着脸皮找上去的，可天底下的人，各种各样，不可能个个像他老家的乡党委书记那样，想不起名字就以为是领导，人家才不买“刘里明”的账，啪的一声就挂断了电话。

大哥是百折不挠的，他还在开动脑筋想办法，幸好那个孩子已经又离开那个地方，到了更远的地方，而且已经解决了自己的事情。

大哥打电话过去关心关心，那个孩子说："大伯，你不行，你替我找的工作，都不是我的理想，我现在有了理想的工作……"

这其实都是以后的事情，拿出来先说，也是因为大哥事情太多，先说后说都一样。

不过你可别以为，在大哥这里，关于那个没有认上干亲却又胜于干亲的孩子的事情，就到此结束了。这一辈子都结束不了的，还是腾出时间、精力和文字，说说别人的事情吧。

我们还是回到早一些的时候吧。

在 20 世纪 80 年代末到 90 年代初的时候，南州的乡镇企业开始发展，大家都蛮拼的，后来有了点儿名气，于是就更要大力发展、争取更大的成绩。但是乡镇企业毕竟都在乡下，见得到的世面，接触到的人物，都是有限的，所以很快上级就有了要求，要求每个机关、每个部门，都要给每个人分配任务，点对点帮扶乡镇企业。

大哥被分到的帮扶对象是桃花镇的羊毛衫厂，这个厂从 20 世纪 80 年代中期开始有个台湾老板参与投资，一时搞得十分红火，但是几年后就已经落后要被淘汰了，必须及时转型升级，要做高档羊绒衫了，要做外贸生意了，想法挺好，可惜的是投入资金不足，光一台新型的织机，就是大几百万呀。

记得那阵子，桃花镇的农工商总经理和羊毛衫厂的厂长，天天泡在大哥办公室里，有时候晚上还追到家里来，一坐就是大半个晚上。那两个人烟瘾大，还不知趣，就在大哥家一根接一根地抽烟，大嫂在里屋拼命咳嗽表示抗议，那两人听到了，还说："哟，刘科长，您家里的感冒了？"

过了一会儿，听到大嫂越咳越厉害，他们才有些知觉，说："我们抽烟，不妨碍她吧？"

大哥说："没事没事，又不在同一个房间，你们抽你们抽，我也陪你们抽。"

他们就一边抽烟一边聊企业的情况，细细地谈，从头谈起。人家是在企业从无到有、从小到大的发展中跌打滚爬过来的，当然有感情，谈起来，一会儿眉飞色舞，一会儿顿足捶胸，可大哥又不是他们的人，他对这个企业没有任何的感情，甚至没有任何的认识，可他也跟着他们一起为企业喜怒哀乐，情绪上也有跌宕起伏。

大哥虽然能干，可他并不是有先知先觉的人，大哥只是个普通的人，对于乡镇企业的情况，起先大哥是一点儿也不了解的。经过总经理和厂长的细心讲解、解疑释惑，大哥后来就完全明白了，很清楚地知道，自己的帮扶对象——桃花镇羊毛衫厂，目前最大的难处就资金的缺口。

大哥立刻就有了方向，感觉小事一桩，找找资金渠道而已，大哥的路子不要太多哦。“放心，包我身上。”

大嫂哭笑不得，说：“你怎么回事，口气这么大，这资金的事情，你解决得了？你可记住冰箱的教训哦。”

大哥对于冰箱的事件，早已经抛到脑后，因为在冰箱事件以后，他以自己许许多多的实际行动和实际成果，证明了冰箱只是个例，只是他人生中难得一次失手，而且，最后还坏事变成好事了。

所以大哥面对大嫂的提醒，自信而简洁地说：“没问题。”

因为此时此刻，大哥脑海中已经呈现出一张名单，根据排列，先找了一位银行工作的朋友，这朋友跟大哥是真熟，听了大哥的要求，直接就说银行没有钱，放不出来。

大哥才不接受，大哥说：“你要是没钱，这天底下谁还有钱。”

人家也不客气，说：“银行肯定是有钱的，可你不知道现在大家都在抢钱，凭什么我手里的钱就在等着你呢，你都比别人晚了好几步了，我的钱早就放出去啦。”

大哥想说：你能放出去就能收回来嘛。可是大哥毕竟没有说出来，大哥与生俱来的道德品质，让他做不出损人利己的事情，也说不出挖人墙脚的话来。

大哥再换个朋友，反正朋友多的是。

后一次找的朋友是农业局的，人家说："我们单位跟资金没有关系的。"大哥硬说："农业局就应该帮助农村。"可人家说："乡镇企业由乡镇企业局管。"大哥又辗转找到乡镇企业局的人，说了事情，人家说："我们局是负责了解乡镇企业发展情况的，做统计上报的，不是给他们解决资金的。"

大哥很生气，对大嫂说："这些人，心里根本就没有基层。"

还有一次，大嫂听到大哥给别人打电话，开始说话还比较正常，但是聊了没几句，估计是对方回绝了，大哥的口气立刻就不对了，满嘴教训，口气好凶：

"你这样是不对的，你对基层企业一点儿感情也没有。"

"你高高在上，不了解下面的困难和苦衷。"

"你对得起你这样重要的位置吗？"

什么什么……

句句上纲上线。

大嫂说："谁呀，你在给谁打电话？"

大哥说："哦，老沈，财政局的副局长。"

大嫂就奇怪了，大哥的工作，还有大哥的朋友圈，向来和财政局没有什么关系的呀，大嫂说："你认得他？"

大哥说："见过一面，我对他印象不深，但是他肯定知道我。"

大嫂惊掉了下巴，这样的关系，他也敢开口就教训人家？

哎哟，大嫂你可别因为这点儿事情就受惊了，你要挺住，大哥此生，此类事情多着呢。

大哥的钱还没借着呢，还是回来说钱的事情吧。

连续几次碰壁，让大哥渐渐对这件事情的难度有了认识，大哥一直在思考，思考怎么转变方式方法，另辟蹊径。

大嫂有一个大学同学，在外地工作，还当了什么总。当年他暗恋大嫂，同学都知道，所以那也就不叫暗恋，基本上是明恋了。只大嫂没有恋他，最后毕业他就到外地去了，也不知道是伤心绝尘而去，还是另有了更好的目标。

此人前两天来了信，说要到南州来，想见见大嫂，大嫂挺兴奋。当初大哥也是知道这个人的，但既然大嫂心里没有他，大哥很快也就放开了。现在过了几年，此人重又回来，大嫂表现得这么兴奋，大哥看在眼里并不高兴，他虽然为人四海，但是大嫂积极热情的态度，大哥的心再大再辽阔，也多多少少会有点儿疙瘩，有点儿不爽。

大嫂为了避嫌，就让大哥一起去参加聚会，结果到了地方，发现那人还带了妻子和另几个朋友，这下子关系混乱了。

大家一边胡吃海喝，一边胡天海地地瞎聊，不知怎么的，聊着聊着，就聊到了如今到处急缺资金的事情。

大嫂的那个前暗恋者，就开始吹嘘了，说自己怎么有路子，怎么怎么帮助了什么什么人、什么什么企业，解决了多少资金难题，等等。

说得大哥眼珠子都快弹出来了，死死盯住他问：“你真有办法？你真有办法解决资金难题？乡镇企业需要资金，你可以吗？”

大嫂感觉不对劲，又不能当面制止大哥，也不大好意思在桌下踢脚，只得使眼色，可她怎么使，把眼睛使歪了，大哥也看不见，或者，只当看不见。

大哥开始介绍桃花镇羊毛衫厂，人家才没有心思听，只是浮皮潦草地说：“资金不是问题，口说无凭，要实地考察一下，才知道有没有可能。”

本来就是一顿饭的事情，吃完饭大家拜拜，可是因为大哥的这个想法和这个询问，使得聚会拉长了时间，吃完了饭，那人的妻子又提出要去唱卡拉 OK。

大哥赶紧找朋友，联系了一家歌厅，那时候刚刚开始时兴这个东西，进了歌厅，就算有位子坐，但是要点歌唱歌，可得等着排队。

大家就坐下喝茶聊天，那个人的妻子脾气大，派头儿大，好像到哪里都应该让着她似的，好像她就是个女王似的，才等了一会儿，就满脸不耐烦，抱怨等的时间太长，直接就跟大哥说：“这不是你朋友介绍的歌厅吗，不能让我们先唱吗？”

大嫂很生气，看不惯这种做派，又朝大哥使眼色，让大哥别理她，可大哥偏作不知，跑到点歌台那边，跟人家协商，人家才不理他，没好气地说：“你谁呀，大家都在排队，都有个先来后到，凭什么你要插队？”

大哥说：“我刘里明。”

人家说：“刘里明谁呀？别说刘里明，王里明、张里明、于里明，啥里明也得一样。”

大哥回来说：“快了快了，马上就轮到了。”

那个人的妻子就偏着头对那个人说：“不行不行，这个刘什么没有什么本事，唱个歌还要排队，你可不要跟他谈什么资金的事情。”

虽然歌厅里唱歌声音很响，但这话偏偏被耳尖的大哥听到了，大哥一急之下，又跑到点歌台，跟那边的人急起来：“我刘里明呀，你不知道？你真想不起来？”

那个负责点歌的人朝大哥看了一眼，想不起来，再看一眼，还是想不起来，反倒笑了起来，说：“别冒充啦，你实在想插队就给你插一个吧。”

于是那个人的妻子插了队，开心地连唱了三首，搞得后面排队的人都纷纷提意见，大哥直朝大家作揖。

大嫂又气又恨，牙都痒痒，恨不得拉着大哥就走，可惜好歹是有知识有修养的人，有些行为，心里想想是可以的，做是做不出来的。

这一天过得好累，好不容易把这批老爷奶奶陪满意了，送到宾馆住下，又说了明天的行程安排，回到家，大嫂生气说："明天你别去了，我也不去了，他们要玩儿让他们自己去玩儿。"

大哥急了，说："这怎么行，怎么能这样对待客人，人家都是有身份的人。"

大嫂说："什么身份，一点儿素质也没有，我看不惯，我看了来气。"

大哥说："可他们有办法搞到资金。"

大嫂说："你为了乡下人的资金，你自尊也不要，脸也不要了？"

大哥笑道："谈不上，谈不上，他不是你的那个、那个什么吗？我原来对他还有误会呢，今天一接触，我倒对他印象不错。"

大嫂气得说："你是对他的资金印象不错吧。"

大哥嘿嘿嘿地笑。

第二天见面，大嫂倒挂着脸，大哥则是满脸堆笑，候在人家身边，一有机会，就跟人家说："张总，张总，您的资金……"

那人说："哦，昨天我没有说清楚，不是我的资金，是我弟弟的，我弟弟是上宏信托公司老总，手里资金多的是。"

大哥说："好的好的，张总的弟弟等于是张总，一样的一样的。”

那人说：“我昨天晚上已经和我弟弟联系过了，他说了，改天等他有空，我们会陪他去你那个桃花镇羊毛衫厂视察的。”

等到这群人回去后，大嫂以为这事情就过去了，可大哥仍然寄予希望，天天等待巴望，简直望眼欲穿了。

后来大哥终于等不及了，想主动去联系张总，可是张总当时给的名片，被大嫂给收起来了，大哥向大嫂要，大嫂说：“忘记了，可能搞丢了。”就是不让大哥主动去联系。

说来也怪，大哥没有主动联系，对方倒又来了，仍然是带了妻子和一帮人，来了就告诉大哥，他弟弟没有空，他弟弟忙的都是大事，不可能有时间到一个乡镇的小厂去。

大哥急了说：“那怎么办，那怎么办，我们那边厂里，一直等着，早就做好了欢迎的准备工作。”

那人说：“咦，我们不是来了嘛，我跟我弟弟说的事情，他还是当回事情的，还是重视的，他委托我们了，我就是我弟弟的全权代表。”

大哥喜出望外，感激涕零。

那人再说：“我弟弟说了，只要我们看得中，他就答应，这点儿钱，对他来说，小菜一碟。”

于是大哥带着一群人出发去桃花镇，那人见大嫂不想去，就说：“你才是真正的牵线人，你不去，我们这些人都是瞎起劲嘛。”

大嫂只得硬着头皮一起过去。

到了厂里，他们也没有心思听汇报，也不想看生产过程，只是对产品有兴趣，在产品展示厅看过来，看过去，厂里本来已经给每人准备了一件高档羊毛衫作为礼品相送，可那人的妻子拿起来看看，一脸嫌弃，嫌人家产品不好，不满意，大哥赶紧告诉了厂长，厂长说：“要不，到库房自己去挑，怎么样？”

一伙人一起跟到了库房，简直挑花了眼，那人的妻子，尤其兴奋，好像八辈子都没见过羊毛衫似的，一面嘀嘀咕咕抱怨产品不怎么样，质量不行，款式不行，样样都不行，一面却又拿了一件又一件，嘴里还嘟囔着：“这个颜色适合我的，这个款式蛮洋气的，哟，这里还有一套套裙呢。”

大嫂始终没有参与他们的活动，站在库房门口冷眼相看，等到他们人人都抱着好几件出来了，厂长才想到大嫂还没有拿，赶紧对大哥说：“刘科长，您夫人的呢，她喜欢什么款式什么颜色？”

大嫂立刻拒绝说：“我不要，都拿了你们那么多，我还拿？没脸！”

这话说得大家都有点儿尴尬，厂长赶紧打圆场说：“没事没事，这几件羊毛衫，我们厂还是负担得起的，如果资金能够解决，下次你们来，那就是高档的羊绒衫啦，到时候，想要多少你们尽管自取。”

大嫂最终也没有要他们的羊毛衫，但是那人带来的那伙人兴高采烈，中午在镇上吃饭喝酒，下午又到桃花湖游览拍照，本来说好当天返回的，结果又住下来，折腾得整个镇上的领导全体出动来陪同，感觉是救星来了。

那天晚上大哥喝醉了，拍着胸脯跟镇上的干部保证，如果搞不来资金，他就拆了自己的骨头卖钱来赔。

那张总酒量大，笑呵呵地一直不倒，听了大哥吹牛，贬他说：“哟，老刘，你以为你的骨头很重很值钱吗？”

大哥听不出其中鄙视的意思，还笑呵呵地说：“我个子高，身架子大，骨头重的。”

大家哈哈大笑。

大嫂的脸涨得通红，起身跟谁也没打招呼，就走出去了。

大嫂居然是回家去了，但那时候镇上还找不到出租车，大嫂看到一辆摩托车，就坐着摩托车回南州，胆子如此之大，事后想想也后怕，但也可想而知当时大嫂被气成什么样了。

其实引进资金这个事情最后并没有谈成，因为那人的弟弟张总并不像那人说的那样，手头儿有许多资金可以到处投资，最后还是那人自己觉得交代不过去，找了另一个朋友挪了一点点钱，这一点点钱，都远远抵不上他们在桃花镇、在南州的吃用开销。

奇怪的是，虽然事情没有办成，但是这事情中关系到的所有的人都成了大哥的好朋友，没有一个责怪大哥的，也没有一个认为大哥无能的。

这也是许多年来大嫂一直百思不得其解的。

其实，许多年来，在大哥的身上，类似的债多如牛毛，永远也厘不清，还不尽，去了又来，来了又去。

好在大哥天生就是为这些人而生的，他乐在其中。

大哥在江湖上有名气的事情一大箩，有一回外地的一个朋友寄信给大哥，写信封的时候，因为忘记了具体的地址，所以在信封上先写上了南州，然后写了大哥的名字刘里明，想找一找具体地址再填上，结果忘了，就把南州刘里明直接投到邮筒里去了。

只写着“南州刘里明收”的这封信，到了南州的邮局，邮局分拣处的老丁一看，呵的一声笑了，说：“刘里明，不就是我弟兄刘里明嘛。”

就直接让邮递员给大哥投来了，那邮递员是新来的，还不认得大哥，也不了解大哥，所以开始他还不相信，没有地址也能投递，这算什么事？叫刘里明的人难道全南州只有一个？老丁凭什么这么肯定？后来他将信将疑地找来了，果真还投对了，就是刘里明，就是“南州刘里明”。

其实大哥跟邮局也没有什么特别的关系，他的工作与邮局完全无关，平时也只是偶尔给老家的父母汇点儿钱寄个包裹什么的，去邮局的次数并不多，但他是个韭菜面孔，一拌就熟，进了邮局就像进了自己的家，呼朋唤友似的，结果弄得邮局里不少人都把他当成是哪个同事家的亲戚，看到大哥都十分客气，到后来也就越来越熟了。

“南州刘里明”这个事情很风光，又给大哥添了不少分，大哥名头越来越大，名声越来越响。

大哥本姓刘，刘里明，但因为他为人热情，对谁都客客气气，大家都觉得他亲热，渐渐地就不再直呼其名，也不喊小刘老刘，而是亲切地喊他的名字“里明”。

大家“里明里明”地叫，时间长了，许多新结识的朋友都以为这位大哥姓李呢。

想当年，大哥结婚，没有自己的住房，住在老丈人家，老丈人、丈母娘开始都喊他小刘，后来家里装了电话，有人往家里打电话找“里明”。老人说：“你们打错电话了，这里没有李明。”甚至就连大嫂，也犯过几次这样的错误，惹得大家直发笑，跟大哥说：“里明啊，你到底有几个家呀？”

大哥的交际越来越广泛，朋友越来越多，事情也越做越多，几乎就没有他不肯替别人承担的事情，任谁找到他，任谁求任何的事情，他都一口答应，无论难易，都没有推辞这一说。

所以在南州城里，走到东走到西，都有认得和知道大哥的人，后来大哥就得个“刘半城”的绰号，也有人喊他“李半城”，十分光荣，但凡有人问他是不是真有这个绰号，大哥就笑，十分享受。

其实大哥享受的可不仅仅是尊敬和荣誉，尊敬和荣誉有时候也会变成负担，有的时候，也确实是应了一句老话，好心没有好报。

有一年大家都在追看电视剧《渴望》，真是万人空巷的情形，有一天晚上某个地区突然停电，《渴望》播到一半，这真是急死人的事情，报了抢修，结果一直等不来。大哥有个朋友就住在那个区域，此时此刻全家老小都指望他了，说他平时吹牛不上税，现在连停电的事情也搞不定，这朋友立刻就想到了无事不能的大哥。那时候还都没有手机，连住宅电话也没有呢，这朋友到家门口的小店用公用电话给大哥的BP机传呼过去，大哥收到传呼，放弃了自己的《渴望》，飞快地跑到自己家附近的小店用公用电话给朋友回电，听朋友说了停电的事情，大哥答应立刻联系供电局的朋友。

但是这么一来二去的，时间过得飞快，等大哥刚刚联系上供电局的朋友，当天的《渴望》已经播完，那时又没有回放，大家急得骂人了，那朋友自己也没有看到《渴望》，心中本来就懊恼，还被家人责怪、贬低，感觉形象崩塌，无地自容，最后一股脑儿怪到大哥头上。

他在外面到处跟人说：“刘里明，听起来名声大，其实虚头巴脑，做不成事情的，你们认他，我就不认。”

人家都不服，替刘里明争辩，那人就把事情添油加醋地说了一遍，说大哥根本搞不定供电局的事情，不像大家传言的那样，没有大哥搞不定的事。

后来大哥也听到了这样的议论，但是他没有计较，倒是大嫂替他抱不平，说他活该，好心没好报，大哥笑笑说："呵呵，没事的，他们还会找我的。"

这是果然的、必然的，你碰到事情，不找大哥找谁？

随着时代的发展，有些事情渐渐地走向反面，比如大哥所在的这个单位，原来是市里的先进典型，是市级事业转企业的典范，他们的领导都是改革先锋和楷模。但是到了一定的时候就出问题了，他们的行为触犯了党纪国法，差不多前后三个月时间，大哥所在单位领导班子一级的干部，一个跟着一个出了事，差不多一个也没有逃得过，一时间，南州到处都在热议这个轰动的事件。

那时候还没有"塌方式腐败"这样的词汇，但实际上就是塌方了，几乎全军覆没。

大哥挺好，他没有出事，照样在外面会朋友，搞交际。当然，他会朋友，肯定是有目的的，这个目的，就是为另一个朋友办事；他搞交际，也是很实用的，只是这个实用，也是为了别人的实用。

有一天在外面吃晚饭，两个包厢中间只隔了一道屏风，大哥这一桌的朋友一探头，看到屏风那边一桌上有熟人，就引了过来，一一介绍，指着大哥：“这位是 ×× 单位……”

那个弟兄也够着急鲁莽的，不等听完介绍，就说：“哦，×× 单位，我熟悉的，你们听说了吧，他们总办的主任，李主任，昨天进去了。”

这边的朋友还没知情，问：“哪个李主任？”

那边的说：“咦，总办李主任，李明，名气好大的，你们难道不知道，不认得？”

这边的朋友就憋住了笑，说：“哦，李明啊，你熟吗？”

那弟兄吹牛说：“熟，穿一条裤子，可惜进去了，改天等事情搞定当了，我们要去监牢里看望他的。”

其实大哥根本不是他们单位的“总办主任”，他倒是想当总办主任，可是一直得不到提拔，他一直只是总办的一个办事员。

有时候大哥和朋友一起出去会新朋友，朋友要面子，给别人介绍大哥，就说是“总办主任”，如果有人指出不是，给予纠正，朋友就会来气，说：“怎么不是，难道大哥不能当主任吗？”

或者生气说：“大哥早就应该是了，不提拔大哥，那是上级瞎了眼。”

别人也跟着说：“那是，大哥别说当主任，当总裁也是足够的。”又说：“以大哥的水平，到省里，到中央也够格。”

总之，但凡朋友给新的朋友介绍他是“总办主任”的时候，大哥从来不予纠正，爱喊什么就喊什么，大哥很随意的。

所以后来传来传去，单位总办的主任，就是李明李主任，当然也有知道的，称他‘刘主任’，这些都不算过分。

但眼前这位弟兄，有点儿荒唐了，硬说自己是大哥的弟兄，硬说自己跟大哥熟得可以合穿一条裤子，所以他继续吹嘘他和大哥的交情，大哥只是在一边微微笑着，后来其他人实在忍不住了，问那弟兄：“你到底是认识他们的总办主任，还是认得刘里明啊？”

那弟兄愣了一下，说：“当然是认得里明，哦，是认得刘里明啦，管他是总办主任还是啥办主任，他都是刘里明，因为他是刘里明，才认识，才熟悉的嘛，不吹牛，我们一起喝过的酒，比你们喝过的水还多哦。”

大家就指着大哥说：“那么这个人，你认得吗？”

那弟兄朝大哥看看，说：“面熟，好像见过，我弟兄实在太多，有点儿想不起来了。”

大哥仍然只管笑。他的朋友就对那弟兄说：“他就是刘里明，就是你说的‘总办李主任’。”

那弟兄应该是闹个满脸通红，羞愧而去的，可他一点儿也不，抢上前就紧紧握住大哥的手，说：“哎哟，哎哟，大哥，今天终于见到你了，见到真人了！”

然后就拆了屏风，两桌并一桌，结果又都成为大哥的朋友了。

后来转眼就到 20 世纪 90 年代中期了，那时候居民住房的困难日益增加，老房子越来越旧，虽然已经有了早期的商品房，但是大部分人还没有买商品房的概念，都等着单位给分房呢。大哥有一个关系并不十分密切的普通朋友马小东，当初和大哥认识，也只是这个马小东慕名来求大哥帮忙，帮着帮着，又成了哥们儿了。

这一天，好久不见的马小东又来了，不仅马小东，他的老婆也跟着一起来了，一进大哥的家，一坐下来水还没喝，马小东的老婆就开始哭，哭得大哥手足无措，一味地说："别哭别哭，天大的事，我替你们想办法。"

大哥反复这么说了、劝了，马小东老婆才渐渐止住了哭声，由马小东把事情的来龙去脉向大哥汇报。

马小东很啰唆，但是大哥很耐心，他耐心听完马小东的汇报，直接就表态说："不像话，太不是东西，他们怎么可以这样对你们。"

原来，马小东的家租住的是政府的旧公房，是一处老宅子，里边挤了许多住户，房子早已经破旧不堪，下雨漏雨，刮风进风，马小东多次到房管科报告，要求整修。可是这时候的政府，面对积重难返的住房问题，也是使出了浑身解数仍然百般无奈，甚至有许多政策性很强的、可以上纲上线的重要问题都逼到面前要解决，所以一下子根本来不及顾及这些普通租房户。

马小东他们将就不下去了，就自己出资，自己动手，将租房整修了一下，勉强可以住得下去。

结果却被邻居举报了，上面来了一查一看，立马出了结论，说马小东他们擅自整修公房，这是违反规定的，不仅批评教育了一通，还要罚款。

大哥没听完就气得拍桌子骂："没有天理了，你们放心，包我身上！"

大哥也不用马小东夫妇陪着，他一个人就直接跑到居委会，跟居委会的人讲道理，居委会的人听了半天，说："你跑错门了，这事情，我们管不着。"

大哥说："既然不归你们管，你们可以不管，你们为什么要上报到街道，你们这是站在谁一边？"

盛气凌人地把居委会干部教训一顿，人家也吃不透他是什么人，也不敢回嘴，赶紧推脱责任。大哥离开居委会的时候，听到居委会的人在背后议论。

这一个说："他是谁？"

那一个说："不认得，但是来头好大呀。"

这一个说："你怎么知道？"

那一个说："你看看那腔调，你听听那口气，没有点儿来头，他能这样？"

大哥听了，热血沸腾，他跑到街道办事处，找到房管科，直接就教训起来："你懂不懂规矩？你吃不吃人饭？住房成危房了，你们政府不管，管不过来，人家也没有责怪你们，人家自己做了政府该做的事情，这是老百姓在为政府排忧解难，你们居然要罚他们的款，你们是什么政府？"

那个房管科的科长开始还想耐着性子跟大哥解释什么政策、什么规矩，可大哥根本不听他的，上来就一顿训斥。这科长原本也是个火暴性子，何况他管着街道区域范围内所有的公房，权力好大，人人见了他，都是递烟鞠躬、谄媚讨好、马屁连天的，还从来没有人敢当面这么教训他，顿时也火冒起来，也不讲规矩，也不讲政策了，直接来粗的了，身子向大哥面前一竖，说："怎么，想打架？"

大哥人高马大，才不怕他，伸手一搡，科长站立不稳，跌倒了，后脑勺着地，晕了过去。

这下子事情闹大了，派出所的也来了，大哥等于是犯法了。

当然，后来才知道，事情不算太大，那科长晕过去，并不是因为脑袋受伤，而是心灵受伤，也就是给大哥气的，因为在碰到大哥之前，他就是个霸王，没有大哥的。

现在大哥出现了，他才知道，人外有人，天外有天，人人都有大哥。

更何况，自从听说大哥出了这个事情，派出所所长那儿可是收到了无数替大哥说话的人情，人人称刘里明是自己的大哥，搞得派出所所长都不敢确定，这大哥到底是谁的大哥。

那个科长，在大哥面前跌了一跤，结果也跌成了大哥的朋友，后来也仍然会有许多事情互相帮助的。

总之，大哥为了一个不算怎么要好的朋友的家事，闹到了派出所，肯定大哥自己是有问题的，但是所有的人看起来，就是大哥仁义。

反倒是马小东一家，虽然最后也没有被罚款，却被众人鄙视。当时那个摔倒的房管科科长揪住大哥不放的时候，大嫂又是买烟买酒打招呼，又是赔礼道歉，可马小东和他老婆却躲在背后不敢出面。后来上面来解决问题，调查到他们那儿，他们居然说跟他们没有关系，是大哥自己要去纠缠房管科的。

大嫂看了真来气，对大哥说："你为他们家的事情出头、打人、犯法，他们却做缩头乌龟，你自己看看，你交的都是些什么朋友啊？"

大哥说："不能这样说，他们和我不一样，他们小老百姓，今天出了头，逞了能，今后日子难过的。"

说得好像他自己不是小老百姓，是个大人物似的。

大嫂跟大哥一起生活久了，应该完全了解大哥的脾气，也应该适应这样的情况了，可大嫂还是忍耐不住，生气地说："你倒是为了别人家的房子出力、惹祸，你自己家住得怎么样了？”

大嫂说得是，大哥至今仍然和老丈人一家一起住，他这一辈子，等于就是个招赘女婿，但是大哥并没有感觉不适，他无所谓的。

大嫂说：“你要真有本事，把自己家的住房改善改善吧。”

大哥笑道：“会改善的。”

大嫂又激将他说：“你看你好多朋友都下海了，去挣大钱了，你怎么看？”

大哥说：“下海好呀。”

大嫂说：“好的话，你怎么不想想，要不要下海。”

每每提到大哥自己的事情了，大哥总是语焉不详，要不就是嘿嘿一下搪塞过去。

他们的孩子上小学时，学校有个姓曹的语文老师，并没有直接教过他们的孩子，但是后来也成了大哥的朋友，具体是什么原因交结上的，现在已经想不起来了，反正好像一开始就已经是朋友了，后来，再后来，孩子早就小学毕业，曹老师一直是大哥家的座上客。

曹老师性格比较内向，面皮薄，有什么事情来求大哥，总是开不出口，这一天晚上，曹老师又来了，笑眯眯地坐下来，喝茶，一坐就是两个多小时，大嫂听到，隔老半天，两个人才说一两句话，就停下来，仍然坐着，偶尔听大哥温和地说："曹老师，喝，喝茶。"

曹老师低声说："喝，喝，喝茶。"

大嫂耐不住了，就过来对曹老师说："曹老师，你有什么事，尽管说，你知道的，老刘热心的。"

曹老师脸一红，赶紧抬一抬屁股，说："没事没事。"说完仍继续坐着。

大嫂是个急性子，虽然这时候家里也没有事需要大哥忙的，但是大哥和人家一直这么干坐着不说话，大嫂急呀，一直在他们面前绕来绕去，根本也没有用，大哥反正是只作不知，曹老师也只作不知。

真不知道，他们是真不知，还是假不知。

过了一天，曹老师又来了，仍然是干坐，仍然闷着头，然后又走了，大嫂急得数落大哥说："他不开口，你直接问他就是了，老这么坐着算什么。"

大哥说："嘿嘿，也许曹老师真没有什么事，就是坐坐。"

大嫂急呀，说："不可能的，怎么可能天天到人家家里来坐坐的，肯定有事，你主动问呀，曹老师面皮薄，你不问他不好意思开口。"

可大哥仍然不追问，只是默默地陪着他坐着。

后来又过了好几天，曹老师终于耐不下去了，但他仍然没有好意思当面说，而是电话打到大哥单位，在电话里说了，原来是他的孩子工作的事情。

曹老师的孩子大学毕业后，进了教育系统，当了个中学老师，但一直就不安心，想要换工作，现在看到人家纷纷下海，他也想要下海，但是又不知道怎么下海，完全没有方向。

大哥一听，拍胸脯说："这事情呀，包我身上，曹老师你放心，我来替他考虑，替他安排。"

大哥确实厉害，很快下家那边一切搞定当，曹老师的孩子，人还没有到位，就已经给了个项目经理的头衔，那孩子也是虚荣，抢先连名片也印出来了。

但是这边原单位区教育局还没有放人呢，无论算是辞职还算是调动，他的档案材料可不能丢。

这事情就在原单位卡住了，人家就是不肯放人。那时候因为师资太缺乏，所以进了教育系统，基本就是定终身了，教育系统就有个说法，叫"竖着进来，横着出去"。

曹老师自己也是老师，也有些熟人关系，但是他去找了几次，人家说："要走可以，交罚款。"

那是呀，你当年求着我们让孩子进来的时候，是怎么说的？现在要攀高枝了，就把我们一脚踢开了，那不行，必须有惩处。

可是等曹老师咬咬牙凑齐了钱款，单位却又作难了，说："收钱是犯违的，我们把钱退给你，但人是走不掉的，今年的师资缺口大得很，放走一个，上面要拿我们是问。”

这下子曹老师走投无路了，只好又来麻烦大哥。

大哥去找区教育局局长，他也不认得局长，就打算直接自报姓名了，可是到那儿一看，局长办公室里有好多人在等候局长召见，大哥就从办公室出来，直接到办事员那儿，进去先满脸笑着，一人扔一根烟，然后说：“我刚从局长那儿过来，曹 ×× 的档案，可以放了。”

两个办事员任由烟在桌上滚动，其中一个说：“是局长说的吗？”

大哥说：“欸，这事情，就算局长不说，也是公事公办。”看他们将信将疑，又说：“怎么，区教育局局长的话不算数？要不要接通市教育局局长的电话，让他跟你们说。”

两个人中的一个看大哥派头大，不知来路，心想反正这个小曹老师和他的父亲老曹老师已经纠缠好长时间了，看起来早晚要走，不如就放了算了。他就朝另一个人使眼色。

但是另一个误会了他的眼色，以为要他警觉些呢，就抓起电话打到局长办公室，局长估计都忙得没有手接电话，没有接。过一会儿，再打，局长接了，这个人报告说：“局长，关于曹 ××……”

局长来火说：“不要大事小事都请示好不好，都像你们这样，一点儿肩胛都不担，都要我一个人担，我三头六臂也干不了，你们可以定的就你们定吧。”

好了，连大哥自己也未料到如此顺利，他就杵在办事员面前，看他们把曹老师儿子的档案找出来，封档，然后交到收发室，吩咐即刻挂号寄走，这才放心地走了。

其实大哥不知道，他走出去之后，那两个工作人员互相有交谈，其中一个说："这人，你熟人啊？"

另一个说："你熟人吧，我看他一来就朝你笑，还给你扔了香烟。"

那一个说："骗鬼呢，我根本就不认得，这个人是谁？"

另一个说："咦？你帮他办事，你不知道他是谁？"

那一个说："咦？明明是你在帮他……"

他们面面相觑了一会儿。

一个小心地说："他气场那么大，认得局长，肯定是有来头的。"

另一个也顺着说："是呀，既然都已经办了，寄都寄走了，随他是谁吧。"

然后两人又有点儿担心，互相提醒说："这种人以后要小心，不会是骗子吧？"

"骗子"两个字，让他们惊吓了一下，赶紧打电话到小曹老师的学校问，学校那边说："是呀，曹老师一直要走，你们不肯放人嘛。现在总算好了，你们也想通了，硬留是留不住的，现在你们放了，也就不会再来纠缠我们了。"

这边才放了心，说："幸好幸好，不是骗子。"

小曹老师下海后，果然发挥得很好，不出一两年，就已经干上了副总，年薪可观，过年的时候，曹老师带着小曹总向大哥大嫂拜年并感谢，送了虫草、XO 等高档礼品，还给了个万元的红包。

大哥推托不掉，也就收下了，那天大嫂不在家，回来后看到厚厚的一沓，心里不免有点儿那个什么，对大哥说："你看看人家，你看看人家。"

大哥是一点儿也听不懂，或者，大哥是假装不懂，说："是呀是呀，我早就看出来，小曹有出息的。"

大嫂叹息了一声，大嫂早已经对大哥失望死心了，但是大哥仍然对自己充满信心。

时间过得真快，一眨眼就到 21 世纪，电脑也普及了，大哥所在的单位，也都开始了电脑办公，大哥没有学会打字，他一直用笔写文字材料，然后由那些新来的小秘书再打成电子版。

大哥几次想学打字，可惜小时候拼音学得不行，只得学五笔，可是五笔需要死记硬背，而且需要天天练习，大哥白天要上班，每天晚上和星期天都有朋友喊吃饭喝酒，哪有时间加班练习，花了很大的工夫，最后也还是搞了个半吊子，过不多久，又忘记了。

好在有小迷妹代劳，才没有影响到工作，那些小迷妹都说："刘科长，打字的事交给我们就行了，你文笔好，材料你写，我们就是你的打字机、复印机。”

大哥长得人高马大，有些姑娘尤其是一些个子不高的姑娘特别崇拜大哥，虽然大哥的年纪已经是大叔，但是魅力不减当年，加上性格爽快，热心助人，自然会招人注意，甚至招人喜欢的。

有一次有个女孩儿有点儿喜欢大哥了，有点儿控制不住自己，她左思右想，最后找个机会和大嫂聊天，说：“大嫂啊，要是大哥出轨了，你怎么办呢？”

大嫂说：“呵呵，我给你讲个刘里明和情人的故事吧。”

大哥这辈子人生，也有出轨的心思，也有女孩儿子倒追，有那么一两次不靠谱也是正常的、情有可原的。人的一辈子，别的劫也许躲得过，但桃花这一关，恐怕基本上谁也逃不过。大哥也只是一个普通人而已，怎么可能逃过桃花劫呢。

只是按大哥的心性，一旦和人家好上了，就完全当成是自己人了，呵护照顾，那是没的说。

这“自己人”虽然听起来更亲切更迫切，却毕竟不是朋友，在大哥那里，一切为朋友让路，在朋友面前，“自己人”也是要靠边站的。

有一回，那相好的想要购买一处新楼盘的房子，靠大哥找朋友帮忙才有了可能，大哥亲自陪同去看了，确实赞，当场就定下了，那相好的怕夜长梦多，想当场就把定金交了，可是楼盘还没到可以销售的时候，是不允许提前办任何手续的，大哥跟她说：“没事没事，这个楼盘老板，是我好弟兄，你放心，保证没问题。”

结果过了几天，果然夜长梦多，横生枝节，突然大哥的一个弟兄听说了这个楼盘怎么怎么好，老婆在家里作天作地，非买不可，弟兄没办法，就来找大哥，求大哥帮忙。

大哥照例一口应承，再找那个所谓的“好弟兄”楼盘老板，结果人家面色难看，一口就回绝了，说早已经预订完了。大哥就直接不客气地说：“不可能，我知道你手里还有好几套呢。”人家也不客气了，说：“我手里有几套你管得着吗？已经看在姜主任的面子上照顾你一套了，你还想要，你以为你是谁？”

大哥就教训他说：“何总，你别以为开个楼盘就了不起，你还真不知道我是谁。”那老板气得说：“我不知道你是谁，我只知道，反正先前你看的那一套，定金也没交，我可以不卖。”

这下子吓住大哥了，赶紧撤退，把这一套先给了那弟兄。那相好的得知，跟他闹，他就劝慰说：“你别傻，我这是为你好，老板手里藏着那几套，才是最好的，他最后会拿出来的。”

相好的也就傻乎乎地相信了，等着拿最好的一套呢，结果当然是可想而知。她就不依不饶了，甚至怀疑大哥是给了别的女人，偷偷打听了一下，才知道只不过是大哥的一个普通朋友。

相好的百思不得其解，最后在疑惑中跟大哥分了手，也就在无意中挽救了大哥的家庭。

大嫂绘声绘色地讲了这个故事，那暗恋大哥的女生听得心潮起伏，目瞪口呆，就硬生生地把爱情扼杀在尚未萌芽状态了。

大哥的事迹一传十，十传百，大家都知道大哥的热心和能力，虽然有时候能力上稍稍有点儿弱，但是他的热心让他的影响力如日中天地日益提高，后来又出现了许多事情，有些真是匪夷所思的。

有一次某位一线大牌歌星，在广州开演唱会，因为这位“大牌”较少开个人演唱会，结果肯定是一票难求。但问题是远在广州，和南州的人是没有什么关系的。平时南州如果有个什么演出，稀罕的，就会有人来找大哥要票，大哥也不是搞这一行的，大哥哪里有票呢，但是大哥就是能搞到，你不得不服，你也不得不防，后来甚至连门口超市收银的小妹，连街头修鞋的老爹，都跟大哥开口要票，大哥也都要以满足他们为目的。

这一次广州的演唱会，南州果然没有人找大哥，大哥就没有什么负担了。可有一天，接到一个陌生手机来电，显示是上海的手机，大哥在上海，当然也是有朋友有熟人的，所以虽然是个陌生的电话，大哥还是毫不防范地接了，果然接对了，对方说："刘里明吗？"大哥说："是。"对方即刻就笑着说："哎哟，大哥，终于联系上你了，我是 ××× 呀。"

大哥一时想不起 ××× 是谁，也难怪，在大哥那里，××× 实在太多了。

这个上海 ××× 就说："呀，大哥，你忘记我了，我们见过面，一起喝过酒、论过兄弟。"

大哥觉得自己应该是想起来了，赶紧说："是呀是呀，弟兄，弟兄。"

肯定是认识的、有关系的，只是分开在两地，平时往来不多。

现在他们联系上了，大哥很高兴，说："好久不见，你好吧？"

对方也先客套一番，大哥长大哥短地恭维几句，然后就问大哥，听没听说大牌明星的广州演唱会。大哥并不知道这个演唱会，本来嘛，又不在南州，是在广州，隔得那么远，大哥只是个南州的"刘半城"，不可能知道全国的事情。

不过大哥向来要面子，心想既然朋友特意从上海打电话来问这个事情，这个事情必定是比较重要的，所以大哥也没有直接说不知道，他只是含混地回答了一句。

那边立刻就说了："这可是千年难遇的演唱会，现在黄牛票炒到几万都买不到呀，所以立刻想到大哥了，大哥是有本事的，帮我搞四张票，怎么样？”

大哥任是热心，这样的事情也得想一想了，大哥想的时候，对方就说了：“知道大哥的能力，才找大哥的，如果四张不行，就两张，两张是必需的哦。”

大哥说：“好吧，你放心，包我身上。”

那边千恩万谢，又千叮万嘱。

大哥通电话时，大嫂就在旁边。旁边的大嫂听了，再次惊掉了下巴。

大嫂从来没有听大哥说起广州那边有什么朋友，因为实在是离得太远了。可是大嫂你千万别替大哥着急，大哥的朋友遍天下。

大哥想了一想，就开始行动了，第一步就是翻看微信，但是大哥的微信朋友圈里有两千多人，实在是太多，更何况，微信里的微信名早已经变异了，张三变“花好月圆”，李四变成了“云淡风清”，总之这个某某成了另一个某某，另一个某某又成了再一个某某，已经彻底搞不清到底某某是某某了。

大哥叹了口气，把手机丢开，从抽屉翻找从前存留在家的名片，翻出来一堆，一张一张地看，大哥确实很有耐心，最后终于给他翻到一张广州的名片。

于会平。

但是大哥好像已经记不得这个人了，名片上虽然印着单位、职务等，但大哥记不起是什么时候，什么情况下和这个于总结识并且拿了名片的。

大哥犹豫了一下，还是决定要打这个于会平的电话，他想：就算我记不得人家，人家也许记得我呢。

这张名片少说也有十来年了，可大哥电话打过去，那个手机居然是通的，大哥一阵惊喜，赶紧说出对方的名字。

可是对方说："我不是于什么，你打错了。"

大哥愣住了，停顿了一会儿，才说："那，麻烦问一下，你知道于会平现在的联系方式吗？"

对方说："我这是买来的二手手机，我哪知道它原来的主人是谁？说完就挂断了手机，还算客气，没把他当成骗子，还说了这么几句话。"

大哥再把名片拿出来研究，看这个于会平的工作单位，仍然打广州的114询问，这个单位，对方查了半天，说没有登记电话。

线索又断了，这期间眼看着演唱会的日子越来越近，上海那兄弟，来过几次电话，发了几个短信催问有没有搞到票，说他那边已经跟人家保证过了。

大嫂眼看情形不对，就跟大哥说："搞不到就告诉人家搞不到，别让人家空等，那是广州呀，悬空八只脚，你手有那么长吗？"

大哥说："我再想办法。"

那几天大哥真是钻天打洞，到处问人有没有广州的朋友，然后把事情的紧迫性跟大家说了又说。

于是这一阵，大哥身边的人，又为大哥做免费宣传了，其实大哥并没有搞到票，但是在他们的口口相传中，大哥肯定是搞到了。

他们说："哎哟，大哥真是厉害，广州的演唱会，他都能帮上海人搞到票。"

那是，大哥的名气已经到了上海，人家上海人都要来找大哥帮忙。

其实后来那场演唱会因为特殊原因取消了，大哥并不知道，还在到处找人想办法，最后有人告诉他，大哥还不相信。

大哥赶紧把电话打到上海那弟兄的手机上，打了一次没有接，又打一次，再打一次，终于还是接了，接起来对方就很不耐烦地说："是送快递的吗？"又抱怨说："送快递你就送快递，老打什么电话？"

大哥说："不是送快递的，是我，刘里明。"对方却不知道刘里明是谁，也不想问刘里明是谁，只是说："你有什么事？"

大哥就觉得奇怪，犹豫着说道："咦，前两天你打我电话，说要广州演唱会的票，你怎么……"

对方这才哦了一声，说：“哦，刘，刘什么，不好意思，我当时也是病急乱投医，我女儿一定要我搞票，是一个朋友介绍的，他说南州有个人，挺有本事的，让我找你试试。他给了我你的电话，我就找你了——呵呵，因为我们也没见过，不认得，所以把你的名字给忘记了。”

大哥说：“没事没事，有什么事尽管吩咐。”

后来渐渐地，就有人就在背后说了，大哥老了，大哥low了。

大哥可不觉得自己老了，low了，他一如既往地当着自己的大哥，仍然会有许多人来找他办事，请他喝酒，只是大哥毕竟渐渐上了年纪，酒量大不如前，但大哥是完全没有知觉的，他一直以为自己还是当年的大哥，以为自己还是千杯不倒的大哥呢，喝酒时还要称王称霸呢。

在大哥退休前的一段日子里，好多人都到大哥的办公室去见他，给他递名片，加微信，邀请大哥退休后到他们那儿继续发挥余热，大哥收到了好多热情的邀请，开心得合不拢嘴。

可是到了大哥真正退了以后，这些承诺却一个也没有兑现，因为大哥退休，请大哥吃饭的人倒确实是有一些，但是谁也不提请他出山的话题，大哥要面子，别人不提，他自己是绝不会主动开口的。

所以后来大嫂说：“你还跟我吹，我说的吧，人一走茶就凉。”

大哥说：“你别着急，我会搞出名堂来的。”

大嫂早就不生气了，她不仅不生气，她还觉得好笑，所以忍不住扑哧一声笑了。

大哥可不笑，他很认真，他相信自己。

他们说着话的时候，大哥的手机响了，大哥一接，那边说：“刘主任啊，我是 × ×，我下周要到南州啊。”

大哥说：“太好啦，太好啦，欢迎欢迎，一切我来安排，你几个人，住几天？”

那边说了几个人，来南州住几天，要安排哪些事情，大哥一一保证：“你放心，一定给你搞得妥妥当当。”

大嫂说：“你没告诉他，你已经退休了？”

大哥说：“这有什么可说的。”

大嫂说：“我感觉，你以为你还在工作岗位上呢。”

大哥不和大嫂啰唆，赶紧打电话找人安排，结果第一件事就碰了钉子，人家问最后由谁结账，这样的事情放在过去，自会有弟兄挺身而出，小意思，记在我账上，但是现在这些弟兄都在忙自己的事情，大哥又不想拉下面子去找他们，他们也不知道大哥的为难之处。

所以这一拨子事情，最后全是大哥自己掏的腰包。

那朋友带了一家人还有亲朋好友吃住玩，最后走的时候，才知道是大哥自己花的钱，说了一句：“唉，你一番热情，我也不跟你抢着买单了，不过呀，这人退休了就是不一样啊。”

这边刚刚送走，那边电话又到，大哥虽然有点儿应接不暇，但仍然热情洋溢，让对方有什么事情尽管说。

那边就照实说了。

大哥依旧是那句老话：“放心，包在我身上。”

放下电话，本来早就发誓再也不问大哥任何事情的大嫂，心里又痒痒了，嘴又贱了，问大哥：“谁呀？”

大哥说：“军长。”

大嫂吓一跳，她不知道大哥还有个当军长的朋友，大嫂说：“军长找你？干吗？”

大哥说：“呵呵，他带了一支队伍，要来南州参加比赛，我要给他们接风的。”

结果那天确实是大哥安排的饭店，南州的饭店，没有大哥不熟的，喝得高兴，那军长就对大哥说：“今天的酒，你请客，我买单哦。”

大哥哪里肯听从军长的，坚持他请客他买单，军长争不过他，就说了一句：“别逞能了，你都退休了。”

大哥张了张嘴，一口气闷住了。过了半天，脸还涨得通红，四处一看，看到了服务员站在旁边，就对服务员说：“叫你们老板过来，我来了，你们老板都不来敬一下酒，什么意思？”

服务员有些惧怕，说："好，好，我去喊。您，您哪位？"

大哥说："我刘里明。"

服务员看出情况不妙，慌慌张张跑出去。

这边大哥和军长以及军长的队伍继续喝酒吹牛，等了好半天，服务员才一个人出现了，小心地说："对不起，对不起，我们老板今天不在。"

大哥顿时冒火了，大声说："我刚才进来时还看到他了，怎么，不给我刘里明面子？"

服务员说："刚才确实是在的，后来他出去了，也是一个朋友请去喝酒了。"

大哥怎肯相信，嗓门儿更加大了："你去跟他说，他今天要是不来这里敬酒，我跟他没完！"

军长已经看出大哥是喝多了，上前劝道："别了别了，一个饭店老板，大老爷们儿，爱来不来，爱敬不敬，又不是美女，谁稀罕。"

大哥一听，继续嚷嚷："老板不肯来，就叫你们老板娘来！"

服务员又去，返回时仍然只是他一人，老板娘也不给面子，大哥窘得不行了，正要爆发，那服务员小声说："这位老总，我们老板娘说，不认得刘里明，您，您是叫刘里明吗？"

大哥把酒杯一摔，说："是，我刘里明，你等着，不给我刘里明面子？我让你饭店开不下去。”一边说一边就掏手机打电话，也不知道是打给了谁，开口就说：“喂，我刘里明，你给我听好了，这个饭店，叫他们停业整顿！”

有细心的人发现，他根本就没有拨出电话去。

大哥出洋相的时候，大嫂多半是不在场，事后有人会把这些事情告诉大嫂，但是只要事情已经过去，大哥心里是一点儿不留痕迹的，好像他根本就没有做过那种丢人现眼的事情。

所以后来大嫂问他：“我一直想不明白，你哪里来的军长朋友。”

大哥嘿嘿道：“‘军长’是他的绰号嘛。”

大嫂这才搞清楚了，这个绰号“军长”的朋友，带的是一支老年模特队。

大哥的人生，就这样豪壮地走过来了。下晚的时候，大哥出门走走，恰好有个熟人路过碰上，随便一问：“吃过了没？”

大哥说：“今天有饭局，一会儿就走。”

然后大哥就往外走，走到小区门口，保安说：“刘总，今天不开车出去？”

大哥说：“今天有人请喝酒，不能开车。”

所以以后每次他步行出小区，保安都会向他挥手，笑，说：“老刘，又去喝老酒啦。”

大哥高高兴兴地说："是呀是呀，喝老酒。"

有一天有个熟人在路上碰到大嫂，就跟大嫂说："你们搬家了吗？"大嫂说："没有啊。"那人说："是呀，我知道你们没有搬家，你们不是一直住城南吗？但是你们老刘怎么一个人跑到城北的一个小面店吃面呢？"

大嫂目瞪口呆。

后来大嫂就忍不住对大哥说："刘里明，你以后不要再去面店啦，他们都跟我说过几次啦。"

大哥问："他们说什么？"

大嫂说："他们说我不给你做饭。"

大哥说："胡说八道嘛，我有饭局，请我吃饭的，排着队呢。"

渐 行 渐 远

上

老头七十五了。

在老头自己的印象中，“老”，差不多是从他六十五岁那一年开始找到他、缠上他的。

其实，“老”从来都不是突然而至的，它是慢慢渗透过来的，但是对于老头这样从来不认为自己会老的人来说，“老”就是突然而至的。

开始的时候，他很不适应，不愿意承认，甚至强硬地拒绝“老”。所以一切的习惯，还都是从前的习惯，急性子还是急性子，倔脾气还是倔脾气，走路还是带风，穿裤子时还是习惯一条腿站立，穿鞋子还是弯腰低头前冲，说话还是抢别人的先头，玩儿智力游戏赢了，还是到处炫耀，总之，虽然“老”已经来了，但他完全没有接受。

这不是你接受不接受的事情，你接受也好，不接受也罢，“老”既然来了，它是不会离去的，它终归会让你知道它的存在，终归会完全彻底地霸占你全部的身心。

果然，渐渐地，老头就感觉到了，他持续了几乎一辈子的这些习惯，已经不能让他随心所欲了。比如他再像从前那样噔噔噔地走路，心就慌了，腿也打软；坐个电动扶梯，明明站得笔挺，两腿也还有力，可感觉上却是摇摇晃晃的，下意识就要去扶扶手；老头一直就爱和别人争个长短，张狂的时候真能把别人气儿气断了，眼气瞎了，奶气没了，现在他话尚未出口，已经被自己气得张口结舌，头晕眼花了。又过了一阵，他又发现，尿尿竟然成为生活中的一个较大的烦恼，每天他的思想都会在尿尿这件事上纠缠。这让他很来火。

他气呼呼地跟儿子说：“什么意思，小个便都不能痛痛快快。”

儿子朝他看看，轻描淡写地说：“什么意思？小意思。”

确实，对于整个身体的状况来说，尿尿真的只是个小意思，因为身体的哪里哪里，都天天在告诉他，“老”终于来找他了。

有人给“老”分过档，说六十五到七十四，这是年轻的老人，七十五以后，那就是真正的老人了。

老头七十五了。从六十五到七十五，简直就是一眨眼的工夫。

老头有点儿焦虑了。

老头是中学老师，六十岁退休，那时候老伴儿身体也好，两个人都觉得日子从来没有这么滋润过，想干什么干什么，想去哪里去哪里，有时候儿子女儿的小家庭需要他们帮把手，他们还唠唠叨叨地不太乐意。

那时候他们都以为老了以后就是这样自由美好的日子了，殊不知这样的美好日子并不长久，先是老伴儿生病走了，接着，老头就老了。

等到他慢慢适应了没有老伴儿的生活，他就真正成了一个孤独的老人了。

老头的子女还不算太渣，老娘走后，儿子曾经主动邀请老头去他家住，老头也应了，就去了。媳妇并不乐意，但毕竟都算是有底线的人，即便心里有啥想法，表面上也得装出欢迎的样子，把老头住的房间，也收拾得蛮清爽，吃的喝的也合他的口味。

这就很不错了嘛，还想咋的。

可老头不好对付，他贼精，谁心里想的什么，他都能看得见，过了不多久，他就跟儿子说："我还是不住你家了，你媳妇不自在。"

儿子说："她说不自在了吗？"

老头说："那还用说出来吗？脸上不写着呢嘛。"

儿子继承了老头的风格，嘴巴和他一样厉害，说："爸，你火眼金睛啊，人脸上写着字你都看得出来，那你看看我脸上写的什么。”

老头说：“你脸上不用写，你嘴里都说出来了。”

确实如此。儿子对老子天生犯冲，一点儿不客气，儿子说：“爸，你放眼看看，现在能和子女一起住的老人有几个，你自求多福吧，你能住我这儿，你就安逸一点儿，太平一点儿吧。”

老头就生气，说：“我知道，我知道，你就是恩赐我啦，我感恩戴德，我感激涕零好吧。”

儿子说：“不是这个意思，你在家就在家，别下楼到处乱窜，这把年纪了，跌断了骨头算谁的？”

老头说：“你这不是让我养老，你这是叫我吃官司，还不如吃官司呢，吃官司还可以放个风呢。”

儿子也生气，数落说：“你也不想想，你现在的日子有多舒服，不像我们忙得要死，压力大得要命，还有小祖宗要伺候，你才是真正的自由人，早晨想睡多久就多久……”

老头立刻打断他说：“等等等等，你那说的不是我，我没有想睡多久就多久，人老了，睡不了多久了，天不亮就醒了，要想睡得久的话，除非睡下去就不醒了……”

嘴真臭。

还好儿子是适应他的风格的，儿子和老子也有的一拼，说起来很忙，却有时间和老头干嘴仗，儿子说：“那你看看电视也好，教你用智能手机，一部手机就能走遍天下，看遍古今中外。”

老头又说：“我要走遍天下干什么，我要古今中外干什么，我只要和你们说说话，教教你们怎么做人做事。”

儿子回道：“干吗非要和我们说那么多话，我们不累吗，我们在单位，和同事说话，和客户说话，在外面应酬，和所有的人说话，天天说话，时时说话，连梦里也在说话，烦都烦死了，没人烦你，多清净，你哪世里修来的哦。”

这父子犯冲就是这样，互相不依不饶，老头气儿不顺，走了，回去了。

可是不行呀，老头一个人住，隔三岔五又是电话，又是信息，一会儿水管漏了，一会儿马桶堵了，一会儿吃坏了肚子，儿子烦不胜烦，就和女儿商量，女儿也可以呀，就让老头住到她家。

可还是不行，女儿是个闷葫芦，女婿也是个闷葫芦，老头和外孙女说说话吧，外孙女说：“外公，你别说话，我要写作业。”

老头在女儿家住的时间更短，又折腾回去了。

现在无论是老头自己，还是儿子或女儿，也都安分了，反正都试过了，心意也表达过了，折腾也折腾过了，没人管得了他，也没人愿意管他，老头你爱咋的就咋的吧。

从此老头就一直一个人住了。

老头的房子是老公寓房，没有电梯，他住四楼，早几年子女来看他，爬上四楼直喘气，老头还很骄傲，说：“呵呵，你们年轻人都不如我个老头子，我上四楼，噔噔噔地，轻松。”

子女纠正他说：“没有年轻人了，我们也都人到中年往老年奔了。”

老头仍然骄傲，说：“我才不管你们中年老年，我反正永远都比你们老，你们的身体还不如我。”

子女就假装恭维说：“那是那是，老爸你可不是一般人，更不是一般的老头。”

可是现在不行了，老头七十五了。

七十五的老头就是一个普通的真正的老头了。

他还以为自己是个老英雄，爬上四楼想不喘气，憋住，结果憋得呛出了一口血。

有一次老头的一个邻居在路上偶遇老头的儿子，拉住说了大半天，说他好几次看到老头坐在三楼的楼梯那儿，坐了半个多小时，那一层楼不过十几级台阶，硬是上不去。

子女商量，说要给老头换电梯房，老头说：“不换。”

子女说：“你明明爬不动了，还要硬撑？”

老头真是硬撑，不服，说：“谁硬撑？你们不懂的，这是锻炼，人家没有楼梯还特意找楼梯爬，我这是天天免费锻炼。”

子女说："按科学的说法，爬楼梯不是锻炼，伤膝盖的。"

老头说："那是你们的科学，我的科学跟你们不一样。"子女跟他顶嘴，他又不高兴，口气很冲，说："干吗，我在这里住了几十年，住得好好的，干吗要挪窝？你们难道不知道，人老了，不能随便换地方住，再说了，换电梯房，你们嘴上说得轻巧，那要多贴多少钱你们不知道吗？"

子女态度还真不错，商量着说："老爸要是考虑钱的问题，那也是好商量的，要不这样，差额部分，我们三方各出一点儿，老爸你用一点儿积蓄，我们兄妹各补贴你一点儿。"

老头来火了，说："干吗，你们这么着急就来惦记我的积蓄啦。"

老头的不讲理，子女其实是习惯了的，可以不生他的气，但就因为是子女，所以还是生他的气，不理他了，不换就不换，爬死你拉倒。

换房的事情就不了了之了。老头仍然天天爬四楼，有时候要出去买两样东西，结果只买了一样就回来了，不行，再跑一趟，赶上刮风下雨降温，就感冒了，子女临时请了个保姆来照顾几天。

老头要强，从来都不要别人照顾，但现在他发烧了，浑身疼痛，想赶人走的力气也没有，只好被伺候了几天。

子女觉得事情有转机了，既然老头不肯跟他们住，也不肯换电梯房，不如给他请个长期的保姆，照顾着，也好让子女安心过自己的日子。

他们跟保姆也说好了，保姆虽然不喜欢这个老头，但是那几天因为老头病着，没有力气作怪，所以觉得还算好对付，提了点儿薪金的要求，子女都答应了，保姆也就做好了长期做下去的准备了。

哪料这老头，身体刚一好转，精神头起来了，就开始作怪，对保姆吹毛求疵，求全责备，这儿也不舒服，那儿也不满意，气得保姆向他的子女投诉，子女好话说尽，又勉强留了一阵，但终究还是被老头气走了。

保姆走了，老头一有点儿小事，就大惊小怪地喊子女，作天作地作人。

子女只好又过来，批评他说："你是存心的吧，这么好的保姆，打着灯笼也难找，你这不是跟她过不去，你是跟我们过不去。"

老头说："你们懂个屁，你们只会看表面现象，我才心明眼亮，假模假式抹一把灰，角落里看不见的地方，从来不搞，烧的菜，就是猪食，我一个月要给她几千块，我傻呀。"

那子女说："爸，那保姆的费用我们替你出。"

老头说："你们就不会好好说话，什么叫我们替你出，老子不是你们的亲老子吗？还什么替不替的——你们出也不行，我不要人伺候。"

子女又迂回曲折，说："要不，重新换一个试试？"

老头果断地说："不要，天下乌鸦一般黑。"

真是油盐不进，子女真急了，批评老头说："你就不能看看别人好的地方。"

老头说："干吗，我都敷衍了一辈子了，说了一辈子谎话、假话，临到老了，还要我说谎话、假话，明明不好，要我说好，休想。"

他见子女不服，又再上纲上线说："告诉你们，保姆是有意图的，她还问我有多少存款，还关心我能活到几岁，哼哼，跟我玩儿。"

他的子女也蛮固执，虽然老头很犟，他们也跟他来硬的，又自说自话给他物色过好几个，硬塞进老头家里，但结果都被老头用各种不同的手段一个一个地撵走了。

子女怎么办呢？日子不得太平，再想办法呀，又商量说："爸，你老了，一个人独住，我们总是不放心，也影响我们的正常生活呀，现在外面的养老院，今非昔比了，已经很赞了，条件比高档的宾馆还要好，你要不要先找几家去视察视察……"

老头一口回绝，说："养老院我不去，我又不是绝子绝孙，我去什么养老院。"

子女说："现在养老院里，住的都不是孤老，都是有儿有女的，为了老人有个幸福的、有尊严的晚年，还是进养老院好。”

老头说：“干吗，我七老八十不能动了吗？”

子女面面相觑，捂嘴嘲笑。

老头确实已经七老八十了。

子女说：“爸，你哪怕今天不进，明天不进，恐怕总有一天要进的，现在条件好的养老院都要提前排队的，要不我们先去报个名，排到了就住进去。”

老头依然反对，说：“我才不要排什么队，要排队，干脆直接去火葬场排队算了。”

反正子女说不过他，也拿他没办法，只好退让：“那就由你去了，不过你要明白，你老了，你要服老，不要乱走乱动，不要自说自话。”

老头不服呀，老头说：“我老什么老，我学校的后辈同事看见我都说：‘姜老师你看着真年轻，你怎么不老的，你驻颜有术。’呵呵。”

子女嘲笑他说：“这种敷衍的话你也信？”

就这样，老头过着过着，就到七十五了。

七十五怎么样呢，七十五也不怎么样。就是有一天老头突然心里一悸，他感觉到了，那个东西来了。

那个东西，就是一个字，“老”。

这个“老”，真不是个东西，它一来，人的心里就没着没落了，一下子变得空空荡荡。一辈子人生积累了那么多的财富，好像一夜之间就清空了。

老头有点儿慌了，有点儿屄了，“老”就是这样毫不讲理地、野蛮粗鲁地冲过来了，老头即便是一座铜墙铁壁，它也穿墙而过，来了。

老头防不胜防，不认也得认了。

老头虽然一辈子倔强，可到了这时候，谁也倔不过“老”，还是识个时务吧。老头叹了一口气，偷偷地从退休同事那儿搞了一本老年手册，据说那上面列出了上百种之多的老年人需要注意的事项。

老头回家翻阅，看到手册里里外外、前前后后处处都是“老年人”三个字，心里就别扭，再看看里边的内容，更是气儿不打一处来，什么“三不五要”，什么“七走八不弯”，什么“九吃十不碰”，几乎全部都是针对老年病的，除此之外，就是吩咐老年人，要早做准备，要把金融账户交给子女，要提前写好遗嘱，要提前定好丧事怎么办，免得到时候子女手足无措。

老头看出了一肚子的气，同时也明白了一个道理，大家的共识就是，人老了，只需要做一件事：等死。或者说得文雅一点儿：为死做好准备。

老头不要等死。老头要发挥余热，可这余热不仅没人要，还被人嫌弃。有一次家庭聚会，老头看到上初中的外孙女闷闷不乐，一问，才知道老师布置的作文没完成，不会写，这个事情，对教过多年高三语文的特级教师姜老师来说，真是手到擒来，瞒着女儿，三下两下就辅导出来了，老头骄傲地对外孙女说："交上去，等着老师表扬吧。"女儿知道后，要阻止也已经来不及了。

结果当然不出预料，老师才不喜欢这样的作文，给批了个头臭，打了好多红叉叉，还当成反面教材在课堂上念，甚至还把家长叫了去，说这样写作文，孩子就废了，就毁了，什么什么的。

哪儿跟哪儿啊。

老头急得一撸袖子，要去学校找老师理论，吓得女儿全家差一点儿给他跪下了，求他别再多事了。

老头一边心里不服老师，一边又自知理亏，嘀咕道："我就是想发挥点儿余热……"

儿子立刻打断他说："爸，你就饶过我们吧，你那点儿余热，不发挥也罢，你一发挥，把我们都烤焦了。"

老头无言以对。老了，不等死还能干什么呢？他心里很清楚，已经没有人也没有事需要他了。

老头实在心有不甘，一个人，怎么说废就废了呢，从前风光的日子还在眼前，还没转身就没落成这样？前些时在微信朋友圈里看到有人写文章说，如果没有什么事，妈就先死了。

这文章老头读了一下，没读完，不想读了，太悲观了，那时老头还想，年轻有年轻的风光，老了有老了的风景——可是，现在老头明白了，没有风景了，老头看不到风景了。

老头很郁闷，却又无法化解这样的郁闷，老头生自己的气，也生子女的气，他把气儿都撒在儿子身，他还跟儿子上纲上线，简直把儿子当敌人了，他指责儿子说："姜渐行，我告诉你，老人也是人，你们别把老人不当人！"

儿子不客气地说："老人要自尊，要自己把自己当人。你看看别的老人，人家是怎么过日子的。我告诉你，人老了，最要紧的是惜命，怎样惜命？养生呀，保健呀，运动锻炼呀……你老了，但是你在干什么呢？你在跟儿女作对、给儿女添堵。"

老头再一次低下了倔强的头颅，好吧，新的日子，就从养生保健开始了。

养生的学问可大了，好在现在网络太方便了，有很多很多的养生保健知识学问，分分钟都能搞到，老头感觉自己太富有了，他觉得一天二十四小时不睡觉，都来不及学习新知识，他的学习热情前所未有地高涨。

但是很快，老头碰到问题了，老头蒙了，他学习的许多东西，都是自相矛盾的，老头能干，一辈子都没有什么解答不了的难题，但是现在，他一下子竟然就有了许多问题：

喝汤到底好不好；

粗粮到底能不能当主食；

阿司匹林到底吃不吃；

老人到底应该吃素还是吃荤；

……

还有健身的：

正方：光走路不行。

反方：老人锻炼只能步行。

正方：广场舞有利于老年人的腰腿。

反方：腰不好不能跳舞。

正方：倒退走路最健身。

反方：千万不能倒退走路。

……

老头被搞得头晕了，彻底蒙圈。

好在老头向来是我行我素的老家伙，他终究是个想得开的人，后来他终于想通了，不再做知识的奴隶了，爱干吗干吗。

他出门去散心了。

街心公园很热闹，老头找张椅子坐下，享受阳光的沐浴，可是老太们在那里跳舞唱歌，老头不喜欢这种俗气的活动，嫌她们太吵闹，他去叫她们把录音机声音调低一点儿，可老太们不同意，她们说："现在这个时间点，这个地方，没有影响到谁，社区没有意见，群众也都没有意见，我们为什么要听你的。"

老头说："影响到我了，我有意见……"他本来还准备了一大套的理论来跟她们争个高低，结果一下子围上来一大堆老太。

也有好心人在旁边提醒老头说："别跟老太计较，老太很厉害，有一次把跟她们抢场地的高中生都打哭了。"

老头其实心里清楚，"老"已经来了，不能再像年轻时那样快意人生，该受的气也得受了，可他心里实在不服呀，至少，嘴上不能认输呀，所以仍旧嘴凶说："敢！谁敢？"

一群老太都哄他，嘲笑他，七嘴八舌，把老头脑袋吵晕了，算了算了，好男不和女斗，哪怕她们都已经活得不像女人了，但她们毕竟还是女的，没有变性，女人没弄头的，老女人更没有弄头。

老头起身，离她们远一点儿。另一边有人在下棋，这个活动老头觉得尚可，他过去参与其中，跟人下一盘，可是没走几步棋，就心知不是对手，心里不爽，嘴上就废话连篇，贬损别人。

老头嘴凶损人，人家也不会乖乖吃进，虽然嘴上占不了便宜，却可以手下无情，几下反击，就将了老头的军。

想当初老头工作时在同事中棋术也是数一数二的，没想到这一日流落到街头，反而如此不经一战，脸上挂不住，将棋盘一推，不玩儿了。

人家嘲笑他，说："老头真输不起，哈哈。"

老头嘴还凶，说："谁输了？棋没下完，谈不上输赢。"

旁边的人就起哄，说："是呀是呀，一盘没有下完的输棋。"

老头拍拍屁股就走，离他们远一点儿，这些人，小市民，没境界，没意思，没共同语言，宁可一个人坐远一点儿，哪怕抬头看看天上的云，低头看看地上的蚂蚁，也比跟他们搅在一起有意思。

老头确实打心眼儿里瞧不上他们，觉得他们一辈子浑浑噩噩，没有追求，没有理想，浪费宝贵的时间，但他又忍不住每天要来转一圈儿，哪天不来，好像当老师的没有上课一样心里不安。

其实老头和公园里的老人互相也都认得，甚至知根知底，都知道是附近哪个小区的，但是因为老头不屑与他们为伍，他们也就只当不认得他、不知道他是谁。所以当面背后都喊他老头，连姓也没有。

他坐下的时候，就有人喊："喂，老头，你让开，这里我们要放东西的。"

他生气，说："我不姓'老'。"

也有一个有知识的老人，调侃他说："哦，原来你不姓'老'，我们都以为你是老子的后人呢。"

被老头抓住了把柄，立刻就批评人家说："你自以为是，老子姓'老'吗？"

人家自愿落败而去，不跟他斗。

老头是有点儿学问的，他知道老子姓李，但是说过那句话之后，心里不知怎么有点儿不踏实，回去查了一下，居然也有老子姓"老"的说法，他就有点儿心虚，怕下次别人来跟他对证，反击他。

老头真是想多了。

其实才不会，根本没有人关心他姓什么，更不关心老子姓什么。

就这样老头靠近了热闹，然后又远离了热闹。他一个人坐到角落里，看着远处来来去去、热热闹闹的世界，那个已经爬上身的"老"字，再一次敲打了他。

后来，骗子就来了。

骗子选择老头下手，不是随机的。他们选择对象，是有一套完整的、规范的程序，以及积累了多年的丰富经验的。

人选的主要特点：年纪偏大，耳朵不好，有房，有存款，老伴儿去世，子女不住一起，不服老，有个性，固执，有一点儿知识和业余爱好，自以为是，孤独，怕老，怕死。

对照以上这些，老头简直完美。

所以骗子是准备了足够的信心才出场的。

这个骗子年纪虽然不大，但他出道早，在他们的行业中，早已是个出类拔萃者，不说身经百战，也是久经沙场了。

骗子来的时候，老头一个人远离喧嚣，坐在公园一个角落长椅上，骗子走到老头身边，并不坐下，却是盯着老头的身体，上上下下看了一会儿，满脸赞叹地说："老人家，您这身材体形，没的说，比年轻人还……"

老头下意识地朝自己的身体看看，满脸警觉地说："你看我身体干什么……"想了想，觉得有点儿吃不透，他发现骗子又在盯着他的手看，又说："你这是什么新套路？"说着说着，不知道怎么竟有点儿心虚，将两手朝身后一背，心想：怎么，你还能把我的手砍了去，按指纹开密码？

那骗子则两眼放光，兴奋地说："老人家，您的体形保持得这么好……"

老头嘲讽他说："你看我的体形干什么，我又不是美女，我也不做演员，我也不要参加老年模特队，要体形有什么用……"老头想了想，又感觉有点儿骄傲，撒娇说："不过你别说什么保持，我可不是保持出来的。"

骗子笑了，说："那您是天生丽质。"

老头有点儿高兴，但他假装不高兴，说："不会用词就别乱用，'天生丽质'那是说女人的。"

骗子说："哦，对的对的，那您这是基因好啊——一看您就有长寿的基因啊。”

什么骗术都很难拿下的贼精的老头，就这“长寿”二字，一下子击中了老头的心脏，他只觉得心里怦了一下，就有点儿乱了。

全在骗子的台本和算计中。

老头不光怕老，老头还怕死。

其实我们都知道，“老”，从来就不是单独而来的，和“老”一起来的，必定还有一个字，“死”。

“死”这个该死的东西，比“老”更烦人，它虽然不像“老”那样具体而实在，但是它会持续不断地在你的肉体上体现出来，告诉你，你老了。而“死”，则是个捉摸不透、行踪不定的家伙，时不时地，它就从不知什么地方冒出来，无痛无痒地提醒你说，你别忘了，我在你身边呢。

真是让你又痛又痒。

不过这也算不了什么，没啥了不起，一旦进入老年，年轻时完全不在乎、不知道、不想知道的许多想法，就随之而来了，其中最缠人、最黏人的就是那个“死”。

人人都一样，谁也不比谁更想得开，谁也不比谁更潇洒，而且据说，个性越强的人，比个性软弱的人更在乎、更敏感、更慌张。

有一回过什么节庆，家里人一起聚餐，儿辈们的兴趣无非是升职加薪，他们相互显摆，互相攀比，老头瞧不上他们那点儿出息，哼了两声，还是去听听孙辈的话题吧。

那边正在大谈未来。

老头更是一头的恼火。

未来对于老头，简直就是一个恐怖的定时炸弹，谁不小心提了，炸弹必定会被引爆。

可是孙子和外孙们并不知道，即便知道了，他们也不会在乎，一个很 low 的老头，不喜欢未来，关我们何事，我们喜欢就行。

所以他们自顾大谈以后的日子：

一个说："2035 年，我们要从地球前往火星。"

一个说："2045 年，人类将永生不死。"

另一个反对说："不对，2045 年，人类将彻底毁灭。"

再一个说："2055 年……"

老头一听什么 2035、2045、2055，没来由地就心悸起来，慌得不行，却又无法表达，心慌渐渐演变成火焰，瞬间就火冒三丈了，冲着儿子吼道："你要的这个饮料，一股怪味儿，这是人喝的吗？这是要喝死人吗？"

真是无缘无故莫名其妙，大家面面相觑。

虽然儿子随他，天性聪明，但儿子毕竟没到那个年龄，他无法体会老头的心情，他哪里知道老头是怕死了呢，他哪里知道老头是因为知道自己看不到几几年几几年才发火呢。

儿子生气地说：“爸，你好好的日子就好好过，不要作天作地，作死作死，不作不死。”

老头就忌讳这个“死”字，也不顾忌脸面了，也不充英雄装好汉了，冲着儿子嚷嚷：“你一口一个死不死的，你是不是巴望我早点儿死……”

儿子毕竟基因强大，脑子反应够快，顿时就领悟了，赶紧说：“哟，原来爸是怕‘死’了啊，你放心，你放心，爸，你就是个老不死。”

“老不死”本来是个骂人的词，可是现在在老头听来，却很受用，老头瞬间转怒为喜，哈哈笑起来，说：“老不死好，我就做个老不死的。”

女儿看不过去，说：“‘老不死’太难听了，不如叫‘老寿星’吧。”

大家互相挤眉弄眼，嘴上恭称“老寿星”。

老头老了后，和别的老人都差不多，身体各方面机能都逐渐退步，耳朵听力下降，尤其是分辨率越来越低，很多声音听得见，却听不清，都要反复问几遍，开始以为他心不在焉，不耐烦一件事情反复说，所以都烦他，后来才渐渐发现，不是他心不在焉，是耳朵老了。

老头记性也差了，最突出的症状就是脸盲。老头从前可是个记人脸很厉害的角色，许多陌生人，他只要看到过一两眼，就会过目不忘；但凡教一个新的班级，全班五十多个学生，只要一两天时间，他个个都能记住。而这个特长，现在却恰恰成了老头的弱项。也许就是应了一句老话："出来混迟早都要还的。"你年轻时记人脸的本事比别人大是吧，到老了，记人脸的本事就比别人弱，这也算公平。

好在人老了，也不需要结识很多新人了，记得不记得，也都无关紧要，有鸡汤文章写得好，说余生只需和自己喜欢的人来往。那些见过后就忘记的人，分明就是自己不喜欢的、没缘分的，忘记也罢。

可是老头总觉得自己不是一般的老头，一方面，老头不觉得"余生"两个字应该和他联系在一起。可是另一方面，他心里很清楚，"余生"已经紧紧地纠缠住他了，来日无多的想法，每天都在敲打老头的心脏。

以至于，这会儿骗子口中轻轻地吐出来的那两个字，"长寿"，一下子就击中了他的心脏，他的心顿时乱了起来。

骗子击中了老头，就扬长而去了。

天色也差不多了，老头该回家了，可他却发现自己走不动了，腿软了。

都是那"长寿"两字惹的事。

老头有气无力地往回走，挪到公园门口时，发现公园门口的空地上，摆起了长桌，立着水牌，有两个身穿白大褂的人，一字排开坐在桌子后面，周边围了好多人。

老头过去，看到那块水牌上写着"生命工程""生物技术”之类的字，还有两个超大的红色的字：基因。

再细看下面的单位落款，是“捷亿生命工程有限公司”。

其中的一位“白大褂”正在给一位妇女耐心地解释基因的种种原理，挺复杂的，妇女听了个似懂非懂，却连连点头，表示自己听明白了。

老头插上前去说：“你们是大夫？你们是来义诊吗？”

那“白大褂”朝老头看看，脸色有些奇怪，犹豫了一下，还是指了指自己的脸说：“老人家认不出我了，刚才我们还在公园里聊天呢，难道，您是有脸盲症吗？”

老头哪里肯承认自己脸盲，急急地否认说：“我怎么认不出你，我是故意考验考验你，嘿嘿，嘿嘿，你眼力不错。”一边心想：这就是刚才那个骗子吗？刚才是怎么看怎么像骗子，现在看着，就是个大夫嘛。

老头竟然有点儿激动，像见到了熟人、亲人似的，说：“原来你在这儿，你怎么会在这儿？”

那“白大褂”指了指水牌说：“老人家，我们既是医生，又不是医生，医生是头痛医头，脚痛医脚，我们是从根本上解决问题。”

老头说：“根本？根本在哪里？”

“白大褂”说：“基因呀……老人家，我刚才就跟您说过，从您的体形看，您这个年纪，能有这样的体形，说明您的基因非同一般。”

老头压抑着激动的心情，小心翼翼地重复问了一下：“什么基因？你说的基因是什么？”

“白大褂”告诉老头，基因解码测试，可以测出你的基因，看看你的血统分布情况，就能知道你的基因的优秀程度和长寿的依据，还有，可以测出你会不会患病、会患什么病，最重要的，就是根据基因检测的结果，来认真对待自己的身体，扬长避短，健康长寿。

老头心里又是一阵乱跳，真是句句话说在老头的心坎上。

自从“老”来到以后，“病”也就跟着来了。当然，这些“病”，有的是真毛病，有的是疑心病，老头这几年里，没少怀疑自己，有时候心里毛躁起来，觉得全身都有病，自己把自己吓坏了。

老头刚刚“老”的时候，有一次因为什么事情生气，突然间胸口发闷，气喘不上来了，感觉大限临头，叫了120急救车，送到医院抢救，一量血压，高压180，低压120，老头一听，吓得大喊：“爆了爆了。”

搞得医生都笑了起来，说：“爆了您还这么大嗓门儿？”

儿子也在旁边说：“爆了你就一言不发了。”

老头说：“医生，你别安慰我，180、120，还不爆？”

医生说：“您那是吓出来的，交感神经太兴奋，紊乱……”

老头不承认，说：“我吓什么吓，我又不是贪官，我又不是罪犯，我一辈子清清白白做人，认认真真做事，我有什么可害怕的。”

医生说：“您怕老呀，您怕死呀。”

医生真是一语成谶。

又有一次，老头发现大便呈红色，又赶紧到医院，医生说是痔疮，老头不认，又是肠胃镜，又是增强CT，折腾几天，最后的结论还是痔疮。

现在老头被“长寿”两个字击中，心里一直慌慌乱乱的，好像有什么大事要发生了，他再次凑到“白大褂”跟前，小心地说：“你说的这个基因检测，怎么个检测法？”

“白大褂”说：“很简单的，只要您吐一口唾沫，就可以检测了。”

老头咳了一声，想吐唾沫了，可想了想，又问：“你们这个基因检测，要收钱的吧？”

旁边的人都哄笑了起来。

老头有点儿不好意思，解释说：“我不是说要免费，高科技是值钱的，这个我懂，我就是问一问价格。”

“白大褂”笑着指了指水牌，老头仔细看了一下，水牌上确实标得清清楚楚：“基因检测，一次收费二百五十元”。

老头一看，立刻嚷嚷说：“二百五？这个高科技，才二百五，不贵不贵。”

旁边的人也纷纷附和：

“是呀是呀。”

“不贵不贵……”

老头想了想：不能跟这些没头没脑的乌合之众一个调调，还是得显示一下自己的与众不同，所以又说：“就算给骗了，也不多，不心疼。”

旁边的人也继续附和：

“是呀是呀。”

“骗二百五，不多不多……”

老头重新又到“白大褂”跟前，说：“我做一个，我现在就付给你二百五吗？可是我没带现金呀……”老头掏出手机晃了晃，说：“现在我们出门，都不带现金的，我有支付宝，微信支付也可以。”

“白大褂”笑道：“老人家，您这样真把我当骗子了，我哪能当场收您的钱，我们在这里是做宣传，提供咨询，不是收钱的。我们公司是有规范流程的，是讲规矩的，您可以先扫一下我们的二维码，回去请子女帮您看看，如果真的想做，请他们帮您填个表，也可以让他们先上网查询了解一下我们公司……”

老头说：“干吗要叫他们弄，我自己会搞……”一边说，一边心想：还真不是骗子，因为骗子最担心的就是老人回去告诉子女，这“白大褂”居然还主动让他们回去跟子女说。

“白大褂”朝老头翘了翘大拇指，夸赞说：“老人家，您果然厉害，您的基因，值得测试一下，如果您登录并确定检测，公司会寄一只专用盒子给您，您吐一口唾沫在里边，再寄回去，一周之内，就出结果了。另外，您有了我们的微信，愿意的话，也可以加入我们的基因俱乐部……”

老头回家，戴上老花镜，先登录填写了详细地址，把基因测试的二百五十元转了账，然后又开始研究基因俱乐部的宣传材料，看了半天，也没看出个什么名堂，怀疑是不是自己老了，脑子不够用，有点儿窝火，恰好儿子打电话来问老头小区安装电梯的事情，居委会有没有上门征求意见，老头却不爱听，说：“没有没有，我们小区不装，总共四层的楼，装什么电梯呀，四层楼都爬不动，干脆直接进火葬场算了。”

儿子说：“那他们怎么老给我打电话，跟我啰唆，说你们那一个楼道里，就你一家不同意……”

老头说：“你听他们胡诌！不说电梯了，你有空过来，帮我看看这些基因方面的宣传材料，有个基因俱乐部……”

儿子一听，立刻打断他说：“爸，你付钱了没有？”

老头说：“二百五。”

儿子说：“你真是个二百五，我发个链接给你看看，这个基因骗局已经被揭露了多回了，你还上当……”想想气不过，不是心疼二百五，主要是老头这不听劝的臭脾气太气人，一激动又嚷嚷着教训老头："叫你平时少出门，没事别出门，你偏要出去乱跑，又被骗了吧。"

老头不服说："什么叫又被骗了，我被骗过好多次吗？"

儿子说："你不听我的，以后还有你上当受骗的，骗子就是吃准了你们老了怕死，想长寿，才能得手。"

老头气得一迭声反问说："想长寿？想长寿丢脸吗？谁不想长寿？你不想长寿？"

儿子说："是，我也想长寿，但想长寿也不至于想到去送钱给骗子。"

老头说："姜渐行，你别嚣张，你是没到那时候……"

儿子得意地说："呵呵，到我那时候，早就没有钱了，只有数字货币，骗子找我，我就对他做个手势，喏，二百五，这个数字，你拿去吧，呵呵，呵呵。"

老头知道，儿子炫耀的不是知识，而是年轻。

老头满怀信心等了好几天，也没有收到那个装唾沫的盒子，心里已然清楚，果真上当了。人老了，别说家属子女瞧不上眼，连骗子也专拣他们欺负，老头越想越来气，就这么输给骗子，老头心不甘呀。

老头闷坐了半天，突发奇想，他有事可干了。

老头要干的事情，就是下功夫研究骗子，然后去和骗子打交道。既然满大街都是骗子，案例太多，这样的学问，真是太好做了。

骗子果然又来了。

老头依旧在公园的长椅上坐着，因为百般无聊，他的坐姿简直是无法无天，他尽量地伸展着四肢，坐在长椅中央，本来可以坐三到四人的长椅，被他这样一坐，别人过来再坐，就有点儿局促了。

骗子看到这情形，犹豫了一下，好像在考虑要不要坐下去。

老头稍稍收敛了一点儿，挪出一点儿地方。其实老头是有点儿心虚的，因为他不记得这个人是不是上次的那个骗子，在脑海里拼命搜索也搜索不出来，只好以退为进，以守为攻，想让骗子坐下来，让他慢慢试探和研究。

可骗子并没有坐下，他也没有要坐的意思，老头不高兴，心想：我给你让座，你还不坐，嫌我是个老头吗？

心里一不高兴，臭脾气就上来了，城府也没有了，引君入瓮的计划也打乱了，就直接打人家脸，说："你谁呀，你又不认得我，冲我笑什么笑——'见人三分笑，非奸即盗'。"

骗子不觉尴尬，也不生气，还是笑着，说："老先生，您说话中气很足哎。"

老头说："你的脚本错啦，你应该说：'老先生，您中气不足哎，您需要进补啦。'这样你才可以下手嘛。"

骗子仍然笑，他很低调，老老实实地说：“老先生，我不是卖补药的。”

老头来劲说：“你是卖中气的。”

这个低调的骗子被逗得哈哈哈哈地笑起来，边笑边说：“哎哟，老先生，您很幽默哎。”

老头得意地说：“我幽默吗，那我再来幽你一默，你看你自己，年纪轻轻，大白天都不用上班，到公园的长椅上找人说说话，你的职业，我一猜就能猜到……”老头自我感觉良好，大度地挥着手说：“没事没事，你尽管跟我说话，我才不怕和你说话，说说话不会把银行卡上的数字说没了……”他伸手指了指远处跳舞下棋的那些老人，说：“我可不是他们。”

骗子赶紧拍马屁说：“那是那是，一看就知道，您心态很年轻，不像我妈，天天在家里唉声叹气，开口闭口我老了，我不行了，我透不过气来，我直不起腰来，我记不起事来，我怎么怎么的……”

老头其实也有“透不过气”“直不起腰”“记不起事”类似的诸多情形，但他不愿意承认，他挺了挺腰，硬呛呛地说：“我还好啦，跟从前没有什么区别……”他一边说着，一边又横了骗子几眼，目光如炬那种，又说：“喂，你老是绕在我身边到底想干什么，我一开始就跟你说过，你休想。”

骗子说：“我什么也没想，我看您挺有学问的，喊您老师吧。老师，我姓马，您喊我‘小马’就行。”

老头说：“切，我为什么要喊你‘小马’，我认得你吗？”

那骗子小马笑道：“没事没事，老师您不喊我‘小马’也不要紧……”

老头开始卖弄那些他用心研究得出的关于骗子的学问，指了指“小马”说：“你是不是刚刚出道，连行情都没搞清楚，你们干那些事情，也都与时俱进嘛，开始卖点儿假保健品，兜售伪劣日用品，后来转型升级，都是网络诈骗、电信诈骗了，人都没见着，连声音都是假的，钱就没了——可你这又算什么，重新回到真人出场？这一套，早就过时了……”

骗子小马只是笑，未置可否。

老头得意扬扬，穷追猛打说：“怎么，无话可说了？你这么快就演不下去了？你是脚本台词没背熟吧，业务不够精进哦。要不，就是你背的剧本台词不适合我这样的对象——我告诉你，我这样的对象，一般的台本，你们对付不来的，你们得为我量身定制，哈哈哈哈。”

这样看起来，骗子小马还真是个菜鸟级别，不然怎么刚一上阵，就被老头劈头盖脸一顿，脑袋砸晕了，真把脚本全忘了，再也对不出台词，最后他快快地离开了。

老头在背后嘲笑他，骗子小马已经认了输，也不想和老头争高低了，他恐怕也不是老头的对手，他加快脚步，一会儿都快到拐弯处了，就听到那老头在后面喊了一声："喂！"

骗子小马不以为是喊他的，没有停步，老头只好喊他名字了："喂，那个，姓马的，小马。"

骗子小马这才回过头来，朝老头张望，他不敢确定老头是不是喊他的，所以抬手指了指自己的鼻子。

看到老头朝他招手，他就赶紧回来了。

老头说："你又有机会了。"

骗子小马满脸通红，说："老师，老师，您不是当老师的，您是警察？"

老头更加得意了，朝自己翘了翘大拇指说："我比警察厉害。不过你也不用太过自责，这不是你的错，你也没有拿错脚本，是因为你没料到，我这个人是高度地不配合，我一不配合，你就乱了阵脚，临时编不出台词了。啊哈哈哈哈……"

骗子小马唯唯诺诺，满脸惶恐，直朝老头作揖，说："老师，老师，谢谢您的指点，不过，我还是向您介绍一下，我是专门做养老投资的……"

老头一拍巴掌，大声道："哎呀，踏破铁鞋无觅处，得来全不费工夫呀，我正想要找人咨询'养老投资'的事情，你就找上门来了，时机掌握得太好啦。"

骗子小马没有听出老头暗藏的讥讽，兴奋地说："是呀是呀，现在养老投资，可是大热门，您只要投入一张床的钱，下半辈子，无论您活多久，哪怕一百岁、一百二十岁，您都可以衣食无忧。”

老头也说：“是呀是呀，我早就听说有这样的好事，一直也找不到它，想不到今天好事找上门了……喂，小马，我跟你说，不光我要做养老投资，我的好些个老同事，他们都委托我了……”

骗子小马两眼放光，正欲往下再干什么，他的手机响了起来，骗子小马接了手机后，对老头说：“有点儿急事先走了。”

老头心里哼了一声：还玩儿欲擒故纵呢。

骗子小马说：“老师，明天下午我还会来这里。”

老头立刻配合说：“当然当然，我明天下午也会来，我还会约我的老同事大家一起来呢。”

骗子小马走后，老头并不急着起身，他意犹未尽，重新回忆了刚才的整个过程。有了这第一回合的全胜，老头自我感觉大好，信心百倍，开始酝酿明天的内容，很快老头就把自己的台本想好了，而且还备有预案，万一骗子不按他的台本对话，他还有第二本、第三本……第 N 本，随机应变。

老头甚至开始设想明天下午他和骗子第二次见面的场景，并且预估了几种情况：也许是小马先到，也许是老头先到，或者巧起来，他们两个人心有灵犀一起到了。

如果是小马先到，坐在长椅上等老头，老头看到他，就说："哟，你在等我？你知道我会再来？"

小马会说："是呀，我知道您会再来。"老头会接着说："我要是不来呢，你不是白等了？"

小马就说："我猜想您会来的，您不来，一个人待在家里不难受吗？"

如果是老头先到，然后老头看到小马来了，会有一种未卜先知的骄傲，老头会说："我就知道你会再来。"

小马当然也有应对的台词，小马应该说："老师，您果然信守承诺。或者，老师，您很准时，之类的。"

如果两个人一起到了，那就不用说了，那真是有缘千里来相会啊，等等。

总之，他们之间的第二个回合就开始了。

老头的思绪像奔跑的野马，奔着奔着，就歪了方向，他突然就产生了第四种想法：骗子不来了。

这个念头让老头有点儿坐立不安了，一想到自己坐在长椅上焦急地等待骗子的情形，老头情绪就有点儿低落，他好像看到了那个望眼欲穿的孤独的老头，他甚至开始自我怀疑，他不够自信，他有点儿沮丧了。

他一直以为是自己把小马给耍了，可是如果小马一直不出现，老头就会担心，很可能是自己被小马给耍了，已经被耍了。

一想到这儿，老头顿时紧张起来，他拿出手机反复地查看有没有银行的短信通知，如果骗子得逞，钱已经被搞掉了，短信通知就来了，但是短信通知一直没来，今天大半天，手机一声也没有响。

没人搭理他。

老头定下心来，前前后后、反反复复想了个遍，又重新鼓足了信心，因为他是有备无患的。知己知彼，百战百胜。他相信明天骗子小马一定会再来的。

这才心满意足地站起来，拍拍屁股，回家。

因为心情不错，老头晚上特意给自己多烧了两个菜，还倒了点儿黄酒，香喷喷地刚要开吃，儿子和女儿一前一后回来了，说是刚下班，直接就过来了。

老头说："干吗这么急，看我死没死啊？"

女儿不高兴地说："刚才我往家里打电话，你没接，下午又出去了？"

老头今天高兴，跟女儿说话口气也好一些："哈哈，今天你哥不监视我了，换成你监视了？"

女儿好言相劝说："爸，我们不是不让你出去，你出去可以，散散心也好，但是不要随便和陌生人说话……"

老头立刻打断她说："出去了不和陌生人说话，那谁来跟我说话，哪里有那么多熟人啊？熟人都顾着忙自己的事情，哪有时间、哪有心思来跟你说话！"老头今天发挥得好，越说越来劲，脑洞大开，简直刹不住车。

女儿耐着性子说："爸，你找什么人说话不好，偏去找个骗子说话，还是我哥说得对，不作不死，作了要死。"

老头说："是，我就是作死，我告诉你，我和骗子已经达成协议，明天继续，要不，明天下午你不要上班，也不要接孩子，过来看看，抓他个现行。哈哈。"

女儿知道老爸戗她的，她自己一大摊子事，哪有时间去配合老头作妖作怪，所以女儿赌气说："随便你，随便你，反正我和我哥话都说尽了，你就是要小心，不能随便和陌生人说话。"

老头嘎嘎嘎地笑，阴阳怪气地说："不和陌生人说话，又没有熟人说话，那我岂不是成了哑巴？莫非，你们的意思，是要叫我给你们找个后妈，那后妈就不算是陌生人了是吧，就可以和我说话、陪我出门了，是不是？"

老头一击就击中了要害，女儿顿时哑巴了。

老头得意忘形乘胜追击："就算找后妈，那我也得找呀，我得出门找呀，我要慢慢物色呀，我要好好相处，要培养感情，不能拉在篮里都是菜，不能瞎猫碰个死老鼠吧，死老鼠当你们后妈，你们也不乐意吧。"

女儿彻底败下阵去。

儿子在一边嘲笑妹妹，说风凉话："你就别对牛弹琴啦。"

老头还没尽兴，继续废话说："关于后妈的事情，你们都不肯表态，那我就知道你们的态度了，你们是不想我给你们找后妈，我懂我懂，与其让我去找后妈，还不如让我找陌生人去说话。"

儿子女儿都不是他的对手，无论是在电话里，还是当着面，都被他怼得无语，张口结舌。

两人都上了一天的班，肚子都饿了，当然就在老爸这里跟着吃了。老头朝他们俩看了看，怀疑说："你们是约好的吧，知道我今天加餐？"

儿子说："不知道不知道，真不知道你做了这么多菜，莫非你知道我们要回来？"

"呸。"老头气道，"要是知道你们回来，我就等了你们回来烧给我吃了。你们约好了回来干什么？"

儿子生气说："爸，你真没良心，今天是什么日子，你忘了？"

老头翻了翻白眼，想不起来，说："今天什么日子？我生日？"

儿子说："你生日个鬼，今天是农历七月十五。"

"哦。"老头呵呵一笑，说，"今天鬼生日。"

农历七月十五，俗称"鬼节"，有烧纸给先人的习俗，老头竟然忘了，儿子和老子犯冲，见面就掐，这会儿更是抓住了老头的把柄，唠唠叨叨，怪老头这么快就忘了相濡以沫多少年的老伴儿。

可他哪里是老头的对手，老头哼了一声，就开腔说："我没良心？我忘了？你们都记得是吧，你们特意回来给老娘烧纸，真的是惦记老娘吗？真的是孝敬老娘吗？"

女儿见老头开腔，知道刹不住车了，埋怨哥哥说："叫你别多嘴，烧纸就烧纸，废什么话。"

儿子却不服，犟嘴说："就是老头不对，忘了谁也不能忘了老娘嘛。"

老头说："哟，就你们记得老娘。我还不知道你们这对宝货，你们不是孝敬老娘，你们是想要老娘保佑，你们就怕忘了给老娘烧纸，老娘一生气，不保佑你们了。"

老头今天兴奋，废话比平时更多，也更难听，好在子女也习惯了他，随他满嘴胡言乱语，只当老头放屁。

吃过了晚饭，感觉时间还早，这时候烧纸，也太应付了，就坐下来聊几句，老头忍不住用已经准备好的明天针对骗子的台本吹嘘起来，刚刚说了养老投资几个字，儿子女儿立刻跳了出来："老爸你又来了，老爸你又来了，跟你说不要去跟骗子接触……"

那老头的脸笑成了一朵菊花，得意道："这一次，我要搞个大的让你们瞧瞧——不过，不是骗子骗我，而是我骗骗子。"

儿子女儿一急，就胡言乱语起来：

“你还想骗得了骗子，你肯定已经被骗子骗了。”

“你赶紧把手机拿出来，让我看看你的微信。”

“你扫了二维码？完了完了，倾家荡产了。”

“你点开那个链接了？完了完了，败尽家业了。”

“你是不是支付宝微信都绑上卡了？”

“你是不是银行卡里已经没钱了？”

“是不是他说什么你都觉得说到你心上？”

“是不是你觉得他是你的贴心人？”

“坏了坏了，这就是骗子呀。”

“坏了坏了，骗子就是这样行骗的呀。”

……

你一句，我一句，简直把老头说成个傻子、呆子，老头倒不生气，因为他胸有成竹，他还撇嘴一笑，十分瞧不上子女，说：“瞧你们这点儿出息，这点儿胆量，不入虎穴焉得虎子，我告诉你们，你们的老爸，不是普通的老爸，骗子被我玩儿得滴溜转……”

子女胆战心惊，继续胡说：

“哪有骗子这么傻的。”

“哪有骗子承认自己是骗子的。”

“明明就是故意装出来蒙你的。”

“明明是特意准备了搞你的。”

什么什么……

子女说得口干舌燥，老头根本听不进去，最后儿子急得一拍桌子说："爸，你自己想想，你都七老八十了，这把年纪，还在外面惹是生非，哪里见过你这样的老……"

他们说无数句老头也没生气，可这句话一出来，老头来火了。他不怕别人说他蠢，因为他不蠢，他不怕别人笑他low，因为他觉得自己很潮的，天不怕地不怕，就怕别人说他"老"，因为他真的老了。

老头来火说："既然你们这么说，那我就实话告诉你们，我和骗子约定了，明天见，不见不散。"

儿子女儿吓得赶紧闭嘴，到阳台上烧纸去了，这个老爸太不靠谱，还是去求求老娘吧。

烧纸的时候，他们照旧念念叨叨，无非就是要老娘保佑子女一家老小健康平安有福，老头又听不下去了，在旁边多嘴多舌说："怎么，就光保佑你们，不保佑我吗？"

儿子气不过，说："你都要找后妈了，还保佑你？"

老头说："知道知道，就怕我找后妈……"等儿子女儿搞过，他也跨到阳台上，对着那只装满了纸灰的铅桶说："算了算了，虽然你活着的时候那么凶，现在我不跟你计较了，毕竟夫妻一场，我也给你烧一点儿吧，来来来，拿去用哦，十个亿的美金哦……"嘴上说着，脚下不慎被搁在阳台上的拖把绊了一下，话音未落，人就倒了。

儿女在屋里，收拾收拾打算撤了，结果就听到声音了，先是阳台那边扑通一声闷响，紧接着就是啊呀呀一声巨大的惨叫。

老头摔了个髋骨骨折。

下

伤筋动骨一百天，可医院的病床那么紧张，可不能给你住一百天的，手术后一周，老头就被赶出来了。后面等病床的病人排着长队，好多都在走廊里躺着，就算你脸皮厚，好意思赖，医院也不能让你赖。

以老头的脾气，是要和医院吵架的，是要赖在医院不走的，但是老头怕“病”，怕“病”的人都怕医生，虽然手术已经做了，而且做得很成功，但是接下来的休养、康复，都是要靠医生指点帮助的，老头不敢把医生和医院得罪了，只能把怨气撒在子女身上。

老头躺着不能动，出院回家，子女也抬不动，出高价请了两个民工，借了一副担架，车子开到楼道口，刚下得车来，还没开始登楼，老头就“啊呀啊呀”乱叫起来，嫌他们动作太粗鲁，又骂子女不顾老人死活，两个民工也是一路抱怨，这么难搞的老头，至少要请四个人抬，子女又劝老爸又劝民工，看两个民工确实不好抬，还得上前帮忙，大家吵吵闹闹，引来一大堆看热闹的邻居。

老头心里冒火，一个千年不倒的老英雄，居然躺在担架上要四个人抬，老头感觉老脸丢尽了。

这老公寓楼的楼道都窄，一副担架拐来拐去，一会儿抬过头顶，一会儿又需要倾斜着走，这一倾斜，老头就往下滑，一滑，就动到伤处，疼得哇哇大叫。

没办法了，停在二楼拐角处，四个人都喘气，其中一个说："这样上不去，一个人比一个家具难弄多了。"另一个说："只有找绳子来捆上了。"

老头憋屈啊，可是再大的憋屈也只能自己咽下去，自己酿的苦果自己吃，老头被紧紧捆在担架上，扎得像个粽子，众人这才跌跌爬爬、步履艰难地回到了家。

回家的日子更难过，老头不能动弹，吃喝拉撒，都要人伺候，子女受不了，在医院时，请个护工，花钱虽然心疼，至少给自己和自己的小家庭买个安逸，现在麻烦大了，一个老头摔倒，搞得几个家庭的日子都乱了。

儿子女儿商量着，还是得把老头送出去，老头一听，马上喊了起来："养老院我不去，我跟你们说过，养老院我决不去，我又不是绝子绝孙，我去养老院干什么？"

儿子急了，说："你就当你是绝子绝孙好吧。"

老头说："不能，你这样活生生地竖在我面前，我不能假装看不见，假装以为你不存在。"

女儿说："爸，我们给你找的，不是养老院，是护理院……"

老头的嗓门儿更大了，简直就是在叫喊了："护理院？那更不能去，你没听人家说，养老院是等死，护理院是送死，我们学校那个江老师，你们也认得的，一个小中风，治疗康复得很好，没什么后遗症，没有什么大不了，出院前我还去看过他，好好的，结果回到家里因为子女不肯照顾，送到护理院，你知道怎么护理，绑起来就是护理，不许走动，不许下床，很快就肌肉萎缩，没几天就翘了。"

儿子女儿面面相觑，一时无语。

老头就在家里赖着了。

但是老头很快也就明白了，在家里的日子，实在是太不好过了，先是请了个护工，可不满一天就逃走了，然后儿子女儿轮番请了假护理他，可他们哪是护理人的样子，他要想喝口水，儿子就抱怨："你有那么渴吗？明明知道自己上厕所不方便，还硬要喝那么多水，你这是折腾自己还是折腾我呢。"

他真的渴了，但只得忍着，因为儿子说得没错，和口渴比起来，上个厕所要痛苦得多。

女儿则是另一种风格和腔调，女儿跟他说话，是带着哭腔的，苦肉计，说："爸呀，爸呀，我昨天又失眠，一晚上没睡着，我怀疑我得抑郁症了，一直都想那些不好的事情……”

老头气得说：“行了行了，你病得比我重，我照顾你好吧？”

这一儿一女，配合得恰到好处，就是要把老头从家里赶出去。本来嘛，现在哪里还有子女伺候老人这样的事情。子女伺候他，满脸的不耐烦，情绪恶劣，老头向来不肯看人脸色，可现在他强硬不起来，不看脸色你还想怎样，不想看脸色，你就得自力更生。想小个便，都要犹豫半天，求助还是不求助。结果大小便都憋着，很快肚子就胀成了鼓，再憋下去，骨伤没好，别的病该要憋出来了，老头一想到“病”，就夙了，就认了，护理院就护理院吧，哪怕养老院，该去还得去呀，不能让自己给自己的屎尿憋死在家里吧。

过了一天，儿子回来，告诉老头，找到了一家，既不是养老院，也不是护理院，那叫“护养院”。

老头假装犹豫了一会儿，后来就应承了，说：“既然不是养老院，也不是护理院，就去。”

其实那就是个护理院，取了个别名叫“护养院”，儿子偷着乐了，跟妹妹说：“老头就是个傻 ×。”

那女儿比儿子更精，说：“你以为，他才不傻，他知道家里待不下去，给自己台阶下的。”

这话让老头听见了，真生气，但是也真没有办法，只能把“气”咽进肚子。本来嘛，老都老了，你还想怎样？还不能让人说了？

一番周折，总算是安排进了护理院，远没有子女说的那样好，一个大统间，十几个病床，男女不分，病人、家属、护工，都挤在一起，老头心有不满，皱眉说："说的比唱的好。"

儿子女儿担心老头又作怪，赶紧解释说："有双人病房和单人病房，但是现在都住满了，一旦空出来，立刻给你转进去。"

老头说："别以为我不知道，单人双人的贵多了，是吧……"他已经认清了形势，人硬货不硬，也就不再难为子女了，自己下台阶说："行啦，行啦，都听你们的啦，不听你们，我还能怎样？"

进了护理院，好歹有专业的护工伺候了，至少大小便的难题可以解决了，至少不用担心被自己的屎尿憋出病来。

护理院的护工，大多是女的，伺候老头的那个，大家喊她薛姐，是个大大咧咧的女人，听说老头尿急了，二话不说，一阵风似的刮过来，一手把被子一掀，一手端个扁马桶，盯着老头。

老头被死死盯着，十分不自在，不配合，也不吭声。

薛姐拍了一下老头的屁股，说："小便了，小便了。"

老头气得说："你，你怎么拍我屁股？"

薛姐说："我不拍你屁股，你怎么小便？"

老头说："喂，我是男人哎，你一个女人，动手动脚，像什么样子？"

薛姐先是一愣，随后笑了起来："哦哈哈哈，你是男人？你忘记了，你是个老头哎。"

老头说："无论怎样，终归男女有别……"

这回不仅薛姐笑了，病房里其他病人和护工都笑了，薛姐说："哎哟，老都老了，还计较什么男人女人，老了还分什么男女？何况你还瘫了。"

老头更来气了，发火说："你嘴巴别乱说啊，我没瘫，我只是摔伤了，哼！"

薛姐撇了撇嘴说："那你现在不是瘫着吗，你现在能爬起来吗？"薛姐又想了想，才明白过来："难怪你的儿子女儿再三拜托我，好话说了一大箩，原来你这老头果真难弄……"薛姐伸手朝病房指了一圈儿，说："你看看，人家像你这样的，样样都要求人、样样都要依赖别人的，嘴巴不要太甜哦，一口一个薛姐，一口一个谢谢，你个犟老头，都这死样子了，还嘴凶？"

老头说："你不尊重我，还想要我谢你——我不骂你已经是对你客气了，我告诉你，我会好的，我会站起来的。"

薛姐冷笑一声，说："都知道老人最怕跌，为什么？有的老人，一跤跌下去，就再也爬不起来了，一直躺到翘辫子——好了好了，不跟你说了，怎么，不要小便了？"

老头气得紧闭了嘴，不说要小便，也不说不小便，脸却已经让尿憋得发了紫。薛姐有经验，她伺候过的倔老头倔老太，可不是一个两个，她有的是办法，不用理睬他们，只管干自己的活儿，于是手一伸，把老头裤子一扯，屁股一抬，扁马桶一塞，就塞下去了。

等了半天，老头就是不尿，薛姐不耐烦了，着急说："你到底有没有尿，你不是寻我开心逗我玩儿吧。"

老头说："我尿不出。"

薛姐说："你必须得尿，尿不出要得尿毒症的。"

老头说："你站在我面前，盯着我尿，我尿不出。"

薛姐扑哧一笑，说："哟，来了个童男子哦。"一边说，一边将身子背过去，笑道："好好，不看不看，你尿吧。"

老头还是尿不出，也不知道他是犯倔，还是真的不习惯，薛姐赶紧联系老头的儿子女儿，他们刚刚办理完有关手续，正要离开，就听说老头不尿，简直哭笑不得，赶紧回到病房。

老头一见到子女，委屈大了，指着薛姐说："我不要女的伺候，她侮辱我，还调戏我……"

大家哄堂大笑，薛姐更是乐不可支。

老头的子女在一边却急坏了，他们怕护工一生气，不伺候老头了，千斤重担又得重新由他们来扛，赶紧下死劲儿跟薛姐说好话，拍马屁。

好在薛姐见多了，才不计较，她倒是觉得这老头挺逗，老头说她调戏他，薛姐反正泼妇一个，干脆一不做，二不休，再调戏老东西一下。上前朝老头下身看了看，捂着鼻子说道："你们有多少天不给他擦洗下身了，都臭了，我告诉你们哦，你们不懂医学知识，别以为就是脏一点儿，没啥了不起，你这样污糟下去，要得败血症的。"

薛姐不由分说，去倒了一盆热水，拿了一块毛巾，给老头擦身体，一边擦一边笑道："噢哟，老先生你紧张得唻，我又不要揩你的便宜，你老卵都吓得缩脱了……"

老头脸涨得通红，一副生无可恋的样子，然后，突然猛一抬手，狠狠地扇了自己一个耳光，那个巨大的声响，把一屋子的人都吓住了。

薛姐终于也知道老头的厉害了，她停止了动作，退到一边，求助似的看着老头的子女，那意思再明白不过，你们看着办吧。

老头把自己的被子拉上盖好，脸上打耳光的红印子还没消退，他红着脸，坚决地对子女说："我不要女护工。"

薛姐又忍不住了，扑哧一笑，说："我们院里，护工大部分是女的，男的只有两三个，都在护理危重病人，你危重吗？"

老头倔道："我就是危重，我一动也不能动，我还不危重？"朝薛姐瞪眼说："你这种女人，到护理院工作不适合你，你到按摩院去很合适……"

薛姐竟被老头顶了个语塞，她想了半天也想不明白，对老头子女说："奇了怪，人家老头都想要女护工伺候，就你家老头作怪，各色！"

老头不容子女回话，抢在前面就戗道："是，我就是各色，我就是妖怪，你碰上我，算你长见识。"

薛姐终于退下阵去，把管理员喊来了，管理员一听这边要个男护工，先就摆手说："没有没有，女的都抢不过来，哪里有男的伺候你……"

老头铁青着脸，额头上汗珠子都渗出来了，怪吓人的。

那管理员看着老头的脸色，犹豫了一下，又说："如果一定要男护工，那这个护理费用上，要多出好多……"

不等子女说话，老头又抢先说："出钱，出钱，不就是钱嘛，多少钱都出！"

老头如此顽固，令人生厌，人家恨不得赶他出去，但是老头肯出钱呀，说不定就是棵摇钱树呢，所以院里还是赶紧商量了一下，很快答应给老头安排一个男护工。

老头得胜，看着薛姐灰溜溜地出去，老头对子女哼哼两声，说："事实再一次证明，自由是自己战斗得来的，按你们的意思，我就只能被那个女魔头侮辱折磨。"

儿子气得说："你别得意太早，一个男护工，粗手粗脚，还不知怎么折腾你这一身老骨头呢。"

女儿也赶紧把话说在前面："爸，刚才管理员跟我们打招呼了，这个男护工是个新手，服务方面不是太熟练，你多担待一点儿，不然的话……”

儿子生呛呛地打断妹妹的话头说：“女的你不要，新手你再挑剔，就没人伺候你了，你自我服务吧。”

正啰唆着，那个新手男护工进来了，老头的子女都着急着家里的人和事，一看男护工到岗，急急忙忙，招呼也不打，逃也似的走了。

老头一直憋着尿，现在终于等来了男护工，赶紧嚷着要尿，男护工听说他在床上尿不出来，干脆背起老头，到卫生间解决了问题。

这个男护工虽然是新手，但力气大，手脚也麻利，搬动老头尿尿，一点儿也没有搞疼他，等老头重新回到床上躺下，终于可以松一口气了，才看清了这个男护工的长相，很年轻，他伺候老头躺下后，笑眯眯地对老头说：“老伯，我姓马，您喊我‘小马’就行。”

老头只听得自己脑袋里轰的一声，整个人都晕了，过了好半天，才慢慢平静下来，再仔细盯着护工的脸看了又看，实在是记不得了，脸盲越发严重了，心直往下沉。

但是，不管记不记得人家的脸，这名字他记得，警惕性还在，所以老头立刻嚷嚷起来：“好你个小马，你竟然追到这里来了！”

小马没有听懂老头的话，朝老头看着，愣了半天。

老头说："哼哼，真以为我脸盲，我才不脸盲，实话告诉你，刚才我一眼就认出你了。"

小马更听不懂了，不过他也没想听懂，无所谓，反正一老头，又病着瘫着，要人伺候，他说什么，或者不说什么，真的不重要。小马就轻松随意地冲老头笑了笑。

小马这一笑，更让老头确信了自己的判断，这个骗子，在公园里没能钓到他这条大鱼，居然追到护理院来伺候他，也算是别出心裁了。

老头一旦确信，反而冷静下来了，心想：为了骗我，你竟然连孝子都肯做，我就让你做一回孝子，让你尝尝滋味儿。老头一肚子坏水，说嘴馋了支使小马去替他买个方便面，小马去买了来，老头说不要这种，要另一种，小马就乖乖去换，换回来老头又说不想吃了，吃方便面不健康，里边的料包有毒，叫小马去退。

小马出去后，病房里的病友都觉得奇怪，纷纷责问老头："小马这么贴心的护工，打着灯笼都难找，你为什么要刁难小马。"

老头哼哼冷笑说："你们认得他是'小马'，你们知道他是哪个'小马'吗？"

这话问得叫人摸不着头脑，大家说："哪个小马，'护工小马'呗。"

老头说："错啦，他不是'护工小马'，他是'骗子小马’。”

大家都哄他，指责他，老头正要说出公园的遭遇，小马已经回来了，说方便面退不了，老头就不依，说：“退不了是你的事，反正我不要。”

小马真好说话，说：“老伯，没事没事，您不要，我就自己吃了，反正我也经常吃方便面的。”

如此大度，说了老头一个闷声无语。

病房里大家都看不下去，忍不住就有个病人挑拨说：“小马，你别对老头太客气了，老头说你是个骗子。”

小马笑笑说：“唉，无所谓啦，都这么老了，说什么也没事，不计较。”

那病人拍小马马屁，说：“那我们也看不过去，你这么尽心伺候他，他还乱说你什么。”

小马仍然笑眯眯的，说：“没事没事，都这么老了，说话不能当真，恐怕都不经过大脑了。”

老头听他一口一个“都这么老了”，本来就来气，小马甚至还说因为他老了，什么也不跟他计较了，这话让人更是心凉，透心凉，这不等于在说，人老了就不是个人了，人家也不把他当人了。

老头巴掌一拍床沿，说：“都不跟老人计较？那老人要是杀人呢？”

看老头气势汹汹的样子，大家都乐得笑起来，有人假装害怕说："哎哟，你要杀人啊，你可别杀我啊，我和你无冤无仇的……"

另一个说："你想多了，他杀人？他这么老了，还瘫着，就算他真的想杀，他杀得了吗？"

再一个说："老人犯罪，真的不用吃官司，刑法有规定，年满七十五……"

老头哈哈大笑起来，抢着说："我七十五还差几天，我七十五还差几天……"

立刻遭到大家一顿乱哄：

"那你这几天可得赶紧杀个人欸！"

"可你躺在床上怎么杀呢？"

"那你只能杀自己喽。"

"杀自己他也杀不了……"

说得老头哑口无言，想闭了眼不理睬他们，可身边带着个骗子，老头心里实在是放不下，总想着和骗子斗一斗，所以他撇开攻击他的病友和其他护工，专门针对小马，又说了许多小马和其他人完全听不懂的话。

说着说着天就晚了，晚饭送来了，小马正打算伺候老头吃晚饭，老头的手机响了，手机搁在床头柜上，小马替老头拿过来，交给老头的时候，顺便看了一眼，上面标着"诈骗电话"四个字，小马将手机举起来，竖到他眼前，说："老伯，这个是——诈骗电话，上面有标注，被一百多人标注过……”

老头说：“咦，我的手机，拿在你手里算什么，快给我，快给我……”

小马说：“老伯，您别接了，这个电话都已经标明……”

老头说：“标明什么，万一标错了呢——就算是诈骗，我听听又无妨，我还可以跟他玩玩儿反诈骗呢。”

小马却很执着，偏不把手机交给老头，老头不满意了，说：“咦，你的任务，就是护理我的身体，你还管我的思想？我爱接谁的电话，也要经你批准同意？”

小马老实交代说：“这是您子女特意关照我的，他们还多给我加了钱，就是为了防止你乱接电话，上当受骗——对了，他们还希望我代您管着您的手机呢，我都不敢跟您提。”

老头一听，又来火了，说：“上当受骗，上当受骗，我还真希望自己能够上个当受个骗呢，现在我这样，像个僵尸躺在这里，一动不能动，连想骗我的人，也不会来找我了——幸亏遇上了你，幸亏你很执着。”

小马简直哭笑不得，不知说什么好了。

手机铃声不停不息，不屈不挠，小马举在手里，不肯交给老头，老头一伸手，夺过手机，那铃声已经停了，老头却还对着手机说：“知道了，知道了，你不就是要我汇钱吗？汇多少？你把账号发给我呀。”

病房里的人都笑了起来，老头说：“笑什么笑，你们是没有见过我玩儿骗子，你们见识过了，就知道我的厉害……”他看了小马一眼，责怪他说：“都怪你，把我的好戏破坏了……”他眼珠子转了一下，又说：“我知道了，你是怕别人抢了你的生意，才不让我接诈骗电话，是不是？”

小马只管“呵呵”。

旁边一位女护工说：“哟，护工的生意，还有人抢？伺候老人、病人，端屎端尿，爱抢抢吧。”

老头不理别人，只盯着小马，不依不饶地说：“哼哼，我看出来了，你特会假装老实，那时候在公园里，你就是这个样子，骗到了我。”

小马也不辩解，也不反驳，反正无所谓。

就任凭老头自己嘀嘀咕咕，老头过瘾，心情大好，两天护理下来，老头对小马有了依赖，只要一会儿看不见，就大呼小叫，他一叫，小马就跑步过来，听候吩咐。

看得同病房的病友来气、妒忌，说：“小马是你的护工，但他不是只护理你一个人，小马是大家的小马哎。”

另一个就说：“是呀，人家护工小马服务到位，脾气也好，你也不能拿他当牛当马使唤。”

老头说：“我使唤小马，你管得着吗？再说了，你们又不了解情况，你们又不知道他为什么对我这么尽心。”

老头等着他们问为什么，可没人想知道。

真是的，人老了，连秘密都没人想知道了。

这天早晨起来，一切正常，伺候过大小便，伺候过早餐，小马说有事要出去一下，马上就回来。

老头千叮万嘱，要他快去快回，小马应承。

因为有小马，老头现在不担心大小便的难题，尽管放开肚皮喝茶，结果一会儿就要尿了，小马却没有马上回来。

老头一等再等，尿越来越急，可小马不来，只能憋着，憋得不行了，一生气，大着嗓门儿，把管理员唤来责问。

管理员也是一脸奇怪，说小马虽然来护理院工作的时间不长，但是很守规矩，每天都是以护理院为家，基本不往外跑，今天怎么大半天也不露脸，打他手机也不接。老头急了，用自己的手机打过去，那边倒一下子就接了，老头一听小马的声音，急得说："小马你在哪里？你怎么不来病房？我一泡尿从早上憋到现在了，膀胱要爆炸了。"

小马在电话里求饶说："老伯，您饶了我吧，我不来护理院干活儿了，我已经有新的工作了……"

管理员一听，立刻骂人说："臭小子，走了也不打个招呼，不像话。"他自己不也一样，不打招呼，一转身，走了。

院里给老头换了护工，知道他不要女的，换的也是男的，但是年纪够大，看起来比老头小不了多少，老头一看，立刻表示出不满，但是这地方可没人宠他，不满就只有换薛姐了，吓得老头不敢吭声，吃瘪。

那整整一天，老头斜躺在病床上，眼睛一直盯着病房的门，好像期待着什么人出现，可是他一直没有等到。

到了下晚，大家正准备吃晚饭了，忽然就听到老头啊呀大叫一声，并高声喊了起来："小马，小马！"

没人搭理他，老头手指着门口，理直气壮地说："刚才从门口过去的，就是小马，一定就是他，他没有走，他还在这里。"

这才有个人开了腔搭理他说："老头，你老眼昏花，你老不入调，小马早就给你气走了。"

老头急得真想下床追出去，可是他动弹不了，老头有些郁闷，好像这日子，怎么也挨不过去，又拿起手机打小马电话，小马一接，老头就气呼呼地说："小马，你怎么可以说走就走，一点儿诚信也没有？"

病房里大家又哄笑了，说："老头，你不是说小马是骗子吗，你跟骗子还讲什么诚信呀。"

老头手里拿着电话，还顾得上和病友斗嘴，说："骗子也是一种职业，也要有职业道德嘛……"正说着，就听到电话那头小马说："老伯，您就饶了我吧……"

老头愣了一愣，立刻反应过来，责问说："小马，你什么意思，什么我饶了你，我欺负你了吗？"老头被冤枉了，一口气上不来，喘了一会儿，才又说："你是怪我这个人不好伺候吗？可是，我是很满意你的欸……"

小马在电话那头赶紧讨饶说："哎哎，老伯，别别别，您还是放过我吧……"不等老头再说什么，电话已经挂断了。

老头不依不饶，再拨打过去，已经"正在通话"了。

老头琢磨了一会儿，琢磨着是不是小马被他戳穿了身份吓走的，老头十分后悔，悔不该一开始就揭开小马的真面目，应该让子弹多飞一会儿，看看他的动静，再计划下一步，怪只怪自己沉不住气，于是又抱着侥幸的心思再试着打小马的电话，本以为打不通的，结果却是一打就通，老头一激动，说："你没关机呀？"

小马说："我干吗关机呀。"

老头高兴地说："小马，小马，你回来吧，我先前是跟你开玩笑的，你不是'骗子小马'，你是'护工小马'……"话说到这里，忽然就发现自己确实有点儿怪，那明明就是个骗子，自己怎么会如此不讲原则？

就听那小马说："那我也来不了。"

老头就怕小马挂断手机，赶紧说："那，那我买你的养老投资，你总可以来了吧？要是我一个人买不行，我再帮你发展下家，行不行……"

小马说："老伯，您说什么我听不懂，我也不想听懂，您就别胡思乱想了，反正我不能来护理您了。"

小马不出现，薛姐又独大了，她又神气起来，到病房来耀武扬威，和大家一起攻击老头，数落老头怎么把小马气走。

老头不服，倔着说："奇了怪，我这么喜欢他信任他，我怎么会气他，我只是跟他开开玩笑，讲了些玩弄骗子的故事……"

薛姐一听，嚷了起来："你们听听，你们听听，老头说话颠三倒四，又说人家是骗子，又说信任喜欢，老头你的爱好还蛮奇怪的哦，喜欢谁不好，要喜欢骗子。"

在大家的哄笑声中，老头心里倍感悲凉，人老了，竟然如此遭人嫌弃，连个骗子，都躲着他，正伤感着呢，眼睛倒尖，看到门口小马的身影又出现了，这一回，老头确信自己没看走眼，因为小马闪过的时候，还回头朝他看了一眼，他们的眼神对上了。

老头立刻大吵大闹，最后惊动了管理员来处理。

小马确实没有离开，因为院里需要他护理更难伺候的人，所以才哄骗了老头，管理员也好，其他护工也好，都是在给老头演戏，他们以为老头老了，还躺着不能动，好糊弄的，不料这老头难缠，穷追猛打，躺着就把小马给抓出来了。

小马也不是不想伺候老头，他是个老实本分的年轻人，并不嫌老头脾气臭，但是院里的工作由不得他做主，看到老头对他如此纠缠依赖，他也有些于心不忍，无法面对，后来想了个绝招，就过来对老头说："老伯，其实你没有错，我就是在公园里骗你做养老投资的那个人，我就是个骗子。"

老头说："那又怎样？"

小马说："真的，你别不相信自己的眼睛，那就是我，在公园里，我就盯上你了。"

老头说："那，说我长寿的那个也是你？"

小马说："是的是的，那些骗你的话，都是我跟你说的。"

老头说："你别逗了，你才不是那个人。"

小马急了，发誓说："我就是他，我真的就是他。"

老头越想越觉得这事情好玩儿，老头笑了，说："那你还真追进护理院了？"

那小马挠了挠头，说："因为，因为实在太难有人上钩了。"

老头说："那我算上钩了吗？"

小马说："只差一点点，你已经咬到鱼饵了呀，我都半年不开张了，怎么能不追进来找你……"

老头说："你编，你继续编，你编的这些都可以去给骗子当教材了，骗子的水平都没有你高，你追我进来，不怕我认出你？"

小马说："你不是说你脸盲吗？哪知道你是骗我的，我们一见面，你就戳穿了我。"

老头朝小马看了又看，奇怪地说："你得了吧，没见过你这样的人，人家真是骗子的，都不承认自己是骗子，你倒好，明明是护工，却偏说自己是骗子，你奇不奇怪？”

小马也奇怪呀，他说：“老伯，你先前咬定我是骗子，在公园里骗你养老投资，我被你戳穿，我承认了，你却又不认了。那我到底是‘骗子小马’，还是‘护工小马’呢？”

老头说：“无所谓啦，你自己说的嘛，人老了，说什么都无所谓啦。”

他这是以牙还牙。

小马伺候的那个重患，就在隔壁，病得快死了，嗓门儿却还在，在隔壁拼命喊小马，小马只得抛下老头过去。

薛姐和小马一起走出去，小马头昏昏的，竟然朝另一个房间走去，薛姐笑道：“小马，我看你是被老头搞昏了，你恐怕自己都要怀疑自己了，你到底是‘骗子小马’还是‘护工小马’哦？”

小马说：“是呀，这老伯是得了什么病吧，老年痴呆？他连我是谁，都一直不能确定。”

薛姐说：“他不是不能确定，他是太依赖你了。”

小马心里一动，说：“依赖我不行的呀，我帮不了他呀，就算院里重新把我安排给他，时间也不长的，他恢复得很好，很快就能出院了。”

薛姐笑道：“他孤单，其实也好办，他们城里人，有钱，找个老伴儿吧。”

小马听了薛姐的话，受了启发，抽空去和老头聊天，把话题扯来扯去，最后扯到老伴儿那上面，小马赶紧说：“老伯，一个人过多孤单，你怎么不找个老伴儿？”

老头一听，就不高兴，说：“为什么要找老伴儿？我很老了吗？要找，我也是找女朋友。”

小马笑道：“是是是，你应该找个女朋友。”

老头居然顺着他的话头儿往下说：“那你帮我介绍一个吧。”

小马也笑，说：“老伯，我们骗子这个行业里的人，怎么敢介绍给你，会骗得你倾家荡产。”

老头说：“那你帮我一件事吧，帮我找到我的初恋，我听说她的原配也翘了，现在我们孤男寡女，正好重温旧梦。”

老头说他和初恋是大学同学，后来被他们的班主任搅黄了，因为班主任认定他的初恋以后会有大出息，不希望他影响她。可是后来初恋并没有如班主任所期望的那样，她的工作成就一般般，还远嫁到外地，再后来，听说她单身一人回来了。

老头写了名字和地址，交给小马，请他有空时到那个地方跑一趟看看。大家都嘲笑老头，说：“这都多少年了，初恋还会在那地方吗？”

老头还以为是昨天的事情呢。

小马也不会相信老头的，但是他心肠好，应承了老头，等到休息日，果真还去跑了一趟，回来告诉老头，别说初恋了，连那个地方也没有了。

老头不高兴，说："你这个小伙子，头脑太不灵活，地方没有了，你不能问问人，这地方到哪里去了。"

小马说："问了，不仅问了，我还追到另一个地方去了，我还转了好几个地方。"

老头说："找到了？"

小马说："快要找到了，可是时间不够了，我要回来上班，就回来了，等休息时再去。"

小马替老头跑了几趟，老头对小马抱着无限的希望，只要小马一出去，老头的眼睛就死死盯着病房门口，简直就是望眼欲穿的样子，大家都笑话老头痴人说梦，想入非非。

有一天小马又出去，老头照例望眼欲穿，终于有一个病友忍不住了，说："老头，人家小马忙都忙死了，哪里有空替你去找初恋，你想多了。"

他们以为老头会伤心，结果老头却说："还用你说，我都知道。"

又过了几天，小马兴奋地回来了，他激动得脸都红了，告诉老头，得来全不费工夫，老头的初恋，居然也住在同一家护养院，就是隔壁病房的那个王老太。

谁都觉得小马这个谎言编得太马虎、太离谱，老头这么精明，怎么可能相信。可偏偏老头十分信任小马，小马说什么就是什么，小马说隔壁的王老太就是他的初恋王淑君。老头就过去相认，王老太也认出了他，一口一个小姜，喊得特自然、特亲热。

王老太并没有瘫痪，她只是身体不太强健，一个人在家自己照顾不了自己，就到护养院来住了。她和老头不同，每天可以自由行动，所以之前她几乎天天都来老头这病房，和大家聊天。老头和老太，天天见面，却没有认出来，现在被小马查出了他们的关系，两个人互相看看，越看越像，老太竟然还随身带着当年同学的合影。拿给老头看，虽然照片已经模糊，上面的人脸也非常小，但老头还是认出老太来了，高兴地指着说："这个，这个，就是你，你看看，旁边这个是我，我当时是故意蹭到你身边拍照的。"

其他人都掩着嘴笑，有一个护工不识相，问老头说："老头，你不是说你眼睛看不清东西吗，怎么看照片时，眼睛那么好了呢？"

老头瞧她不起，哼了一声说："眼睛？你懂什么，是眼睛的问题吗？我告诉你，根本就不是眼睛的问题，有些东西你眼睛再好也看不见的——我说的，你恐怕都听不懂哦……"

老头和老太，就一唱一和，开始回忆往事，大家就在一旁边看着他们，说："又要开始了啊。"

或者说："演得不错哦。"

也有的说："他们好像背好了台词才上场的。"

但是其实老头和老太哪有时间和空间去对台词，更何况，他们根本不需要对台词，这就是他们共同的往事嘛，不用背，都烂在心里了。

过了些日子，一直也没空来看看老头的那一儿一女，不知怎么听说了老头找到初恋的事情，火急火燎赶来了。

一进来就大惊小怪，一个说："没有的，没有的，我老爸的初恋就是我老妈。"另一个说："哪里来的骗子，这么老了，还是女的，还做骗子？"

那一个说："哼，老太做骗子，欺骗性更大哦。"

老头气得死劲儿拍床沿，要赶他们走，指责他们说："我没有你们这样的子女，滚蛋，滚蛋！"

老太却好脾气，劝慰老头说："你别生气，你身体还没好利索呢，再气坏了身子，不合算。再说了，现在的子女都这样，你这两个还算好的呢，你自己的钱你自己还能做主，有的老人，还没怎么老呢，离死还远着呢，早早地就被控制了财权，一旦被抢走了财权，你就彻底玩完。"

老头说："这个我门儿清，他们休想。"

那老太笑道："你年轻的时候，没这么精，几十年过去了，你成了个贼精的老头。"

老头得意地说："他们跟我玩儿？差远了，连骗子都玩儿不过我，他们还想怎么着。"

看两个老东西你一言我一语地涮他们，这一儿一女心里又气又急，一急了，真心话都说。

“老爸，你也不想想清楚，你的钱，其实都是我们的。”

“老头，你还是对子女和颜悦色一点儿，你翘的时候，我们给你买纸做的初恋烧给你。”

老头来火说：“什么什么，都是你们的？想得美，我现在就写遗嘱。”

那俩子女真吓了一跳，这混账老头，什么事都做得出来，别真的写个什么东西，把一辈子的积蓄都送给外人，那可惨了。

病房的病友和护工，都看热闹，嫌事情不大，起哄说：“老头，写呀，写呀，钱都留给你的初恋啦。”

那王老太笑得合不拢嘴，说：“是呀是呀，你身边也没个别人，除了我这个初恋，你还有谁可以托付呀……”一边说，一边却走了出去，大家不知道老太要干什么，正发愣，老太已经回来了，手里拿了纸和笔，想要递给老头。

老头的子女，好样的，一个急急地挡在床前，不让老太靠近，一个掏出手机就打 110 报警。

病房里越来越热闹了，隔壁病房能够走动的病人和暂时闲着的护工们，都跑过来看戏，大家就听得老头的儿子姜渐行报警说：“我报警，抓骗子……”

好像那边在问具体情况，姜渐行急得说：“别再问啦，再问钱都没啦！什么什么，骗子在哪里，是什么人？就在我身边，在护养院，是个老太……是呀是呀，七八十岁的老太，还冒充病人来做骗子……你们赶紧出警，如果你们不来，或者迟来，我们有损失，你们警察要负责赔偿的……”

大家都掩不住嘴了，有的嘻嘻嘻，有的哈哈哈，病房里一片欢笑，那老头和老太笑得最欢，尤其是老太，笑得很妖，她还像年轻人一样笑得弯下了腰，这一大把年纪，腰身倒蛮柔软，她低下身子，就捂住了嘴，呜里哇啦地说：“哎哟，笑死我了，哎哟，笑死我了，哎哟，我不能笑了，再笑我的假牙要掉出来了……”

老头也笑道：“我也不能再笑了，再笑我遗嘱也写不出来了。”

薛姐虽然讨厌老头，但她更看不惯老头的这一子一女，她是直性子，有啥说啥，平日里也没少得那王老太的好处，现在眼看老头的子女气势汹汹要拿老太问事，便站了出来，大声说：“喂，姓姜的人家，你们这一家人，个个自以为是，当你们家是首富还是啥呀，你们有啥可让人骗的呀，谁稀罕你家那点儿破家财，人家王老太，家里才是富豪呢，她的子女，都在国外经商……”

薛姐是这里的一霸，她一开口，大家都附和，纷纷点赞老太家的背景。

老太有些傲娇，得意地说：“还好啦，一般般啦，我儿子就是美国一家上市公司的老板啦，我女儿……”

那姜渐行和姜渐远也不是吃素的，才不会凭空相信老太的话，一脸鄙夷不信，薛姐说："老太，他们还不信，你给儿子打电话，现在叫他们看看。"

老太也不怵，说："打就打。"

拿了手机就要拨电话，薛姐说："老太，打视频，打视频给他们看。"

也有的病人感觉事情有点儿大了，被震撼了，小声问："在美国都能这样打啊？"

老太没有回答她，已经拨通了儿子的视频，并且打开了免提，儿子的脸庞就出现在面前了，勾着头过来看的人，都看见了那个美国大老板，果然西装革履，一表人才。

老太说："儿啊，你在那边过得还好吧……"

薛姐性急地插嘴说："老太，你问问儿子，上次你们通话，他说在扩建家里的游泳池，搞好了没有？"

姜渐行朝她瞥了一眼，说："呵，薛姐，看起来，你有打算去游泳哦。"

那边老太的儿子听到薛姐的话，赶紧回应说："工程比较大，进展慢，要做千秋万代的高质量的好工程，必须得慢慢来，工匠精神嘛。"

有个病人家属，虽然没有凑过来看手机上的视频，但是他耳朵好，听出了那边的背景声音，又看了看自己的表，奇怪地说："咦，美国现在应该是后半夜哦，天快亮的时候，怎么还有电视的声音？"

这边薛姐就不乐意了，说：“人家美国人，很自由的，没那么多规矩，爱几点睡就几点睡，你管得着？”

那边的美国儿子也一样不乐意，怼他说：“是呀，谁规定后半夜不能看电视呢，你们国内，天亮不睡的也大有人在嘛。”

这个被怼了的病人家属，心里不服，再仔细听，又听出问题来了，摇头摆手，说：“不对呀不对，怎么电视里说的是中文呀？”

那美国儿子接得好快，立刻回复说：“我看的是中文台嘛，我是中国人，就看中文台。”

那病人家属才无语了，心里却依然疑惑，就凑过来看看视频画面，这一看，他失声笑了出来。

大家奇怪，说：“你笑什么，这是他家的客厅哎，好大哎。”

这家属笑得脸都歪了，说：“这明明是我们这里的一家KTV的包厢，这KTV的名字叫‘有去无回’。”

大家才不信，老太都跟他急了，说：“你说话把牙齿筑筑齐啊，你不要诬蔑人啊……”

这人他掏出自己的手机，扬了扬说：“巧了，我前两天恰好去‘有去无回’娱乐，还拍了那里的照片，你们可以看——对了，我还有他们的打火机……”说完，又摸出个打火机给大家看。

老太的手机断线了，老太一急，再打过去，那边已经“无法接通”了。

这下子好了，姜渐行和姜渐远虎视眈眈地围住了老太，大有逮老太归案的气势。

连精明如神的薛姐也蒙了，完全不知道发生了什么。

却不料，片刻之后，老太的手机又响了，那美国儿子电话又打过来了，仍然是视频，那儿子对着屏幕，大骂这边的人，说他妈妈根本就没有什么初恋，老头冒充初恋跟他妈妈套近乎，就是想骗他妈妈的钱，骂老头和老头的子女都是骗子，最后他气愤地说：“我已经报警了，你们别走，警察马上就到。”

简直就是一场混战。

老头心知事情搞乱了，见自己的一对宝货子女揪住老太不放，只好让步说：“好了好了，你们别盯住老太不放了，我实话告诉你们，她确实不是我的初恋，我的初恋早就死了，她当初根本就没有回到家乡，她死在外边了，她是个孤魂野鬼——这个王老太呢，就按你们的意思说吧，她就是个骗子，她和骗子小马搭档来骗我的，这样说，你们总相信了吧，你们总满意了吧。”

姜渐行和姜渐远可不是这么好打发的，他们仍然不相信、不满意，姜渐远说：“爸，你的口气不对，你说的不是你的真心话。”

姜渐行接着说："老头，你要是不能真心地、真正地认识自己的错误，你就有可能再次碰到骗子，有可能天天碰到骗子。"

老头说："我告诉你们她是骗子，你们可以放心啦，我不会写遗嘱给她的。"

那姜渐行和姜渐远听了，沉默了一会儿，想想还是不对。姜渐行又反对说："你说她是骗子，你有什么证据，她很可能真的就是你的初恋，你们旧情复发，你们想重新走到一起，你们想去领证了，是不是，是不是？"

老头讥笑他说："你看看你自己，活成什么样了，我说是真的吧，你说是假的，是骗子；我说是假的吧，你又坚持说是真的，是初恋，要领证。你们到底要我怎么说，你们才能相信呢？"

老太已经出去了一趟，把小马找了来，推到屋子中间，指着小马说："喏，这个就是我们的媒人，帮着找初恋、找初恋，结果找出了一群骗子，哈哈哈哈……"

那姜渐行和姜渐远一听，一下子扑到小马面前，一左一右揪住他的两条胳膊，好像怕他逃走似的。

老头急了，呵斥子女，让他们放开小马，子女才不，不仅不放，口中还骂骂咧咧。

小马也不挣扎，只是站在那里朝老头笑道："完了完了，又变成'骗子小马'了。"

那姜渐行说："什么叫又变成'骗子小马'，你一直就是那个骗子，我爸摔跤前那时候，就已经告诉我们了。"

那姜渐远也说："要不是我爸摔了，进了医院，逃过一劫，你大概早就得手了。"

那老头说："呸，我摔断了骨头，你还说我躲过一劫，你会不会说话？"

姜渐行说："她说得没错，和摔一跤比起来，上骗子的当那才更要命啦……"

他们扯了半天，虽然双方子女都说报了警，但是警察一直没有来，看热闹的等得着急了，纷纷抱怨警察磨洋工，这么长时间，怎么还不来。不过也有人眼明心亮的，多嘴说："我看到那个人打 110 的时候，手机屏幕是黑的。"

后来只好由院里的管理员出面来处理问题，他倒是做了充分的准备，具备了警察的能力，估计这种地方经常会生类似的矛盾，他们都有了足够的经验和完整的程序了。

管理员负责任地告诉姜渐行和姜渐远，他们做过调查，小马来护养院工作前，是做快递分拣的，每天钉在工作岗位工作十多个小时，又都是白班，所以白天根本不可能有时间去公园或别的什么地方行骗。

除了工作时间的证明，其他人也没有什么证据可以证明小马是骗子，当然，反过来，也一样没有什么可以证明小马不是骗子，他们还会继续核查的，但是在最终的结果出来之前，他们不能随便诬陷别人。

姜渐行和姜渐远异口同声说：“我们没有诬陷小马，是我爸说他是骗子的。”

管理员又让小马上前说话，小马直朝后退，摆着手说：“别别别，你别让我说，我不知道我该怎么说，我说我不是骗子，你们不相信吧；我说我就是骗子，你们相信吗？”

大家面面相觑。

小马看着姜渐行和姜渐远担心焦虑的模样，他也替他们着急呀，他宽慰他们说：“你们尽管放心，老伯这么精明，怎么会上骗子的当。”

老头笑了起来，说：“小马，我本来是想跟你寻寻开心的，哪知道你这么卖力，还真帮我找初恋，呵呵。”

眼看着老头又绕回去了，他倒是精力旺盛，可姜渐行和姜渐远已经疲惫不堪了，他们要打退堂鼓了，好在有小马那句话让他们心宽，他们的老爸，的确妖得很，精得很，一般的骗子，还真拿他没办法。

他们在回家路上，想想就憋屈，想想也不服，就在各自的朋友圈，抱怨吐槽，说说追拿骗子的过程，然后朋友圈和各种群里，立刻展开了“老人与骗子”的大讨论。讨论来讨论去，话题很快就跑偏了，歪来歪去，最后战火引到姜渐行和姜渐远身上，认为一切的根源、一切的责任，都是因为有不孝的子女，有人还要人肉他们，扒他们的脸皮，吓得姜氏兄妹赶紧删除了不当议论，缩了回去。

这边护养院里，一场闹剧终于结束了，大家都散了，看热闹的走了，王老太也回到自己病房去了，去向她的那几个躺着不能动的病友传达这场精彩演出的完整内容，病房终于安静下来了。大家沉默了一会儿，有人开腔了，对老头说：“老头，你的儿子女儿都是厉害角色。”

老头听了，起先似乎有点儿蒙，疑惑地说：“我的儿子女儿？”很快他就明白了，说：“哦，你是说那一男一女？假装来看我的，说是我的儿子女儿，你被骗了，他们是骗子，他们事先准备好了台本，配合好了来骗我的。”

大家目瞪口呆。

过了半天，才有人小心问道：“那你，你是个孤老，没有子女吗？”

老头说：“谁说我是孤老，谁说我没有子女……”老头的脸上，渐渐地露出了很少见的笑容，他笑眯眯地朝小马望去，眼睛投到小马脸上，就不挪开了。

那小马一见老头如此，吓得魂飞魄散，抱头鼠窜。

病房里有人嘀咕了一声：“原来老头得老年痴呆症了。”

虽然是轻声嘀咕，但老头耳朵很好，听见了，反应也很快，立刻就回击说：“我头脑清醒得很，我又不是老年人……”他指了指躺在病床的其他老人，一脸瞧不上的样子，说：“我又不像他们，七老八十的，老糊涂。”

大家都服了，说："老头，你厉害，谁也搞不过你。"

老头一听，更来劲了，腾的一下从床上爬起来，下地，走路，十分利索，原来他早已经恢复正常了。

老头痊愈后，就出院了。生活又回到原来的样子，好像什么也没发生过，老头依旧在下午到公园的长椅上坐坐，远远地看着老头老太们跳舞唱歌下棋。

如果有人经过这里，如果他关注一下老头，或者对个眼神，或者点个头，老头就主动跟他说："我忘记了，我认得你吗？"

人家莫名其妙。

老头解释说："对不起，我有脸盲症，你是小马吗？"

如果碰到个心情不好的人，也许说话就不好听，甚至不文明地骂他一声，碰到态度好的人，会说："老伯，我不是小马。"

也有人会关心地问老头："你坐在这里，是在等小马吗？"

或者多管闲事说："小马？小马是谁？"

这句话把老头问住了，老头想：是呀，小马是谁呢？

图书在版编目（CIP）数据

梦幻快递 / 范小青著 . -- 石家庄 : 河北教育出版社，2022. 10

（年轮典存丛书 / 邱华栋，杨晓升主编）

ISBN 978-7-5545-7178-1

I. ①梦… II. ①范… III. ①中篇小说 - 小说集 - 中国 - 当代 ②短篇小说 - 小说集 - 中国 - 当代 IV. ① I247.7

中国版本图书馆 CIP 数据核字（2022）第 156173 号

年轮典存丛书

书　　名　梦幻快递

MENGHUAN KUAIDI

作　　者　范小青

出 版 人　董素山

总 策 划　金丽红　黎　波

责任编辑　赵　磊　王旭瑞

特约编辑　张　维　韦文菡

出　　版　河北出版传媒集团

河北教育出版社　http://www.hbep.com

（石家庄市联盟路 705 号，050061）

印　　制　天津盛辉印刷有限公司

开　　本　787 mm × 1092 mm　1/32

印　　张　9.75

字　　数　187 千字

版　　次　2022 年 10 月第 1 版

印　　次　2022 年 10 月第 1 次印刷

书　　号　ISBN 978-7-5545-7178-1

定　　价　48.00 元
